鄭明娳　著

現代散文類型論

臺灣學生書局印行

國家圖書館出版品預行編目資料

現代散文類型論

鄭明娳著. – 初版. – 臺北市：臺灣學生，2018.06
面；公分

ISBN 978-957-15-1731-5 (平裝)

1. 散文 2. 寫作法 3. 文學評論

812.4　　　106011779

現代散文類型論

著作者　鄭明娳
出版者　臺灣學生書局有限公司
發行人　楊雲龍
發行所　臺灣學生書局有限公司
地址　臺北市和平東路一段 75 巷 11 號
劃撥帳號　00024668
電話　(02)23928185
傳真　(02)23928105
E-mail　student.book@msa.hinet.net
網址　www.studentbook.com.tw
登記證字號　行政院新聞局局版北市業字第玖捌壹號
定價　新臺幣四〇〇元
出版日期　二〇一八年六月初版
ISBN　978-957-15-1731-5

86312

序

（一）

一九一七年，中國新文學運動開始到了今天，新文學已經有七十年的生長歷史。在現代文學的三大文類中，七十年來，小說與新詩不論在國內或國外，都不斷有許多學者從事理論的研究、或執掌實際的批評。對於該兩項文類的生長，有著顯著的功效。而現代散文，雖然被尊為「文學發達之極致」❶，但關心現代散文的理論家卻不多見；七十年來既沒有系統化的理論產生，也缺乏堅實的散文批評，既不能為作品定位，也無法提示作者創作、指導讀者閱讀。散文居於一種自生自滅的處境裏。

❶ 周作人「冰雪小品選序」（「看雲集」，「周作人全集」二冊，二二六頁）中說：「小品文是文學發達的極致」。一九三四年「人間世」第一期發刊詞（四頁）說：「十四年來中國現代文學唯一之成功，小品文之成功也。」周樹人「小品文的危機」也說：「到五四運動的時候……散文小品的成功，幾乎在小說戲曲和詩歌之上。」（「中國現代散文理論」七一頁）。又李素伯「小品文研究」第二編引言也持此看法。（二三頁）

在十年前，筆者便覺察到這種現象，也因機緣湊巧，使我有機會陸續寫些單篇評介散文的文字，當時只能算是借評與讀的機會，去熟識現代散文。一九七八年乃有「現代散文欣賞」結集出版。後來因爲在國文研究所中以古典小說爲論文題目，不得不暫時放棄現代散文的閱讀工作，那期間，筆者一直在淡江大學教授「現代文學」，並沒有忘記鼓勵後起之秀去開墾現代散文理論、批評的新生地。但是八年過去了，仍不見特別的有心人出來。於是筆者重作馮婦，原先只是隨緣閱讀現代散文，並思考其間的問題，也寫一些批評文字，一九八六年，乃有「現代散文縱橫論」出版。筆者自知譾陋，對現代散文原無縱之橫之的野心，而竟把書名如此誇張，乃緣於對自己的惕勵。因爲有一次，在李師爽秋的授命下，要寫一篇約萬字的中國現代散文芻論，在遍尋資料的過程中，赫然發現大陸學者已經在大力整理現代散文資料，包括搜集散文作家的全集、散文理論的彙編、散文作家的個論，更進一步是中國現代散文史的編撰。一九八〇年三月大陸出版了「筆談散文」及林非「現代六十家散文札記」❷，一九八一年四月出版林非「中國現代散文史稿」，一九八三年俞元桂等人編撰「中國現代散文理論」，並在「前言」中說明正從事中國現代散文的集體撰寫工作，一九八四年十月出版余樹森「散文藝術初探」❸。大陸學術界如此關心中國現代散文，原應是現代散文之福，然而不然。中共統治下的學者與作家長期被極狹窄又偏頗的馬克思美學所框限，並約束他們要用意識型態批評法來評價現代散文作家及作品❹。從大陸學者的著作中，我們不難看出他們眞心關切現代散文，不乏博識深思、辨證論斷的學術能力，在審視現代散文的創作成績時，也具有相當敏銳的眼光。但是，由於大陸學者批評方法受到政治的侷限，使他們在處理學術工作時，一旦遇到所謂「左右派」的作者，或者不符當時政治訴求的作品時，其論斷作品便立刻脫離純學術的軌道，所謂「右派」作家及其作品一概打入地牢自不待言❺，而淪陷前已去世的作家，因思想不夠「前進」、不具鬥爭性，也被貶得一文不值❻，在這種束縛

---

❷以上二書皆爲天津百花文藝出版社出版。

❸以上三書分別爲北京新華書店、廣西人民出版社及福建人民文學出版社出版。

❹「二十世紀文學理論」第四章中有云：在中共影響文學批評最鉅的，是毛澤東一九四二年在延安文藝座談會的講話。「毛氏的文藝理論其實就是經歷各種政治風浪仍存在的唯一思潮。」其「文藝理論之最終價值，在於將革命鬥爭更爲邁進……文學應爲政治鬥爭服務。」（九九、一○一頁）而中共的政治鬥爭不停的演變，因此，文藝作品在六○年代早期符合黨的路線，在文化大革命時會被全盤否定，正因爲政治路線改變之故，是以中共產生了「不斷修改」和文學作品「永無定本及定論」之現象（一○二頁），中共缺乏眞正的文學批評自不待言，他們評價作品，不依文學標準，全由當時黨「政策」決定，同一部作品的好壞，也不斷翻改。

❺林非「中國現代散文史稿」批評林語堂說：「而日趨落伍的林語堂，大肆提倡『幽默』，『性靈』和『閑適』的小品文，鼓吹閑情逸致和玩世不恭，並且恣意地攻擊革命和進步的思想，起著麻醉和毒害讀者的作用。」（七頁）

❻同上註引書，批評徐志摩云：「……已經跟帝國主義封建主義妥協的資產階級作家徐志摩的作品，在其中所表現出來的譏諷和否定革命的態度，以及那種庸俗委瑣的思想感情，在當時也就會迷惑和麻醉讀者，阻碍他們參加到反帝反封建的戰鬥的行列中去，產生腐蝕讀者心靈的消極的作用。」（一九二頁）

之下，大陸學者實無法充分發揮其眞正的學植與評價。在這種情況下寫就的中國現代散文理論及歷史，必然會有混淆眞理、斲傷文學的地方，關心現代散文的人實不應該坐視。筆者相信，只有以自由與開放的學術態度，使得公理站在文學的園地裏，才能耕耘出純粹的理論、指導正確的創作與閱讀方向。本書卽完全站在文學的立場寫就，不論面對淪陷於大陸的作家或遷臺或本土出生的作者作品，都一視同仁，只檢視其作品，而不考慮其他外緣因素。

筆者相信自己的才力並非最適合做散文理論工作的人，然而在此時此地，非要有一塊磚拋將出去，或者還可能引帶出較理想的理論與批評來，在沒有引導出我所期待的「寶玉」之前，「拋磚」的工作實有必要持續下去。

要長期整理現代散文的作品與理論，其工作便不能只是隨興依緣，漫無邊際的觀賞而已。在學術的思考下，其步驟應該是：

㈠散文定位研究，散文在文學類型中的定位，以及散文轄內各類型的定位。
㈡實際批評，包括專書的批評及作家的專論。
㈢散文與其他文類的比較研究。
㈣現代散文發展史。
㈤中西散文比較研究。

在研究的過程中，各部門可能會互相關涉，但工作重點則需依序而來。「現代散文類型論」便是在這計劃中所跨出的第一步。

（二）

文學的創作在先，分類在後。文學創作的產量到達某一種程度時，便會有約定俗成的表達方式、與形式結構，並搭配特定的內容，類型便逐漸產生。涂公遂「文學概論」第三章「文學的形式、內容、目的」中有詳細的詮釋：

> 體製的重要性，是因為它具有歷史時代的背景，經過長久的時間才形成的。首先，它由不固定的許多語言形式而成為固定的許多文字形式，這是它形成的第一步。其次，它在某種文學內容的表達上，由許多不同形式，因某一經驗而漸趨於相同形式；或由許多相同形式，因某一需要而又分別為若干不同的形式；這是它形成的第二步。再其次，由於種種原因，某一形式不限於某一內容，而某一內容又不限於某一形式；新的形式隨時產生，而舊的形式也可能變質；這是它形成的第三步。由於它的這種遷變，因此：一、某種體製最適宜於某些內容；二、某種體製有某種特質與作法；三、某種體製代表某種意義；這些，便成為文學體製上的原則了。

由此可知，文學類型是不斷的在形成之中，也不斷的在修改，類型雖然給作家以規範，但又時常被作家所修改、補充。認識文學類型，不僅要認識其原始基型，同時也要認知，各類型之間時常會互相包容、重疊，類型劃分越仔細，這種現象越少。研究文學類型，決非限定作者創作，而是要肯定類型的基礎地位，以便於靈活運作類型。

本書試圖建立散文的類型體系，因此不免與各種傳統的分類方法多有出入。筆者希望能把七十年來的散文類型理論重新界定，釐清脈絡，兼顧其歷史成因與後設觀點。期望這種類型劃分具有如下的功能：

㈠希望能建立散文類型化理論的完整體系，以俾未來學界研究的便利。

㈡透過類型化的確立，進而可追溯散文創作的方法論。

㈢在散文類型化的建立後，可進而檢視七十年來散文作家的實踐成果。

前面已說過，散文的類型具有通性，但也含有不穩定的變化基因。因此，我們所擬定的這些類型，大致上是對既有散文做整理工作，選擇最重要的類型，把每一種類型做最初步的界定，重點在示範舉例以詮釋類型的意義。至於對未來散文類型的發展，則未能做預測工作。但是我們必須接受散文類型乃是流動的事實，它們的範疇隨時可能因作家的實踐而擴充或限縮，也可能因時勢而創造出新的類型。但是在流變的過程中，爲每個時代的類型定位，應該不是毫無意義的事。

在寫作本書時，很清楚的發現散文各類型的發展頗爲不一致。例如散文的主要類型中，情趣小品的創作量特別龐大，且歷久不衰。而有些類型的發展，則較爲困難，例如傳知散文、報導文學、傳記文學，極易流於僅止傳知、報導、史傳，而喪失文學的素質。他如日記、書信，由於體製的僵滯，也缺乏可觀的前景。然而，不論那一種類型，在本書寫作的過程中，深深感到篇幅的短缺，蓋書內的每一類型，都需要做進一步、貫時而通盤的再檢討，以建立更堅實的理論基礎。對自己，我期待著下一步能把書中的每一種類型，再做個別的、歷史性的、專書式的研究。

現代散文類型論　目錄

第一章　總論

第一節　散文的源流

散文一詞，不論在中外，其最原始的意義乃是指與韻文相對的散行文體❶。在我國，大致上是把有韻的詩賦詞曲及有聲律的駢文之外的作品歸屬於散文。因此在清代以前，散文的範圍極廣，它不但包括文學作品，如記敘、抒情的文章，筆記、小說、歷史、傳記文學以及

❶ 葛琴「略談散文」云：「散文（Prose）一詞，在西洋是相對於韻文（Verse）而言，凡是不用韻腳的文體，都總稱散文，如小說、論文、隨筆等等都是。在我國舊文學中，散文的解釋是相對於駢文而言……」（「中國現代散文理論」一三八頁）董崇選「西洋散文的面貌」分類較細，但其最廣義的定義也是「平常人所說或所寫的平白的語文……它是與『韻文』（Verse）或『詩』（Poetry）相對的。」（五頁）按，在中國，散文有時指古文，則範圍又可包含辭賦頌贊等文類。

有文藝性的說理文等等。它也包括一般的歷史著作、學術論文及各種應用文等非文學作品。但是民國五四運動之後迄今所指的散文，則大抵限於文學性的作品。它不僅是相對於韻文而言，乃是縮小範圍而與小說、戲劇、詩歌並行的文類。

傳統意義的散文在我國文學史中，具有詩詞歌賦等純文學文類所無法比肩的重要地位。因爲一般古文家是不屑於把散文用來表現雕蟲小技，視爲消閒之用的純文學。它一向肩負著經國之大業，不朽之盛事的重任，因此，寫作散文不外爲宗經徵聖助教化。其次則是爲了使用上的應用文字，文學成分則是最少受到考慮的因素，也因它的範圍廣、實用性強，地位重要，於是能蓬勃生長❷，乃至成爲足以傲視西洋的一個重要文類❸。散文的發展，到了五四運動後，白話散文興起，與古典散文仍然具有相當的血緣關係。

在我國，具有文學素質的正統散文來自先秦兩漢時代兩個大系統；一爲諸子文，大率兼有哲學及文學的特質。一爲史傳文，兼有歷史及文學的特色。它們是基於哲學與歷史的價值而被看重，卻意外的，又成爲日後文學的重要養料❹。至唐宋時代，韓愈、柳宗元等八大家的散文創作有很高的成就：敍事生動、寫景自然、抒情眞切、議論透闢、語言純淨準確、意境憂憂獨造，締建了散文的高峯，在純文學上終於能與韻文相頡頏。這種成績，在明代前後

❷ 朱自清在「背影」序中說：「中國文學向來大抵以散文學爲正宗；散文的發達，正是順勢。」（「朱自清集」一五四頁）又林慧文「現代散文的道路」說：「中國過去的散文的標準是什麼呢？最好拿『古文辭類纂』一部書來說。這部書是中國晚近正統派散文的選集，它的文章分作十三類，即論

辨、序跋、奏議、書說、贈序、詔令、傳狀、碑志、雜記、箴銘、頌贊、辭賦、哀祭。這十足代表了過去對於散文的見解。」（「中國現代散文理論」四七〇頁）朱氏提出散文類型的重要性，但並未指出它的重要是否基於文學上的價值。「古文辭類纂」爲古典散文選集的代表作，林氏的舉證則可見出傳統對於散文的見解乃以其實用功能爲畫分標準。

❸ 在中國，散文雖然不居於文學的地位而生長，但卻時有文學性的作品產生；但在西方，散文卻沒有自己的地位。董崇選「西洋散文的面貌」第二章說：「在西洋文學裏，最初的三大文類是戲劇、史詩與抒情詩。可是後來文學作品的形式與內容漸漸增多，該三大古老的文類便不能涵蓋衆多不同的作品。爲了顧及實際，現代的三大文類便改成爲戲劇、詩歌與小說。但戲劇、詩歌與小說也不能概括所有文學作品。比方說，有些文學成份很高的傳記、自傳、性格誌、回憶錄、日記、書信、對話錄、格言錄與艾寫（essay）等，既不是戲劇，也不是詩歌，也不是小說。而既然這些文類，通常都是用（最廣義或較廣義的）散文寫成的，所以就有很多人把這些文類的作品合起來，籠統地稱爲prose（散文）有些文學史或文學導論的書，便是把文學分成詩歌、戲劇、小說與散文四大部份來討論。」（九一一〇頁）又第三章說：「……西洋散文，依其定義的不同，可以從不同的文類中去尋找。」可見散文缺乏自足自立的地位。西洋也缺乏繼往開來的大家，因此也不會因散文而產生任何文學運動或潮流。

❹ 李素伯「小品文研究」第二編引王世穎「龍山夢痕」引言說：「所謂新形式的散文小品，在我國簡直不是新的東西，周秦諸子中，你儘可以讀到他們從實際生活中得來的感想，你儘可以領略到他們所親切地看到的人生之斷片……這種精美的畫片，直到現在，還發著鐳也似的光芒，不但歐洲古代沒有，卽在現代也是少見的。」（二八、九頁）周樹人在「雜談小品文」中說：「史記裏的伯夷列傳和屈原列傳除去了引用的騷賦，其實也不過是小品……」（「且介亭雜文二集」一九六頁）

七子的擬古風潮中，只有歸有光汲取其養料。他的散文，筆致清淡，意態從容，感情眞摯，且竟能敍寫家庭瑣碎，人倫聚散等平凡事情。非常接近現代散文中的抒情、敍事小品。

明代萬曆年間，思想及文學批評家李贄對文學的藝術理論，不僅提高通俗文學的地位，也影響散文的觀念，他主張文學創作必出於眞誠的本心，爲人要率性任眞❺。他並且聚徒講學，宣揚自己的理論，公安三袁就是他的崇拜者❻，晚明公安、竟陵小品成爲一代盛事絕非偶然造成❼。

不過晚明小品由正式出現到形成風氣，以至明季滅亡，而小品隨之衰微，其間還不到一百年。在中國文學史中本不足以構成重要的一環。在中國漫長的文學演進史中，歷代都有精萃的散文產生❽，其個別成就也絕不遜於晚明小品的大家❾。但是，晚明小品可貴的意義乃在，它形成一股較強勁的力量，促使中國散文的演進流程裏，純文學能佔有主導的重要地位，對於現代散文的生長、啓發具有關鍵性的作用❿。

相對於載道爲主的正統廊廟文學，古典散文還有一枝生力軍則是筆記散文，因爲它是文

❺ 見李贄「焚書」卷三「忠義水滸傳序」。謂創作出於「童心」，「童心者，眞心也」「最初一念之本心也。」（一〇八頁）又「李溫陵集」卷四「答周二魯書」言「士貴爲己，務自適」等。（二〇〇頁）

❻ 公安三袁指袁宗道、袁宏道、袁中道三兄弟，湖北公安人，故稱公安派。三袁中以袁宏道最有名。李贄對晚明文學的影響，參見陳萬益「晚明性靈文學思想研究」第二章（三三頁—）。

⑦ 明代弘治（一四八八——一五〇五）、正德（一五〇六——一五二一）之際，朝政廢壞，王綱不振，文風亦趨於衰敗，落於腐敗的積習中，於是有前後七子繼起，想跳出八股的牢籠，主張文章須遠追秦漢。可是他們並未能眞正繼承秦漢的遺產，其末流俗套，乃至以勦竊爲復古。到了隆慶（一五六七——一五七二）、萬曆（一五七三——一六二〇）間，便有公安三袁起而主張反復古主義，反對摹擬，主張做文寫詩都要獨抒性靈、不拘格套，於是公安派式清新流麗的小品文一時盛行。但其末流，又走入輕纖淺率一路。於是又有竟陵鍾惺，譚元春等起而提倡寫幽深孤峭的文章，以矯公安之弊，他們都是湖北竟陵人，所以稱竟陵派。這兩派作品，與雍容典雅的臺閣文章迥然而異。

⑧ 鍾敬文「試談小品文」中說：「中國古來許多文人中，沒有專門做小品文做得多而且出名的。但是這類文藝花園中的異卉的作者，各時代都不斷的生產著，並不爲人們所注意罷了。如果『莊子』不盡是僞書的話，在戰國時，已頗有些美麗的小品文出來。漢魏六朝間，有幾篇書翰，是很當得起上頂的小品之稱。陶淵明這位避世的先生，不但在中土詩國中，是一個傑出的人才，他的小品文也是不可多得的佳麗。『桃花源記』、『五柳先生傳』，這是有口皆碑的，我們也用不著來說了，不大爲人所注目，而在我覺得是佳妙的，是那篇『與子儼等書』。唐人如柳宗元的山水記，雖頗多客觀描寫成份，然用筆幽雋，作者個人情緒，復不自禁的流於其間，所以也不能不說是逸品……」（「中國現代散文理論」三二、三頁）

⑨ 朱光潛「論小品文及其他」云：「我並不敢菲薄晚明的小品文，但是平心而論，我實在不覺得它有什麼特別勝過別朝的小品文的地方，我覺得『檀弓』、『韓詩外傳』、『史記』的列傳，『世說新語』以及『漢魏叢書』裏面許多作品也各別有風趣，我尤其不相信袁中郎的雜記比得上柳子厚，書信比得上蘇東坡……」（「我與文學」一〇四頁）

⑩ 前註❽所引鍾敬文的文字續云：「（明代的）名士卻另外開拓了一個抒情的散文境地，如十六家文集中有許多眞是小品文的上乘，使我們讀了飄飄然欲仙。」諸如此類推崇之見所在多有。但是，由於對文學基本觀念的不同，歷來有許多學者非常菲薄晚明小品的價值，例如錢基博「明代文學」第一章第十節云：「山陰徐渭字文長，公安袁宏道字中郎，以清眞藥雕琢，而不免纖窕，則江湖才子之惡調也！竟陵鍾惺字伯敬，譚元春字友夏，以幽冷裁膚縟，而仍歸澀僻，又山林充隱之贋格也！一則漫無持擇；一又過爲尖新；雖蹊逕不同，而要之好行小慧，以便空疏不學則一！此變而不得其正者也。」（五二頁）陳柱「中國散文史」第五編第一章第二節云：「公安竟陵，學太無根，茍非專研明代文學史者，皆可勿論也。」（二七四頁）此外，現代散文承晚明小品之源流而來，也有持相反意見者，如陳子展「公安竟陵與小品文」中說：「我們論到『中國新文學的源流』，倘非別有會心，就不必故意杜撰故實，歪曲歷史，說是現代的新文學運動是繼承公安竟陵的文學運動而來，」（「小品文和漫畫」一三四頁）又陳少棠「晚明小品論析」第五章云：「至於五四新文學運動後興起的『小品散文』，它是受外國文學的影響多，受本國舊文學的孚育少的，」（九四頁）但是基於文學體式的產生必源於它固有的歷史背景及社會背景，以及現代散文與晚明小品的雷同或近似現象，我們肯定二者必有血緣關係。周作人在「中國新文學的源流」（「周作人全集」第五冊三一三頁）中屢次強調「今次的文學運動，其根本方向和明末的文學運動完全相同，」「明末的文學，是現在這次文學運動的來源；」且言兩次文學運動有許多相像的地方：「兩次的主張和趨勢，幾乎都很相同。更奇怪的是，有許多作品也都很相似。胡適之、冰心、和徐志摩的作品，很像公安派的……和竟陵派相似的是兪平伯和廢名兩人……」楊牧亦力主晚明小品啓發現代散文之體製，見「中國近代散文」。（「文學的源流」五四頁）

人學者的隨筆記錄，瑣瑣碎碎，順筆寫出，不必孜孜於從大處落墨。他們也不曾想藏諸名山，傳之其人，更不曾想借此來應試做官，或干謁權貴，因此文字反而能自然流露出作者的眞性情。有些文人，右手寫道貌岸然的古文，左手卻寫率性任情的筆記⓫。魏晉時名士雅好清談，喜用精鍊的文字來表達微妙的哲理。南北朝時山水文學盛行，酈道元的「水經注」、楊衒之的「洛陽伽藍記」俱是山水遊記的典範。而如劉義慶的「世說新語」等則是雋永的記事小品。兩宋時，筆記雜著、尺牘、日記、題跋等等各種小品式的文類非常發達。甚至道學家的語錄體筆記其實就是當時的白話散文。這種筆記散文，形式不拘一格，篇幅可長可短，作者寫作又不必有所顧忌，隨心記錄，極爲自然眞切，它發展到明代，再次崛起，以反對前後七子的復古潮流爲主，而成爲晚明小品。至此筆記小品與正統散文暫時滙合，造成較有可觀的純文學發達的氣象。

追溯現代散文的源流，可以歸納出三項：中國古典散文以及傳統白話小說和西洋散文(Essay)。

古典散文發展的歷史極長，產生的作品極多，它所能提供的養料極難條分縷析；大致說來，應以形式技巧爲主，林非「中國現代散文史稿」第六章說：

⓫ 例如唐宋八大家中，韓愈的「祭十二郎文」、柳宗元的山水遊記及寓言已是道地的筆記小品，蘇東坡、黃山谷的尺牘則是書信小品。朱光潛甚至有更廣義的看法，認爲「中國書屬於『集』部的散文可以說大部份都是小品文。從漢朝以後，中國文人大部分都在這種小品文上面做工夫。」（見「論小品文」，「中國現代散文理論」一二五頁）

中國古代散文在藝術表現方面積累了十分豐富的經驗，諸如刻劃性格的形神俱備，描寫景色的富有意境，情節結構的清晰簡潔，抒情議論的緊密融合，運用文字的豐富精煉和滲透著感情色彩等等，這些都在「五四」以後的散文創作中得到了創造性的運用⑫。

司馬遷的史記在文學界佔有崇高的地位，因爲他能跳出一般史書純粹記錄史事的梗概，進一步具體描摹事件的趣味。其次是，作者的感情洋溢於文字間，對人物的褒貶又隱藏於篇章之內，令人百讀不厭。又如唐宋的散文大家們，已能在形式上刻意講究，於是有章法上千變萬化之妙，此實爲取之不盡用之不竭的寶藏。

古典散文對一位現代文學創作者的影響，可能是正面、也可能是負面的，完全要看作者個人是否善於選擇、吸收、消化、融鑄與創新。

筆記體及晚明小品給現代散文較大的影響，應是觀念上的啓發。筆記散文，內容既不必拘限於廊廟文章，形式也自由發展，一篇之中，可以說理、敍事兼而抒情，甚至日記、遊記、報導文學、傳記文學等諸種類型兼容並蓄，這種有機的搭配，確然助長文體的活潑性。寫作時，不必顧忌，隨心記錄，文章便自然親切。李卓吾以降的理論家，正式強調文學素質的重要性，同時他自己的文章也實踐了他的理論⑬。爾後公安派強調的「獨抒性靈，不拘格套」⑭正是繼承卓吾的說法而繼續發揚光大。因此晚明小品重視自我，散文的個人色彩加強了，但求其「眞」，不怕露出自己的原始面目，我們可以從大部分的作品中明顯看出口語化

的文字及個人筆調，以及作者的個性、思想、情感、人品與風格，讀來如見其人⑮。凡此種

---

⑫ 林氏在書中論及現代散文作家的成績時，曾舉出冰心的小品乃「吸收融化了中國古典文學和西方文學中的詞彙，加以精心的錘煉，從而豐富了自己作品的表現能力。」（六二頁）認爲俞平伯的有些散文「刻意模仿明人的小品，這也是在實踐周作人的主張。」（七一頁）認爲錢杏邨「流離」的敍事和寫景「頗受中國古典小品的影響，筆調峭拔，著墨儉省，有時還雜用古文，明顯地露出模仿的痕迹來。」（八六頁）認爲夏丏尊、豐子愷的創作「都有些得力於古代的筆記和小品。」（一二五頁）認爲吳伯簫的散文「多少受到了一些駢文的影響」（一二七頁），認爲「魯迅的雜文，就是在藝術上受到了春秋戰國時代諸子散文的影響，又吸收魏晉文章的藝術特色……」（一九九頁）

⑬ 鄭振鐸插圖本「中國文學史」六十二章評介李卓吾的散文說：「他無意於爲文，然其文卻自具一種絕代的姿態。他不摹仿什麼古人，他只說出他心之所言。行文如行雲流水，行於所當行，止於所當止，這在明人散文中，已是很高的成就了。」（九四三頁）

⑭ 見「袁中郎全集」一冊「敍小修詩」。（五頁）

⑮ 雖然論者有謂公安竟陵兩派在文學創作的實踐上趕不上他們的理論（見陳子展「公安竟陵與小品文」，「小品文和漫畫」一三四頁），但是就相對於壓抑自我的傳統散文而言，晚明小品實具有革命性的意義。陳氏又云：「他們雖然不曾明白說文章要全用口語，他們的作品每雜用口語，卻已實踐了他們自己的一點主張。」（一二八頁）林語堂「還是講小品文之遺緒」談這一系統的文人說：「諸位之文都近於平易淺淡，笠翁文體甚得語言自然之勢……若金聖嘆那種行文，更是與說話一般無二。」（「人間世」二十四期，三五頁）

種，都與現代散文的訴求相同。

現代散文來自傳統的另一宗養料是中國傳統通俗文學，尤其在明代萬曆年間，戲曲、小說、民間歌謠等等都特別繁榮，這種新興的市民文學的特點是「尙眞尙奇」；尙眞則不主摹擬，尙奇則不拘一格，它對當時的公安派也有相當的影響⑯，其中以白話小說影響尤爲重要。自宋元以來的話本及明清的章回小說，在文學語言上提供了最直接的樣式。自傳式小說常有許多片斷的散文小品出現，例如沈復「浮生六記」，劉鶚「老殘遊記」，前者以較文雅的口語記錄生活瑣事，其實是典型的散文小品。後者不但有自傳文、遊記文的特色，且有社會批評、傳知散文的典範，王小玉說書、大明湖、桃花山等等都是膾炙人口的名篇。此外，如三國演義中的三顧草廬，水滸傳中的景陽崗，儒林外史中的王冕畫荷、荊元市隱，以及紅樓夢中隨處可以發現人情、物趣等等各色渾金璞玉似的小品散文。楊牧在「散文的創作與欣賞」中說：

> 傳統的白話小說使中國文字的流動性、朗暢性得到最大的發揮，而且它本身有趣味，我們不但可以看它的情節，也可以看它藝術錘鍊的過程⑰。

現代散文在文學運動的初期能獲致較小說、新詩更高的成績，其原始的傳統基礎實不容抹煞。對於傳統，不善於繼承、消化、吸收的人而言，那只是個沉重的包袱，但對於大家，它是個墊腳石，會使他腳步更穩健，內容更豐富，站得更高，看得更遠，做得更好。劉大杰談到明末散文大家張岱時說：

他的詩文，開始確是學過公安、竟陵，但後來他融和二體，獨成一家之言……他未能為公安、竟陵所囿，他能汲取兩家之所長，棄其短，而形成他自己的特色。其文學理論，並不與公安背，因他同樣主張反擬古，抒性靈。散文的成就，他高出晚明各家之上，題材範圍也擴大了，於描畫山水外，社會生活各方面，都接觸到了。讀過夢憶、夢尋的人，便會知道。並且各種體裁，到他手中都開放了，如序跋、像贊、碑銘，這些文體，出之三袁、鍾、譚，還是扳起面孔規規矩矩地寫，到了他，也寫得滑稽百出，情趣躍然，這不能不說是散文上一大進步⑱。

實在說，文學創作者的原始養料，並不能條分縷析、確鑿地指出它的來源，古典詩詞對現代散文意象的塑造，美感的經營也能提供豐富的素材，只不過能注意又有能力汲取的人不多罷了。

對於現代散文的血統，歷來論者大都認爲它同時來自兩個不同的系統，一個是中國古典

⑯ 見游國恩編「中國文學史」第七編第五章二一九頁。

⑰ 見「文學的源流」八二頁。林非「中國現代散文史稿」中認爲吳組緗散文得力於古典小說的優秀傳統，中國的報告文學亦然。（二一一及二〇〇頁）

⑱ 見劉大杰「中國文學發展史」二十五章八七四頁。

散文，尤其是晚明小品。一個是西洋散文的影響⑲。但也有人認爲西洋散文影響更大，例如朱自清「背影」序中說：

……現代散文所受的直接的影響，還是外國的影響；這一層周先生不曾明說。我們看，周先生自己的書，如澤瀉集等，裏面的文章，無論從思想說，從表現說，豈是那些名士派的文章裏找得出的？——至多「情趣」有一些相似罷了。我寧可說，他所受的「外國的影響」比中國的多。而其餘的作家，外國的影響有時還要多些，像徐志摩先生……⑳。

朱氏此說實是基於散文的推動立場而言，在一九一七至四九年間，論者將散文的創作推展分爲三期㉑，前後兩期都以推介西方散文爲主。在新文學運動初期，企盼藉西方的理論與作品

⑲ 林非「中國現代散文史稿」第六章云：「五四以來的散文創作，從思想內容到藝術形式都完全是一種嶄新的作品，然而它又是合乎邏輯地繼承了中國古典文學的優秀傳統，並且創造性地借鑑了外國文學的有益的經驗。」（一九八頁）李素伯「小品文研究」第二編中認爲中國現代小品文發達的原因有三：現代生活的趨勢、歷史的背景、外國文學的影響等。他說：「（小品文）其內容、精神，實有待於外來文學的充實。周作人先生是中國現代最成功的小品散文家，他雖說明現代中國小品散文的源流是從明朝出來的，但也承認有外國文學的影響，他在『燕知草跋』裏就說：『中國新散文的源流是公安派與英國的小品文兩者所合成。』」（三三頁）持此說法者極多，例如林慧文「現代散文的道路」（「中國現代散文理論」四七〇頁）、陳敬之「中國文學的由舊到新」（一〇二—一〇三頁）。

⑳ 見「朱自清集」一五六頁。陳敬之「中國文學的由舊到新」中以爲西洋的抒情散文，對中國散文作家影響最深遠最普遍，並舉周作人、林語堂、俞平伯、徐志摩、梁遇春、梁實秋等人爲「此中翹楚」（一〇五頁）。

㉑ 「中國現代散文理論」在「前言」中，把淪陷前的散文推展分爲三個時期：一九一七——二七、一九二七——三七、一九三七——四九。他認爲第一期是推介外國的作品，第二期回顧中國的傳統，第三期再強調外國營養，「在第一期，人們較側重於外國散文創作和理論的譯介，如傅斯年、劉半農、周作人、王統照、胡夢華等介紹外國散文理論，介紹歐美的小品隨筆，魯迅譯介尼采的『察拉圖斯忒拉的序言』、廚川白村的『出了象牙之塔』、鶴見祐輔的『思想・山水・人物』，還有其他人譯介波德萊爾和屠格涅夫的散文詩等等，都對中國現代散文的創建起了重大的作用。中國現代散文主張散文創作要寫實求眞，表現作家自我的個性特徵和散文風格的多樣化，中國現代散文中的記敍、抒情散文理論和創作的產生，中國現代散文中像『霹靂手』一樣對中國社會和精神文明進行『辣手』的尖銳猛烈抨擊的戰鬥性雜文和『含笑談眞理』的閑話、幽默的歐美隨筆式的軟性雜文創作和理論的產生，以及中國現代報告文學和現代散文詩的出現，都得力於外國散文創作和理論的譯介，以及中國現代散文家的『洋爲中用』的借鑒、吸收、融化和創造。從這點上說，沒有外國散文創作和理論的譯介，也就沒有中國現代散文創作和理論……到了第二期以後，人們已經開始重視中國古典散文的優秀傳統。（按，作者在文前又說：這時有大量古典散文選問世，特別是晚明小品更風靡一時，一些研究古典散文和文論的著述也相繼出現。）……在第三期，方重的『英國小品文的演進與藝術』（見方重『英國詩文研究』，商務印書館一九三九年四月初版），是中國現代學術界介紹英國小品隨筆的較全面、較深入的理論文章，朱光潛稍後寫的『日記』、『隨感錄』、『談報章文學』、『談書牘』、『歐洲書牘示例』、『談對話體』等，從中西散文的比較中，介紹西方散文創作和理論值得借鑒、吸收和發揚的許多方面。」

做爲國人的參考以求突破之道，原是足以認可的事。但是並不因推介之有力，就證明創作乃顯然受到重大影響，朱氏舉周作人就是相當站不住腳的例子。

從「同」的立場來看，現代散文承襲古典散文許多既有的類型，例如小品文、序跋、日記、遊記等。且現代散文有許多作品在精神內涵上，都與古典散文同趣。若從「變」的角度來看，現代散文在早期承襲古典素材與精神的比例實在相當高，雖然作者可能努力想擺脫傳統的色彩，但是，如周作人等在現代散文初期已經有相當成就的作家，他們早年都深受古典文學的熏陶，成長於傳統文化之中，成年之後才接受西方的洗禮，他們具有中國堅實的草根性，其表現在散文之中，大抵是以現代白話的形式，但精神內涵仍以中國傳統文學爲本位。再進一步的演進是採取古典散文的類型，但逐漸改用現代白話語言及文章的結構，散文演進到今天，已有一些完全脫離中國傳統的作品出現，這一方面是作者生長的環境迥異於前人，他們吸收的養料也幾乎與古典絕緣。因此產生許多純「現代」的散文。另外還有一種現象則是，部分作家愈接近西方文學或都市文明，愈有回歸中國的訴求。因此，文學作品及理論之影響作家創作，雖然有主導潮流，但個別因素及影響實無固定的比例可言。作家的成就，仍要看他對各種養料兼容並蓄，做各種不同程度的消化、吸收與創新的成果。

第二節　現代散文的涵義

(一) 名義

由於中國傳統散文的涵義太廣，所以，新文學運動之後，對於用白話寫就的、文學性的散文，並無統一的名稱。一九一七年五月，劉半農在「新青年」發表「我之文學改良觀」❶中，說：「所謂散文，亦文學的散文，而非字的散文。」已有「文學散文」的觀念，並與「詩歌戲曲」相對，惟不包括「小說雜文」在內，可見這時劉氏的觀點「小說」還在「散文」範疇之內，他的「散文」定義是與韻文對立的文類。一九一八年十二月，傅斯年「怎樣做白話文？」❷已針對白話散文的寫作而立言，同時他已發現散文在文學上缺乏地位，不如小說、詩歌、戲劇，足見他有四者並列的識見。一九二一年六月八日，周作人在「晨報」副刊提倡散文的寫作，但是他稱之為「美文」：

❶ 見「半農文選」四二頁。
❷ 見「傅孟真先生集」第一冊上編六八頁。

> 外國文學裏有一種所謂論文，其中大約可以分作兩類。一批評的，是學術性的。二記述的，是藝術性的，又稱作美文，這裏邊又可以分出敘事與抒情，但也很多兩者夾雜的。這種美文似乎在英語國民裏最為發達，如中國所熟知的愛迪生、蘭姆、歐文、霍桑諸人都做有很好的美文，近時高爾斯威西、吉欣、契斯透頓也是美文的好手。讀好的論文，如讀散文詩，因為他實在是詩與散文中間的橋。中國古文裏的序、記與說等，也可以說是美文的一類。但在現代的國語文學裏，還不曾見有這類文章，治新文學的人為什麼不去試試呢❸？

周氏提出的「散文」範圍似乎只限於議論性的文字，這是因爲他引西方以議論爲主的傳統散文爲例的關係。一九二二年三月，胡適在「五十年來中國之文學」的篇末論到白話文學的成績，第三項說：

> 白話散文很進步了。長篇議論文的進步，那是顯而易見的。可以不論。這幾年來，散文方面最可注意的發展，乃是周啓明等提倡的「小品散文」。這一類的小品，用平淡的談話，包藏著深刻的意味；有時很像笨拙，其實卻是滑稽。這一類作品的成功，就可徹底打破那「美文不能用白話」的迷信了❹。

胡適稱爲「小品散文」。一九二三年六月二十一日，王統照在「晨報」副刊的「純散文」❺一文，又稱「純散文」，且與小說、詩並列爲三大文類。一九二六年三月十日胡夢華在「小說月報」十七卷三號發表「絮語散文」則引介法國蒙田（Michel Eyquem de Montaigne）、英國培根（Francis Bacon）等的絮語散文(Familiar essay)，且援用此名。朱自清在一九二八年七月三十一日發表於「文學周報」三四五期的「論現代中國的小品散文」❻則以「小品散文稱之」。爾後，稱「小品文」者日多，林語堂在一九三二年創辦小品文月刊「論語」、三四年「人間世」半月刊、三五年「宇宙風」半月刊等提倡小品文，林氏專名之爲「小品文」，此後它幾乎取代「散文」之名❼。

現代的「小品文」一詞來自晚明小品。陳少棠「晚明小品論析」第一章云：

> 就晚明「小品」與現代「小品文」相類的地方來說，兩者都屬言志的文學，有作者個別的精神面貌，文字大都以簡潔峭拔為尚，題材則無所不包，一以表達作者之思想性情為主，風格則從容閒雅，少有慷慨激昂之態。故從外形文字方面觀察，晚明「小品」與現代「小品文」確具有若干共通之點，難怪近人往往把現代「小品文」推源於

❸見「中國現代散文理論」三頁。

❹見「胡適文存」第二集，二五九頁。

❺見同註❸四頁。

❻此文後做爲朱氏一九二八年開明書店出版「背影」一書之序文。

❼如鍾敬文「試談小品文」（一九二八年十月十六日文學週報）、梁遇春「小品文選序」（一九三〇年四月北新書局）等等單篇論文不煩細舉；一九三二年李素伯且有「小品文研究」專書出版（上海新中國出版社）等。

晚明「小品」，甚至將此兩名稱混淆❽。當時引介西洋散文時，也以小品文爲主❾。其小品文的定義與晚明小品講究「獨抒性靈，不拘格套」不謀而合❿。

「小品文」實際上就是早期的白話散文。林語堂在「人間世」半月刊第四期「說小品文半月刊」上說：「（小品文）言其小，避大也。」（七頁）夏丏尊「文章作法」第六章「小品文」中界定其意義上也說：「從外形底長短上說，二三百字乃至千字以內的短文稱爲小品文」（一〇九頁）以上諸論都只強調小品文之外形短小而言，「人間世」創刊號發刊詞才把小品文做一較完整的義界：

蓋小品文，可以發揮議論，可以暢洩衷情，可以摹繪人情，可以形容世故，可以劄記瑣屑，可以談天說地，本無範圍，特以自我為中心，以閒適為格調，與各體別，西方文學所謂個人筆調是也。（四頁）

---

❽ 見第三頁，又該書第二章論「小品」名詞之來源云：「……以『小品』去稱呼某種形式或風格之文學，到明中葉以後才見普遍……『小品』一詞源自佛家，其初只是某部節略本佛經的名稱，後來引申到一般佛典，其詳者稱曰大品，略者叫小品……隨著佛教在中國之發展及華化，許多佛家語詞先後闖進中國語文和文學的領域，在此情形之下，『小品』一詞亦漸漸由原來專指簡潔的佛經而借用來表示形式短小而意味清雋的文章……到了明代末葉，假借『小品』爲某種短小文章的稱呼，突然間普遍起來，有些作家尋且以『小品』作爲其文集之名稱……」（九一一一頁）

❾西洋散文原也有廣狹不等之定義，董崇選「西洋散文的面貌」第二章即舉出有四種：⑴最廣義⑵較廣義⑶較狹義⑷最狹義。其中只有屬於第⑷項最狹義的散文——也就是小品文，當時被傳入我國，且大力提倡。該書把此種散文譯爲「艾寫」，在其註解❷曾說明云：

> 英文 essay 或法文 essai 一字，按其原意很難翻成中文。有人將之翻爲「小品文」，但西洋的 essay 有時是長篇的論著。有人將之翻爲「論文」，但西洋的 essay 有的根本不是論說文，而是抒情文或記敍文。也有人將之翻爲「文章」，但西洋的 essay 並不只是文章，而是某種特殊形式與內容的文章。因爲找不到適當的譯名，今姑且音譯，將之譯爲「艾寫」。「艾」有「美好」與「欲語難出」之意，「艾寫」似可暗指抒懷論述的苦衷，兼指文美句好的結果。同時「艾」音同英文I（我），更可暗指此類作品，常是個人描寫胸懷觀念的結晶，迎合蒙田（Montaigne）當初稱自己文章爲 Essais（試探）的原意。（一一頁）

「英國小品文的演進與藝術」中，方重也說：「小品文就是英文裏的 Essay，這個名詞在英文中已成了一個泛稱……」（一頁）「小品文的發源地在法國，它的祖先是法國一位文人蒙旦（Michel Eyquem de Montaigne）……英國小品文家……大都推崇蒙旦爲老師……蒙旦死後五年（一五九七）英國文壇已刊行了一部小品文集，內文十篇，最特負盛名的法官培根所著……」（三—四頁）此後引導了英國小品文的潮流。

❿前引方重文中說，西洋人爲小品文下的定義是：「小品文就是小品文家的作品……可見小品文的要素，並不在題目，卻在作者的『人格美』。沒有人格美的作者決不能成爲小品文家，不表現人格美的作品決不是好的小品文。我們愛讀一篇小品文，因爲我們愛那篇作品後面的人格，他一定具有一副愛美的品性，不忍讓天地萬物埋沒了它們各個的風格，他要用最潔練最和藹的手腕去把它們擺佈

出來，使人人愛好他們的生命，預備他們應付，並且領賞，哀樂無常的世態，不致到了臨時張皇失措。」（二一三頁）蒙旦在他的小品文集序中也說：「我希望表現我原有的、自然的、日常的面目，不要帶一點做作，因為我是描寫我自己……」（同上，四頁）西洋小品文正當輸入我國時，周樹人曾翻譯日本學者廚川白村的「出了象牙之塔」，對我國的小品文理論影響頗大。該書論及英國「Essay」時說：

冬天，靠在爐邊的安樂椅上；夏天，穿上浴衣邊啜着香茗；舒舒泰泰地與親友隨心閒聊的話，照實寫下來的，才是 Essay。隨着自己的高興，也說些輕鬆的理論，帶刺的警句，或則任情地大言豪語一番。有幽默，也有哀愁（Pathos）。它們的內容，上自國家大事，下自市井瑣務，書的論評，風雲人物的軼事，以至自己過去的回憶，是隨着思潮的起伏，海濶天空跟着興之所至而托諸筆墨的文章。

Essay 最大的要件，乃在筆者必須濃厚地襯托出自己底個人的，人格的色彩。

廚川氏的看法，與西洋不謀而合，都影響我國很大，沉櫻編散文選，即用美國彼德森的文章為序：

在我看來 essay 這個字的含義應該是一篇短文，少則一頁，多則二三十頁，上天下地，幾乎無所不談，不過，總要採取一種現身說法，隨隨便便，毫不舖張的方式。一篇 essay 要有發人深省的力量，可是，不應該有道貌岸然的態度。它所涉及的問題，剛剛到達哲學的邊緣，卻絲毫沒有系統。它必須有一種散漫中的統一，可是，也往往饒有風趣的插進些題外的話。除此以外，一個散文作家不論還有什麼別的條件。他總是我們的文字交，他也是一個用文字當材料的藝術家。（沈櫻編「散文欣賞」二集代序，一頁）

此定義實來自西洋小品文的界說，當時散文作家也奉此等要件爲圭臬。但其實，這種狹義的散文義界，實不足發展爲一重要的文類。有識之士已發覺這種困境，郁達夫在「中國新文學大系、散文二集」導言中說：

> 散文的第一消極條件，既是無韻不駢的文字排列，那麼自然散文小說，對白戲劇（除詩劇以外的劇本）以及無韻的散文詩之類，都是散文了啦；所以英國文學論裏有 Prose Fiction, Prose Poem 等名目。可是我們一般在現代中國平常所用的散文兩字，卻又不是這麼廣義的，似乎是專指那一種既不是小說，又不是戲劇的散文而言。近來有許多人說，中國現代的散文，就是指法國蒙泰紐（Montaigne）的 Essais，英國培根（Bacon）的 Essays 之類的文體而說，是新文學發達之後才興起來的一種文體，於是乎一譯再譯，反轉來又把像英國 Essays 之類的文字，稱作了小品。有時候含糊一點的人，更把小品散文或散文小品的四個字連接在一氣，以祈這一個名字的顛撲不破，左右逢源；有幾個喜歡分析，自立門戶的人，就把長一點的文字稱作了散文，而把短一點的叫作了小品。其實這一種說法，這一種翻譯名義的苦心，都是白費的心思，中國所有的東西，又何必完全和西洋一樣？西洋所獨有的氣質文化，又那裏能完全翻譯到中國來？所以我們的散文，只能約略的說，是 Prose 的譯名，和 Essays 有些相像，係除小說，戲劇之外的一種文體[11]。

在英國小品文中，哲理性、政治性的論文也被歸入其範疇中，反而較中國爲廣。因此，做爲一種文類，小品文自然有欠充實。雜文的產生便是一種反動⓬。此後小品文的範圍日漸擴大，字數長短也不拘，發展到今天，實有重新被界定的必要。

(二) 內 涵

在文學的發展史上，散文是一種極爲特殊的文類，居於「文類之母」的地位，原始的詩歌、戲劇、小說，無不是以散行文字敍寫下來的。後來各種文體個別的結構和形式要求逐漸生長成熟且逐漸定型，便脫離散文的範疇，而獨立成一種文類，現代散文亦復如此，所以，我們可以說，現代散文經常處身於一種殘留的文類。也就是，把小說、詩、戲劇等各種已具備完整要件的文類剔除之後，剩餘下來的文學作品的總稱，便是散文。而在這其中，散文本身仍然不停的扮演著母親的角色，在她的羽翼之下，許多文類又逐漸成長，如遊記文學、報導文學、傳記文學等別具特色的散文體裁若一旦發展成熟，就又會逐漸從散文的統轄下跳脫出來，自成一個文類。因此，散文本身便永遠缺乏自己獨立的文類特色，而成爲殘餘的文類。在地位上，現代散文反而成爲一直居於包容各種體裁的次要文類，內容過於龐雜，很難在形式上找出統一的要件。因此，在爲散文尋求定義之前，我們必須先了解它在文類上的特色：散文之名爲「散」，不是散漫，而是針對其他文類之格律而言，詩、小說、戲劇各自發展成充分必要的嚴謹條件，已走進一個有負擔和束縛的發展軌跡，而散文仍然能保持它形式的自由。也因此，散文的伸縮性非常大，它的母性身份仍然保有其孕育出來的子孫之特色，所以，散文「出位」的可能性也比其他文類要大些⓭。

儘管如此，現代散文的作家們，仍然努力塑造散文自己獨特的形象，理論家們也一致想爲現代散文定位，使她具有獨立的身份，能跟小說、詩歌在文壇上鼎足而三。本書卽是想嘗

⓫ 見「中國現代散文理論」四四三頁，又前引方重「英國小品文的演進與藝術」一文中也反對「小品文」這一名目，他說：

「小品文」這個名稱似乎尙有商榷的餘地。「小說」已因「小」字而受人小看了，又來一個「小品文」的「小」，怕不免又要讓人奚落，我想「純散文」三字不知是否比較適合一些。

⓬ 參見林慧文「現代散文的道路」，「中國現代散文理論」四七三頁。

⓭ 吳調公「文學分類的基本知識」第五章：

散文語言因爲有內容的綜合性和寫法的多樣性而顯得變化萬端，可能開頭來一個人物特寫，接著轉爲抒情詩式的強烈的感情抒發，運用了很多的象徵手法和排語，甚至夾用韻文；可能自始至終摘錄人家的話語而自己「不著一字」，如魯迅的一些「集錦」式的雜文；可能用對話體，如魯迅的「犧牲謨」；甚或用戲劇形式，但委實不是劇本，如「野草」裏的「過客」，也可能來一段新聞報導式敍述，轉爲政論，再轉爲曲折有致的類似小說的動人情節。散文語言的濃厚抒情性近乎抒情詩，敍事性取自小說的優長，而議論說明性卻又是吸收了政論文和應用文的特色。（二一四頁）

試做這種工作。

散文中作者與作品的關係乃顯而易見。作者處理題材的基本態度是主觀的，而且進一步在文字中暴露其主觀的敍述角度。不僅因爲散文處理主觀的事物較爲適宜，甚且面對客觀的事物，作者仍以主觀的態度來處理。洪深以「滷汁」來譬喻作家的主觀色彩，他說：

> 小品文的可愛，就是那每篇所表示的個人底人格。不論什麼材料，非經通過作者個人底情緒，是不會「夠味兒」的。粗糙一點的說，作者底人格，他的哲學，他的見解，他的對於一切事物的「情緒的態度」，不就很像滷汁麼！如果這個好，隨便什麼在這裏滲浸過的材料，出來沒有不是美品珍品。反之，如果一個作者，沒有適當的生活經驗，沒有交到有益的活人或書本朋友，那麼，從他的滷汁裏提出來的小品，只是一個隘狹的無聊的荒謬的糊塗的人底私見偏見，怎樣會得「夠味兒」呢[14]！

散文當以「有我」爲張本。以下分別就內容、風格、主題諸方面來討論一個散文家的創作心態，換言之，也就是一個散文家對於自己的散文創作所應該自覺的各種要求：

㈠內容方面的要求：必須環繞著作家的生命歷程及生活體驗

作家生活在人世中，必然受到環境的影響，不僅社會環境，並且地理環境、文學環境，都是給予作家生活經驗的機會，培育作家的生命特質。由於作家個別的資質、才氣、修養、個性等都有差異。因此寫出來的作品面貌也不同。就小說而言，其虛構的成分較大，詩歌想像誇張的成分較高，而散文則經常訴諸作者的直接經驗，因此它的內容必然取自作者的生命歷程及生活體驗。其中作者或直接現身說法，或者隱藏幕後，然終究難脫離其個人的人生經驗。

(二)風格方面的要求：必須包含作家的人格個性與情緒感懷

最廣義的風格是指作家或作品的任何特點。作品的特點可能在內容上，也可能在形式上⑮，但形式上的特色正是反映作家人格的特色。因此，好散文的先決條件是作家的人格個性要有足觀者，周作人在「個性的文學」中說：

(1)創作不宜完全抹煞自己去模仿別人，(2)個性的表現是自然的，(3)個性是個人唯一的所有，而又與人類有根本上的共通點，(4)個性就是在可以保存範圍內的國粹，有個性

⑭ 見「滷」，「小品文和漫畫」九六頁。

⑮ 見董崇選「西洋散文的面貌」第四章。該文又說：「一七五三年，法國別烏風（Buffon）對法國學院發表演說時說：『風格卽人格。』意味著『人如其文』的觀念。英國衛斯理（Wesley）說：『風格就是思想的衣裳。』表示文章的風格是外在的，思想是內涵的。另外，史衛夫特（Swife）說：『恰當的字在恰當的地方，那就是風格的眞正定義。』這句話更具體地把風格降爲純用字行文的技巧。」（三三頁）以上定義雖不很一致，但都針對著內容與形式做完美的配合以表達作者的思想爲主，注重字句推敲的學者，無非是更講究風格的精確表現。

的新文學便是這國民所有的真的國粹的文學⑯。

因此，散文不避忌個人主義。因爲個人主義的價值是視作者自我的品格而定。西洋散文的祖師蒙旦便是個人主義者，被喻爲英國最偉大的小品文家蘭姆（Lamb），不僅因爲他表現小品藝術的各方面最透徹、最精到，而且是在於他的自我披露。所以研究他的小品文，就是研究他的性格。他的人格，非但可敬，而且可愛，非但多趣，而且溫柔。因此，要充分鑑賞他的藝術，最好先明瞭他一生的經歷⑰。

人格個性和生命體悟，如抽去後天的影響，在中國傳統文學觀念中就是所謂「氣格」，氣格決定於先天，曹丕典論論文云：「文以氣爲主，氣之清濁有體，不可力強而致。」氣格指先天的體氣、才氣，在文章中流露出不同的氣象格局。例如有的作家稟天地之正氣，發爲氣勢浩瀚的陽剛之文；有的作者持天地之和氣，發爲韻味深美的陰柔之文。以上各種風格，也成爲決定作品境界高低的關鍵性因素。

㈢主題方面的要求：應當訴諸作家的觀照思索與學識智慧

文學家不僅是生存於社會的人物，不僅有一己的個性情懷，而且也要有學識與思想。因此散文不但表達作者的情感，也記錄他對人生的見解，不但富於情趣，還要帶有哲學意味。博識是作者必具的條件，有許多學者型的散文家，長期浸淫於經典名著之中，在餘暇之時信筆揮灑，其立論精確、引證淵博、識見卓越自不待言。由於這種人總是意興酣飽才濡筆染墨，因此文采也必燦然奪目。

如果撇開散文作家個人的因素，單就散文作品本身來看，也可歸納出四項特色：

㈠多元的題材

林語堂在「論小品文筆調」中說現代小品文比古代小品文，在範圍上實放大許多，誠所謂「宇宙之大，蒼蠅之微」無一不可入我範圍矣⑱。小品文的範疇已開展如此，散文的界限當更爲遼濶，實在說，它應該是沒有範圍的。這是因爲散文本身沒有特定的藝術形式，所以在表達方式上也可以任意發揮，因此任何題材都可以被包裝進去。尤其二十世紀人類的精神世界開拓出更廣大的領域，散文不僅僅只寫心靈的感懷、生命的際遇，還拓展至思想的層次、專業的學問等等。散文，不只是文學家的專利，在英美最著名的散文家中，絕大多數是在某些方面有特殊成就的人。例如培根、愛默生是哲學家，藍姆則對聖經、古典神話……諸神學術，無不研究。許多散文家是自然史家、歷史家、教育家、政治家，甚至是銀行家⑲。這新觀念也影響了我國的現代散文，使得散文家的眼界大開。因爲原來觀念中的散文內容「宇宙之大，蒼蠅之微」乃係指個人生命型態中縱面之可以上天入地。而諸種學術之「科際整合」進入散文的殿堂不僅是作家個人生活橫切面的無限擴大，且是作家羣類的無比拓

⑯ 見「個性的文學」，「談龍集」，「周作人全集」一冊一一〇頁。
⑰ 見方重「英國小品文的演進與藝術」五九頁。
⑱ 見「人間世」六期一一頁。
⑲ 參見思果「中英美散文之比較」。（「青年文藝創作論叢」第三集九八頁）

展。

由於題材無所不包，散文的功能也特別廣大，它不但能描繪事物，例如器物、動物、人物。也能敍寫事件，例如記錄生活，反映現實。也能摹寫景色，例如遊記文學。也能抒發性情，傳達思想，辯證觀念。基於形式的自由，作者常常把諸種功能融爲一爐而又各有側重，造就新穎繽紛的面貌。

當散文的定義只拘限於小品文時，一般人都認定小品文之「小」乃在其形式體製，尤其字數以少爲尚。其實散文的字數是不宜加以限制的⑳，所以它可以發展成爲長篇的遊記、傳記、日記、報導等文學作品。

㈡開放的形式

散文的形式由其內容所決定，因此散文的形式雖然有歷史的成因，卻是一個開放的系統。如前所述，散文的內容既是無所不包，其形式亦必然宛轉而因物，順時而變通。基本上散文不像戲劇有固定的形式結構，也沒有詩的格律要求，它不必分行，不必追求有規律性的節奏音效，也不必像小說家以固定的模式追求想像世界。散文家對於其他文類的基本形式，可以完全不理會，但也可以參酌選用，散文是「水性」的，完全看作者放它在怎樣的框架之中，作家有絕大的發揮餘地，所以有人試圖將散文出位，而吸收其他文類的優點，成爲一種更具「彈性」的文體㉑。也有人在標點符號上翻新立奇，或者絕少使用，或者完全摒棄，都是較具實驗性的嘗試㉒。

㈢流動的結構

文學作品是必然要有結構的。形式是硬體層面的包裝，結構一詞則指涉作品中具體情節內涵的安排。從結構的角度，才能將作者處理主題的方式予以分析，從而適切地掌握作者所欲表達的主題。散文的結構具有相當大的變通性，也可以「流動的結構」來概括活絡的散文結構體系的特色。換言之，結構的價值，乃是使創作的目的，例如作者所欲表達的思想、情感等，有最理想的、系統的表達次序。在小說、詩歌及散文三種文類中，其結構的訴求並不一致。李廣田「談散文」中說：

詩必須圓，小說必須嚴，而散文則比較散。若用比喻來說，那就是：詩必須像一顆珍珠那麼圓滿，那麼完整。它以光澤為其生命，然而它的光澤卻是含蓄的、深厚的，這正因為它像一顆珍珠，是久經歲月，經過無數次凝煉與磨洗而形成的。小說就像一座

---

⑳ 即令為一般人所以為的晚明小品，其字數也並沒有嚴格的限制，陳少棠「晚明小品論析」引湯大節序「陳眉公小品」云：「是集雖名小品，凡大議論、大關係，及韻趣之艷仙者，即長篇必錄。」證明晚明小品並不嚴格限於篇幅短小的文字。（四、七頁）

㉑ 余光中曾提出理論並有實驗性的創作，見「剪掉散文的辮子」（「逍遙遊」三六頁），其創作散見其文集中。

㉒ 例如季季早期的抒情散文，即排斥標點符號，而製造大量的長型句子。甚至如葉維廉撰寫論文也完全排斥標點符號，而改用「空格」代替（見「閒話散文的藝術」，「中外文學」十三卷八期），可見作者想把論文處理成藝術散文的居心。

建築，無論大小，它必須結構嚴密，配合緊凑，它可能有千門萬戶，深宅大院，其中又有無數人事陳設，然而一切都收斂在這個建築之內，就連一所花園，一條小徑，都必須有來處，有去處，有條不紊，秩序井然。至於散文，我以為它很像一條河流，它順了壑谷，避了丘陵，凡可以流處它都流到，而流來流去還是歸入大海，就像一個人隨意散步一樣，散步完了，於是回到家裏去。這就是散文和詩與小說在體制上的不同之點……

上引文大致對三種文類結構的不同訴求有所說明。散文的結構並非散漫無章，而是它不似小說與詩歌之必然具備特有的必然條件。上引李氏文末又說：

……散文既然是「文」，它也不能散到漫天遍地的樣子，就是一條河，它也還有兩岸，還有源頭與滙歸之處……好的散文，它的本質是散的，但也須具有詩的圓滿，完整如珍珠，也具有小說的嚴密，緊凑如建築㉓。

這可以說是李氏散文的出位之說。換言之，散文的結構並沒有約定俗成或者它自已發展出來的規範可循。它具有很大的流動性與變異性，對其他文類的長短處，收放自如。

小說具有客觀性的要求，講究敍事的次序，散文則可以由任何地方切片進入主題。詩有主觀性的敍述次序，散文則可自由安排，有時數個母題元素，參差排列，有時跳出主題跑野馬，其成功之作，固是舒放自如，自然有致，但失敗之作，則是東拉西扯，漫無旨歸。是故，如何在散文無機的結構化中建立各篇文章獨自的有機體，是相當重要的課題。

㈣生活的語言

散文的語言，屬於新文學語言的第一度系統，它與第二度系統的詩語言絕然不同；後者講究含蓄、暗示性，語言近於音樂，遠離口語。在第一度語言系統中，小說與散文又有不同。前者講究客觀性，作者脫離現場，所以，即使是第一人稱的小說，其語言，寫法仍是客觀的。散文則是主觀化的語言。主觀化的描寫，所以，即使是描寫客觀的事物，也總帶著主觀的看法。早期提倡白話文的作家如朱自清，認爲最理想的白話文便是洗鍊過的「上口」的語言㉔，這是散文語言最初步的要求，當時也被散文作家奉爲圭臬，較進一步的看法也止於「散文的語言，以清楚、明暢、自然有致爲其本來面目。」㉕晚近有人主張散文語言適度的

㉓以上見「中國現代散文理論」一四八、一五〇頁。

㉔朱自清「理想的白話文」中說：理想的白話文是把口頭的說話練得比平常說話精粹：「渣滓洗去了，使得比平常說話精粹了，然而還是說話——這就是說，一些字眼還是口頭的字眼，一些語調還是口頭的語調；不然，寫下來就不成其爲白話文了——依據這種說話寫下來的，是理想的白話文。」他又說：「理想的白話文，只要把握住一個標準，就是『上口不上口』。」（「朱自清集」一三九頁）

㉕見李廣田「談散文」（「中國現代散文理論」一四四頁），又吳調公在一九五八年撰「文學分類的基本知識」時仍主張散文「語言的最大特色是實用性和平易性」。（二一五頁）

吸收西洋句法及文言句式，但大抵仍以不悖離白話，以自然有致爲主㉖。我們可以說，散文語言最難達到的境界，乃是以最家常的文字傳達最標緻的意想㉗。

㉖ 最代表性的人物是楊牧，他在「散文的創作與欣賞」中說：「在文字方面，我主張最大的寬容，但無論如何還是以白話文爲基礎。」並主張「廣泛涉獵文言文的傑作，不讀文言的範文絕對寫不好白話文……外國語法的觀摩揣測也是需要的。」（「文學的源流」八五頁）至於像余光中提倡並躬親實踐的大弧度變造散文文字，則是極少數具實驗性的例子。他在「逍遙遊」後記中說：「我嘗試把中國的文字壓縮、搥扁、拉長、磨利，把它拆開又拼攏，折來且疊去……」（二〇八頁）。

㉗ 周作人在「談筆記」中說筆記文最理想的是：「要在文詞可觀之外再加思想寬大，見識明達，趣味淵雅，懂得人情物理，對於人生與自然能鉅細都談，蟲魚之微小，謠俗之瑣屑，與生死大事同樣的看待，都又當作家常話的說給大家聽，庶乎其可矣。」（「秉燭集」，「周作人全集」三冊二三二頁）實際上也自己道出他個人散文的極致之處。另外，梁實秋在「論散文」中說：「散文的美妙多端，然而最高的理想也不過是『簡單』二字而已，簡單就是經過選擇删芟以後的完美的狀態。」（「耕雲的手」七七頁）其說雖然範圍較廣，但也包含散文語言的要求。

第三節　現代散文的分類

文學作品的創作，原係自然的生長，到了後來，文學史家和批評家們，爲了整理、研究的方便，並指導創作種種原因而試圖採取自然科學的方法，把文學作品分爲幾個基本類型，並且在每一類中找出若干共同的素質、特徵、原則，成爲該文類的充分條件。於是而有小說、詩歌、戲劇、散文等文學的四大基本類型。類型既定之後，作家創作時，因爲已有既成的規範可以步趨，於是就依據文類的條件而創作，然而文學作品畢竟不是科學產品，各文類之間的區別原無截然的分野，甚至，還有許多互相重疊的部分，更何況，文學創作必須日新又新，作家也絕不能止於舊瓶裝新酒，不僅同一文類的內容可以千差萬別，且大作家沿用舊類型時，常常打破原有的格局，造成「出位」的現象，文學創作若能突破舊有的格律而創造嶄新的面貌，則有產生新文類的可能。既定的文類形式雖然對創作具有指導作用，但也常常落在層出不窮的新作品之後。因此文類本身也無法永久定型，乃是一直在接受補充新血的狀況之中。同理，我們想要把現代散文，再做分類，原也是基於整理、研究、討論的方便，尤其散文此一文類的基本素質向來缺乏嚴謹的要求，則把它再做細部的分類將更爲困難，因此，至今，均無一完滿的分類方法。

我國古時對於文章的界定極爲寬廣，因此文章的類別相當繁瑣❶，並不適合現代散文分類的參考。晚明小品所具有的文學素質較接近現代散文，其分類雖仍嫌蕪雜，但已具相當參考價值，例如：鄭元勳的「媚幽閣文娛」小品選集即分賦、文、書、序、傳、記、制辭、雜文等八類。衞泳的「冰雪携」分爲序、記、賦、引、題詞、跋語、書啓、傳、記、文、辭、說、雜著等十三類。

西洋散文的分類則更不一致，例如亨德把西洋散文分爲五大類：(1)歷史的散文(2)描寫的散文(3)演說的散文(4)教訓的散文(5)期刊的散文❷，而備受指責❸。亨德的分類立足點係同時站在時間及性質雙方面的關係而立論。時間，就是散文在文學發展史上所展現的次序。性質，乃是基於當時社會的需求而產生的重要類型，要同時考慮這兩種因素而較忽略文學的素質，亨德的分類便形駁雜，範圍也嫌過於廣泛。例如五個大類，性質難以並列。歷史的散文，實際上就是敍事散文，與描寫的散文，實際上不應該分開，因爲散文不能止於記錄事件，還要有場景等描繪，結構與修飾應是散文不可或缺的條件，不能單獨成立。亨德的「演說的散文」則屬於應用文，主要指政治性的演說，要具備煽動性，但演說未必非具有煽動性不可，如果純屬政治性的演說文，其主題「恆必是實用的，臨時的，」則這種具有特定時效的文章應該不屬於文學範疇之內。亨德的第四類散文「教訓的散文」實即哲理散文，又從意識型態來歸類，且範圍又極爲狹窄，它跟第五類「期刊的散文」無法並列。蓋後者實指英國式的雜文，範圍又大而無當，不但可以涵蓋前四項散文類型，且還包括報導文學、書信、評論、遊記以及典型的 Essay 等。

❶ 我國對文學作品的具體分類，留傳下來的著作始於蕭梁，任昉的「文章緣起」，共分八十四類。劉勰「文心雕龍」有二十篇專論文章的體製，考究其源流、評論其得失。至於梁昭明太子編「昭明文選」除去詩、賦，散文共有三十七種之多，尤爲後世文體分類所師法。宋李昉奉敕編「文苑英華」，承文選體例，門目反而更爲繁瑣，後繼者，如南宋呂祖謙編「宋文鑑」分五十類；明代吳訥編「文章辨體內集」分四十九類；徐師曾編「文體明辨內集」分一百零一目；賀復徵「文章辨體彙選」竟達一百三十二類。在此衆多選集中，分類較爲精當者，應屬清代姚鼐的「古文辭類纂」及曾國藩的「經史百家雜鈔」。前者分文體爲十三類：論辨、序跋、奏議、書說、贈序、詔令、傳狀、碑誌、雜記、箴銘、頌贊、辭賦、哀祭。後者分散文爲三門十一類：一、著述門三類：論著、詞賦、序跋。二、告語門四類：詔令、奏議、書牘、哀祭。三、記載門四類：傳誌、敍記、典志、雜記。曾氏所選範圍又較姚氏爲廣。大致而言，中國文體之分，始於梁代，繁於宋明，而論定於近代。在明清以前的總集，都包含韻文，明清以後則都限於散文。

❷ 見傅東華譯「文學概論」三一四—三三五頁。

❸ 吳調公「文學分類的基本知識」第五章說：

> 這裏面表現了亨德邏輯的紊亂。第一類歷史散文和第四類教訓散文（實卽哲學散文），根本不都是文學作品，但竟然和完全有文藝性的描寫散文並列，這是第一點欠妥。同時卽使從整個哲學散文說，也不可能用「教訓」來包括，這是第二點欠妥。演講詞基本屬於應用文。當然，由於各個演講詞的具體內容和形式各有不同，可能有一部分作品可列入文學範圍。但照亨德的舉例而言，西塞祿、亞當斯等人的演說詞，分明可以歸入他所說的「教訓散文」——亦卽大略相當於我們今天所習稱的雜文或文藝政論一類之中，而亨德偏偏將它和另外三種平列起來，這就顯得難以倫比了。這是第三點欠妥。最後，根據文章發表的園地而提出的「期刊散文」一類，就更滑稽。難道「歷史散文」和「教訓散文」等等因爲在期刊發表而就改變了原有的文體麼？這是第四點欠妥。這樣的分類眞可以說是無從自圓其說了。

波頓女士把西洋散文分爲五類：(1)記敍散文(2)論說散文(3)戲劇散文(4)傳知散文(5)沉思散文，董崇選指爲「既不徹底，也不太實際」，並指其散文分類法，患了一個很大的毛病：「那就是，分類的依據沒有一貫性。『記敍』、『論說』、『沉思』與『傳知』都是指作者運筆的態度及目標；敍事、論理、思考事理與傳授知識可以算文筆的功能。可是，『戲劇』一類，是指散文的所在，不是指散文的功能。我們可以問：有『戲劇散文』的名目，爲何沒有『小說散文』、『傳記散文』或甚至於『詩歌散文』的名目呢？」

在董崇選的統計中，西洋散文，「依其定義的不同，可以從不同的文類中去尋找。到目前爲止，我們提到有散文的文類計有：戲劇對白、演講詞、對話錄、歷史、哲學、藝術、宗教及科學等各學門的文章，虛構文學裏的小說與童話等，非虛構文學裏的自傳、傳記、回憶錄、懺悔錄、性格誌、日記、格言錄、函件等傳記類的作品，以及『艾寫』這項特殊的文類。」董氏歸納出六種西洋散文的分類法，第一種是依時間時代分類，「不過，這個工作非常艱難，除了幾千年的散文，本身太過龐大複雜之外，各國語文不同，表達方式各異，也成爲有效分類的障礙。」第二種是依空間地方分類，「可是實際上按地區分類，除了標明各地區有那些作家作品，有那種語言或方言爲寫作工具外，並不能有其他太多有意義的分類效果。」第三種文類準據是文筆的功能，西洋散文與中國散文都可以分成寫景、敍事、記言、傳知、抒情、沉思與論理等七種（二十八頁）。若依內容分，西洋散文又可分爲文學、歷史、哲學、宗教、政經、藝術及其他等七類，但立刻又肯定這種武斷的方法不夠妥當（三十一頁），董氏提出第五種分法是依作品的用途分，如中國散文之序、跋、奏疏、詔令、傳狀等等，但西洋散文並未因用途的不同而產生如我國如此懸殊的文體，因此也無法依此而分類。第六種分類是以寫作風格劃分，又「本身沒有一點科學性，沒有一點可遵行的系統。」依董氏討論的結果，實沒有一樣是最適當的分法❹。

討論散文分類者實不止以上諸人，但由此抽樣看來，便知要替散文分類是一件吃力不討好的工作。

中國現代散文的分類觀念也早已存在，一般籠統的概念是：議論文、抒情文、小品文、雜感文等，但並不能使人滿意。林慧文在民國二十九年把不具文學素質的散文歸入「文」類，而文學性的散文則分四種：小品、雜感、隨筆、通訊❺。分法實嫌簡略。蘇雪林在「中

---

❹ 以上參見董崇選「西洋散文的面貌」第四章。

❺ 見林慧文「現代散文的道路」（「中國現代散文理論」四七二頁），其表如下：

㈠文：應用文
　　　議論文
　　　批評文
㈡文學：小說
　　　　詩歌
　　　　戲劇
　　　　散文：小品
　　　　　　　雜感
　　　　　　　隨筆
　　　　　　　通訊

其通訊指的是「略具報告性質的」通訊，即報告文學。

國二三十年代作家」第二編中分散文爲九類：(1)思想表現類(2)諷刺類(3)幽默類(4)美文類(5)遊記類(6)哲學幽默混合類(7)日記類(8)書翰類(9)傳記類（一八五頁）。蘇氏的分類基準並不一致，思想表現與諷刺、幽默、美文所訴求的是內容與形式，而哲學與幽默又可合爲一類，則遊記、日記又何以不能混合？其分類是相當不理想的。

吳調公在「文學分類的基本知識」第五章第二節中也認爲「給散文分類是一個煩難的工作。」他提出的分類方法則是：

從現代文學的角度來看，大概不出兩大類：一是側重說理和抒情的散文，這裏面包括詩和政論結合的雜文小品，和有詩而無政論的抒情散文，一是側重敍事的散文，這裏面包括具有新聞性的敍事文即報告文學，和並無新聞性的敍事文，如敍事散文、傳記、文學、遊記、風土記等。前者以反映作者對生活的見解、評價和抒發內心感受為主，是屬於抒情類型的；後者以描繪作為作者外在現象的人物、景物為主，是屬於敍事類型的。

羅青的分類法與上舉吳氏同調，他分「小品文」爲五類：(1)純說理或敍事的(2)純抒情的(3)偏重說理或敍事的(4)偏重抒情的(5)說理敍事與抒情並重的❻。

曾昭旭將散文分爲三大類：

抒情散文（文學性散文）
敍事散文（科學性散文）
論理散文（哲學性散文）

曾氏對這三項分類的詮釋是：

抒情散文以抒發主觀情懷為主，敍事散文以記述客觀事相為主，論理散文以分析超越之理為主。當然，所謂抒情，並不限於直抒其情的方式，此外還可以借敍事以抒情（包括述事、寫景、詠物），借論理以抒情（包括說理、論事）。要之，其形貌雖然是在述事寫景詠物，或者也似是在講一些道理、批評一些事物，但實際上其本質、其真正用意還是在發抒一己當時的感情，則本質上還是應當列為抒情散文的。

同樣，敍事散文也並不限於記述一般景物事象，而是凡被置定為一客觀對象而加以忠實紀錄的都是。如報導某些感情事實，自敍某些感情經驗、傳述某些知識學理，只要志在作忠於事實的客觀紀錄或傳述，便本質上屬於敍事，至於所敍的是事是情是理，則只是對象的不同，而無關乎本質的。

同理，論理散文自然也可以廣論性理、玄理、空理、名理、文理、事理、情理、物理

❻見「論小品文」（「中外文學」六卷一期二三六頁），及「羅青散文集」五頁。

……凡天下事皆有理，當然也都可以即任何物而志在窮其理，而凡志在表顯其理的散文，便本質上都可以算是論理散文，而不必問他所涉及的是事是情或是純理❼。

以上數說純就功能觀點分類，可稱爲功能主義分類法，尙未能充分說明散文之有別於其他文類的形式意義。例如詩，也可以兼具以上各種功能意義，況且詩的功能類型較散文的功能類型更容易顯現於形式上的特色，例如抒情詩、敍事詩已與其形式意義結合，是一種鮮明顯豁的詩之類型，是以這種功能劃分法，較適合於現代詩的文類之用，現代散文的功能意義並不能說明，也不能概括在形式上繽紛奪目的各種散文型態，是以仍有商榷餘地。

楊牧將現代散文分爲七類：⑴小品⑵記述⑶寓言⑷抒情⑸議論⑹說理⑺雜文❽。楊氏之分類已摻雜了形式的考慮，其中⑴⑶⑺項有形式和結構的意義，但是⑵⑷⑸⑹項則以功能觀點出之，各類錯綜在一起，分類界線顯得相當模糊。例如「小品」一項就可能同時具有⑵至⑺項的分類基礎，如果把⑵至⑹項歸併「小品」中，則散文已無何類別可言了。

余光中把散文分爲廣狹義二大類，廣狹之間以音韻爲分野❾：

狹義的散文指個人抒情誌感的小品文，篇幅較短，取材較狹，分量較輕。廣義的散文天地宏濶，凡韻文不到之處，都是它的領土……

余氏再依散文的「功能」分爲六類：⑴抒情⑵說理⑶表意⑷敍事⑸寫景⑹狀物。余氏的狹義散文界限太窄，使得許多重要散文的類型完全摒除在其範疇之外。廣義者又極爲放鬆，如依此定義，則無韻體之現代詩便可納入範圍中了。至於散文的細部分類，余氏則也明說依功能而分。

從以上幾位具有代表性的散文分類看來，不論以形式體裁，或以內容性質區分，都還需再建設更嚴謹的體系。此實是散文本身內涵的流動與龐雜性使然。本書試圖從兩大角度來釐清這個問題，而將散文區分爲兩大體系；第一類是依內容功能的特質而形成的類型，它是現代散文家們自由創作、自然成長的結果，成爲觀念上，現代散文的主要類型，本書把它再分成情趣小品、哲理小品、雜文等三大類型，它們都是後設性的。在類型的區分上，或爲人情物趣、哲理思想，企圖給讀者以單純的感動。或爲對社會、人生之批評意見，大致上是以寫作的客體來區分。這些類型實爲母題元素，是散文的根基，作者據此而創作典型的小品，也可以將母題互相搭配，因此產生許多橫跨數種類型的散文。大致上我們探究出一篇散文所側重的究竟是那一類型，便能把它定位於某一類型之下。

另一大類型是從另一個角度來看，係因特殊結構而形成的個別類型。它涉及主體的思考問題，因作者創作的企圖不同，便會產生不同的類型。它具有歷史的成因，乃文學史中已然

❼見曾氏「談散文的分類及雜文」，「文訊」月刊十四期六一頁。

❽見「中國近代散文」，「文學的源流」五五頁。

❾見「聯副三十年文學大系」散文卷第三冊「提燈者」序。（三四頁）

存在的類型，並非後設的劃分。這一類型具備了特殊的體裁與形式，在內容上，它可以囊括小品文的範疇，但卻改變形式，因而具有獨立的意義。其特殊的結構可分三種，一種是文章格式的獨立，文體結構的特殊，例如日記、尺牘、序跋等已具有基本的形式。另二種是語言結構及情節結構之特殊，例如遊記文學、報導文學、傳記文學的語言結構已有獨立的規則，它們的情節結構也各自有特殊的條件。各類型之間的獨特性，與互相間的歧異性，將在下面各章做更近一步的探討。

第二章　散文的主要類型

早期對現代散文的範圍，大多止於「小品文」，因爲小品文是散文中體製較有規範、作品產量最豐富、讀者羣也最多的。在筆者認爲，小品文除了它原來的範圍之內的情趣小品、哲理小品外，雜文也應該包括在內。本書將它統歸於散文的主要類型中，以有別於具有特殊結構及內涵的散文。

基本上，散文的主要類型是依寫作的客體來劃分。因爲像情趣小品、哲理小品與雜文等，不僅望文生義，已有不同；如更進一步分析其內容時，又可以發現，因寫作客體不同，散文家就必須用不同的語言策略來面對不同的客體。因此，情趣、哲理及雜文等類型，不僅是客體的不同，也牽涉到寫作主體態度的不同，產生不同的文體，仔細注意它們的文學功能及社會功能也都會有相當的歧異。若就典型性的作品來看，它們都能自成格局，有其整體性的趨向。

散文的主要類型，實可以小品文總稱之。它具備幾項基本特色：

一、格局精緻；小品文的文字雖然沒有硬性規定，但是以精緻的格局而言，通常不超過一萬字。由於文字較短，焦點容易集中，以便精雕細琢的描寫，郁達夫在「清新的小品文字」中說：

原來小品文字的所以可愛的地方，就在牠的細，清，真的三點。細密的描寫，若不慎加選擇，巨細兼收，則清字就談不上了。修辭學上所說的 Trivialism 的缺點，就係指此。既細且清，則又須看這描寫的真切不真切了❶。

郁氏此說正可以詮釋格局之所以精緻的條件，選材剪裁是極重要的一環。小品文可以從大處著眼，也可以從小處落筆，徐懋庸說：

……把偉大的宇宙混沌地來看，也不及把渺小的蒼蠅微妙地看之有趣。倘將宇宙看作蒼蠅，便了無意義；若將蒼蠅看成宇宙，則興味無窮❷。

二、以實寫爲主；小品文給讀者最親切感、貼己感，因爲它把題材寫得落實，完全在作者與讀者的生活範疇之中，逼眞而親切。故具體的人事誠然可以寫，抽象的事物例如概念思想，也可以落實而寫。總之，小品文拉近讀者與作者間的距離。因此，小品文家喜用「家常絮語」，在文字上具有親和力，乃是實寫的方式之一❸。

三、意境獨到；在「關於散文寫作」中，葉聖陶解釋「意境」說：

接觸事物的時候，自己得到的一點什麼，就是「意境」，也就是「君子無入而不自得」一句話裏那個「自得」的東西。

朱自清則解說：

意境似乎就是形象化，用具體的暗示抽象的。意境的產生靠觀察和想象❹。

意境有造境，有寫境，完全看作者是否具有生活的「吟味力」，才能「境由心造」。四、小品文不論是造境或寫境，其境必含情、趣、韻等因素❺。而與其他散文類型不同，小品文中作者的自我色彩較其他類型更為濃厚。

情是指作者個人的性靈情感。每個人的個性不同、際遇不同、情懷不同，對事物的感受自然也不一樣，文章若能直接反映作者的眞性情、眞感受，則能達到文如其人的地步。是故，能獨抒性靈的作品必然不失其赤子之心，若心地稍為矯飾，便不是胸臆中話，便失其純眞可愛。就情眞一點而言，寧失之眞實而有瑕疵，也不願虛假掩飾而徒具亮麗的外貌。這是

❶見「閑書」一四一頁。

❷見「金聖嘆的極微論」。（「人間世」一期一四頁）

❸見胡夢華「絮語散文」。（「中國現代散文理論」一五頁）

❹以上「關于散文寫作」葉聖陶、朱自清等，見「中國現代散文理論」一五七—一六〇頁。

❺此亦為晚明小品所重視，成為現代散文承襲晚明小品最多的地方。

現代散文，尤其是人物小品與古文大相逕庭之處。人性必然有缺陷，現代散文能從缺憾的人性中找出眞實的光華❻。

趣是小品文所散發出來的風味，能呈現作者個人的品味。最能透露玄機的便是筆調，此正是林語堂所強調小品文的「個人筆調」❼。筆調因人而異，有嚴整細密者，有瀟洒閒適者，有幽默詼諧者，完全跳出古文莊重嚴肅板滯的牢籠。

韻，是小品文所流露的境界，文章所呈現的層次。對於「獨抒性靈」的文人而言，他的性靈情感直接投射在文章中。就自然顯現出作品的境界來，此所以文格正是人格的反映。然而，文章僅止於性靈的抒發，則其堂奧必不夠寬濶，因而，多讀書、多思考，加以人生的閱歷，歲月的陶冶，都足以使一位作者從點的文學生命橫度爲線，進而擴大爲面，乃至無限廣濶，其層次不但有變化，且能深化。

第一節　情趣小品

散文的基本特色之一是作者主觀的色彩，所以，不論是記事甚或說理，文章仍然脫離不了作者個人的感性，因此，就廣義而言，散文必然具有抒情性質。此處所指的情趣小品，是指作品主旨在發抒個人的情感品味，它的表面可以是記敍、描寫，甚或議論，但它全文的重點是在發抒作者的感想、感覺、心情等，因此情趣小品最容易反映作者的人格，而達到「文格乃人格的呈現」層次。

在現代散文的創作量上，情趣小品所佔的比例最大，作者最多，這是因爲人人都有喜怒哀樂好惡等天然之情，情動於中，發而爲文，自以情趣小品最易入手。但是，情趣小品量雖多，質未必就能同比例提昇。因爲情趣是抽象的，駕空而寫，絕難見功，大抵要附會人、事、物上才行。是故，情趣小品仍然取材於作者的生存環境，它可能是蒼蠅之微，也可能是宇宙之大的事件，但不論事之大小，情趣小品不同於報導文學或傳記文學等以事件爲重要描寫的對象，它只把事件做背景，或者做抽樣切片，借此切片而能代表全體，用來烘托作者的

❻ 晚明小品已認知人性之必具缺憾，且進而能欣賞這種缺憾美，張岱在「瑯嬛文集」卷四「五異人傳」中說：「人無癖不可與交，以其無深情也；人無疵不可與交，以其無眞氣也。」（一一八頁）

❼ 林語堂「小品文之遺緒」（「人間世」二十二期）說：

小品文筆調，言情筆調，言志筆調，閒適筆調，閒談筆調，娓語筆調，名詞上都不必爭執，但確有此種筆調，正實明暢爲主，首尾相顧，脈絡分明，卽有個人論斷，亦多以客觀事實爲主。言情者以抒懷爲主，意思常纏綿，筆鋒帶情感，亦無所謂起合排比，只循思想自然之序，曲折迴環，自成佳境而已。換句話說，說理文如奉旨出巡，聲勢煊赫，言情文如野老散遊，卽景行樂，時或不免惹了野草閒花，逢場作戲。說理文是教授在講臺上演講的體裁，言情文是良朋在密室中閒談的體裁。「閒適」筆調便是此義，與「有閒階級」無干，……（四二頁）

感情。所以，情趣小品取材大底都從細處著眼。

情趣，有因人、因事、因物、因景而產生的，當然更有互相交融而生的。爲了討論的方便，把它分爲人情與物趣兩大類。

(一) 人情小品

人情小品主題對象在人物身上。人生所經歷的人物，大抵以親人、愛人、友人爲多。而生存的環境也常使人物產生許多感觸，其他如作者偶發的、獨特的心情。或對某些人物做純粹的觀感描寫等都屬於這個範疇。因此下文以親人、愛人、友人、鄉情、心情及純人物素描諸項來討論。

親人是指人倫之情。例如親子、手足之間等有血緣關係的人物，並由這些人物共同構築的空間——例如家庭——成爲人物生存的主要場所。一位作家如果對最基本而親近的「親人」都無法掌握，則其創作能力必然有限。「親人」實是人物小品的基礎，是以下文將以親人小品爲抽樣，論敍人物小品幾個較重要的地方。

親人緣於天性，故理所當然人物間會有感情。然而感情投射出來的效果卻未必都是正面的；生活在溫馨家庭中的人，其感情自然綢繆，但出自病態的家庭，卻會受到相當嚴重的傷害。這樣正反面的作品都有相當多的成品。

朱自清的「背影」❽是三十年代的名篇，給後來撰寫「父愛」題材者很大的影響❾。以

❽ 見「朱自清集」一六〇頁。有關「背影」的分析，參見拙作「現代散文欣賞」三頁及「現代散文縱橫論」一八頁。

❾ 例如東方白在「東方寓言」一書中的「父子情」（二二七頁），（按，本書在目錄前註明爲「東方白二十五年短篇小說精選」，但「父子情」卻是一篇典型的散文）開頭就說：「誰沒有父親？而誰又忘得了他父親的『背影』？」此處不僅借用朱自清文中父親的「背影」，且也借用該文中「背影」的象徵意義。東方白受朱氏「背影」正面的影響是用直寫感情的方法，故全篇質勝於文，情溢乎辭，後者篇幅較長，因此把一位樸拙熱情的父親描繪得更細緻。但許多細節仍從「背影」脫胎並有超越之處，例如兒子捧讀父親「家書」時說：

> 父親識字不多，又不常寫字，所以他的信總是寥寥幾個字，而且字形東歪西倒，不十分好看，可是那又有什麼關係？我依然那麼喜歡他的信，紙短情長，絲絲見跡，勝過聖人名哲的長篇累牘！

「父子情」受「背影」負面的影響便是「兒子」角色趨於感傷而濫情，尤好流淚，「背影」中的兒子前後流了四次眼淚，「父子情」則在全文一開頭便泛濫不止：

> 誰沒有父親？而誰又忘得了他父親的「背影」？
>
> 已經好久不曾流淚了，昨夜又夢見父親，禁不住流了眼淚，醒來才知道是一場夢。本來不該再流淚了，不過夢裏的情緒是那麼氤氳，怎麼拂也拂不去，終於又讓眼淚盡情地流，流濕了一枕頭……
>
> 記得三年前我也流過一次淚……（二二七頁）

全篇如此記敘兒子流淚悲傷次數竟達十次之多。

人物爲主作散文，必然只能集中火力描繪他們身心某一特色，並強化其特色，成爲「不朽」的地方。上舉「背影」是典型例子。其他如胡適之「我的母親」重點在寫「母教」[10]、琦君「髻」寫母德[11]、郭鼎堂「芭蕉花」寫母親的操守[12]、楚戈「母親的手」寫母親的女紅手藝[13]、徐鍾珮「父親」與喻麗清「燈火下樓臺」則寫父母間的不合[14]。較特殊的如魯迅寫「父親的病」，又張愛玲「私語」[15]則是病態家庭造成親情悲劇的代表作。今先以上舉諸篇來看人物小品之選材。朱自清選擇父親買橘子一場來強調父愛，讀者從「背影」文中不難看出作者之父不善生計，一生略無成就，老境尤爲頹唐，從世俗的角度看，做爲一個社會人，他並無可取之處，但做爲一個父親，作者卻能從灰敗頹廢的人物中，見出其耀熠著父愛的、人性的光輝，此正是該文成功之處。胡適之撰述母親，則一反往例，不強調慈母之愛，卻寫母親對他勤勉督促、嚴厲管教。細讀之後，便會發現兒子沒有父親，母親不僅扮演慈母的角色，更要代理嚴父的職責，這種厚重的責任感，使一個小女人，放棄女性慣有的「寵性」，實則是轉化軟性的慈悲變成剛健的愛心，益見其難能可貴。潘琦君敍寫母親的散文很多，有寫母愛之光、母親手藝之巧者。但以「髻」文之寫母德最爲出色。母親夾在父親與姨娘的三角關係中，竟能發揮包容的美德，不僅在丈夫生前，尤其在他去世之後，猶能與當年的情敵相依爲命，這種「身教」自然濡染了她的女兒，所以，當父母都去世後，女兒竟也侍奉姨娘後半輩子，讓讀者感到「懿範長存」的眞正意義。以上是敍寫人物小品取材的問題。以下試論親人小品的作法；以郭鼎堂的「芭蕉花」爲例。它完全由客觀的敍述來呈現一位飽含節操的女性，可供典型參考。全篇開頭先敍母親的家世：

我的母親六十六年前是生在貴州省黃平州的。我的外祖父是當時黃平州的州官。苗子造反失守城池，外祖父手刃了四歲的四姨，在公堂上行了自盡。外祖母和七歲的三姨跳在州署裏面的池塘裏殉了節，所用的男工女婢也大都殉了。只有我們的母親那時才滿一歲，忠義的劉奶媽把我們的母親背著逃難出來，在途中遇著過兩次的匪難，第一次被刼去了金銀首飾，第二次被刼去了衣裳。忠義的劉奶媽在農人家裏討了些稻草來遮身，仍然背著母親逃難，逃到後來遇著赴援的官軍才得了解救。最初流到貴州省城，其次又流到雲南省城，倚人廬下，受了種種的虐待，但是忠義的劉奶媽始終是保著我的母親。直到母親滿了四歲了，大舅赴黃平收屍，便道往雲南，才把母親和劉奶媽帶回了四川。

這一段饒富意義。它不僅道出母親不幸的身世，也牽引出日後一連串窮病交迫的日子——十五

---

❿按，此文爲節自胡適「四十自述」中「九年的家鄉教育」的一段，國內爲它定題多爲「我的母親」，但海外有定爲「我的母教」者，以後者較爲恰當。

⓫原文見「紅紗燈」三一頁。對本篇之分析，參見拙作「現代散文欣賞」八頁。

⓬見「鼎堂文集」一〇五頁。

⓭見「再生的火鳥」一八九頁。

⓮以上分別見「我在臺北及其他」一四一頁及「無情不似多情苦」七頁。

⓯以上分別見「魯迅散文選」八三頁及「流言」一四〇頁。

歲結婚，連續生了十二個孩子，經年操勞，導致「暈病」——更重要的是，它預伏了母親「操守」乃其來有自；外祖父、母都爲國殉死不說，連所有的男女僕人也跟著殉節，可見這一簇大家庭的主人平時以如何的身教來教化他上下的家人。此段四次提及劉奶媽，三次都說「忠義的劉奶媽」，不殉死的劉奶媽爲何是忠義的呢？因爲她不顧個人的生死——否則她也會殉死的——而一心要讓主人家裏留下後代。母親的家世與劉奶媽的故事只是全篇文章的引子，「芭蕉花」的文字幾乎全部用在母親的「暈病」以及尋找可以醫此病的芭蕉花上：

> 在我們四川的鄉下，相傳這芭蕉花是治暈病的良藥。母親發了病時，我們便要四處託人去購買芭蕉花；但這芭蕉花是不容易購買的。因為芭蕉在我們四川很不容易開花，開了花時鄉裏人視為祥瑞，不肯輕易摘賣。好容易買得了一朵芭蕉花了，在我們小的時候，要管兩隻肥雞的價錢呢。
>
> 芭蕉花買來了，但是花瓣是沒有用的，可用的只是瓣裏的蕉子。蕉子在已經形成了果實的時候也是沒有用的，中用的只是蕉子幾乎還是雌蕊的時候。一朵花上實在的採不出許多的這樣芭蕉子來。

有一次，正逢母親發病，五歲的作者跟九歲的哥哥無意間在天后宮的散館園內發現了一簇芭蕉，恰好開著一朵黃花，兄弟倆好不容易翻窗摘花，興奮的奔回去獻給母親，不料母親知道花的來歷後大發雷霆，母子都哭了起來，父親知道後，又把兩個兒子拉去跪在大堂上祖宗面前打了一陣：

我們一面捱打，一面傷心，但我不知道是什麼該討我父親母親的氣。母親病了要吃芭蕉花，在別處園子裏去掐了一朶回來，為什麼便該這樣生氣呢？芭蕉花沒有用，抱去奉還了天后聖母，大約是在聖母的神座前乾掉了罷？

五歲的孩子，不曉得孝順母親的行動爲什麼會惹來一頓打，到了中年以後的兒子：

但是，我正因為知道了的這個原因，竟失掉了我摘取芭蕉花的自信和勇氣，我和我的妻兒已經吃了三個月的麥飯了。

文章結尾非常有餘韻，緊緊抓住一個以忠孝節義傳家的主題。兒時摘了「天后宮」的芭蕉花，自是有傷節義之舉，因此拉去跪在大堂的「祖宗面前」挨打，父母只給孩子處罰，卻不多做詮釋，孩子終究懂了，並不是父母終於說出理由，而是他們一生的身教自然教育了子女們，其教育的成功，落在全文的尾句上：作者永遠失掉了摘芭蕉——擷取不義之物——的自信和勇氣；也因爲有了這種節操，他也做了一絲不苟的耿介之人，結果是「我和我的妻兒已經吃了三個月的麥飯了。」令讀者憮然嘆惜！作者一己的品格操守也完全承繼其父母、外祖父母，因此從來不會違背道德原則而去收取不義之財，以致全家陷於貧困之中。「芭蕉花」

的主題當然是以母親的節操爲主，但文中從母親而上推至外祖父母，下至作者自己，不僅是滿門忠義且是代代相承，其包容的意義就更廣邈更深刻了。

徐鍾珮「父親」是寫父親的寂寞。父親是個優柔寡斷、承認自己從未盡過「爲夫爲父之責」的人，也因此，他無言的承受全家人給他的冷淡待遇：

> 祖父母偏愛叔父，對父親常加申斥。子女們偏愛母親，對父親淡然置之。母親對他，更是冷若冰霜。在這冰天雪地裏，父親卻是笑口常開，父親把一生哀怨，化成一臉寬恕姑息的笑。

只有作者從小就體會父親的寂寞，關心父親，有時爲了過度同情父親竟出言頂撞母親，而遭到痛斥，父親反而安慰女兒下次別再惹惱母親。直到作者十六歲時在外接到父親病電，星夜馳歸，但父親神志已模糊，她等了三日三夜，父親仍未醒過來：

> 我的呼喚，甚至母親對他出奇的溫柔，都喚不回他失去的生命。在他嚥最後一口氣時，床邊家人環泣，他第一次也是最後一次享受了大家的愛和關切。

本篇針對父親的寂寞，其原委交待雖然不很清晰，但已流露不少端倪。母親必然能幹好強，不喜懦弱又沒有事功的父親，故而，在女兒十六年的生命中，「聽見父母交談的話，不到一百句，我也沒見父親進過母親的房門。」父親完全接納妻子的鄙夷。在父親臨終時，母親卻對他出奇的溫柔。證明這對夫妻原是相愛的，竟視同陌路的走了一生。作者針對這一點遺憾，把文章雕琢得精緻巧妙，不見鑿痕。魯迅「父親的病」，寫一位愛父親的人，親眼見父親由病到死。作者用小說家的冷筆，前半嘲諷中國的醫生們，後半嘲諷中國傳統「孝子」的習俗。前後兩種都是對病人的虐待，而這病人如果正是兒女所敬愛的父親呢？這正是人類長久以來最難堪卻毫無自覺的地方。作者藉自己的父親，隱約提出他的意見，他說：

> 中西的思想確乎有一點不同。聽說中國的孝子們，一到將要「罪孽深重禍延父母」的時候，就買幾斤人參，煎湯灌下去，希望父母多喘幾天氣，卽使半天也好。我的一位教醫學的先生卻教給我醫生的職務道：可醫的應該給他醫治，不可醫的應該給他死得沒有痛苦。——但這先生自然是西醫。
>
> 父親的喘氣頗長久，連我也聽得很吃力，然而誰也不能幫助他。我有時竟至於電光一閃似的想道：「還是快一點喘完了罷。……」立刻覺得這思想就不該，就是犯了罪；但同時又覺得這思想實在是正當的，我很愛我的父親。便是現在，也還是這樣想。

作者其實是贊同「西醫」看法的，但是長期生存在中國傳統的觀念中，腦際偶而閃過一點「西醫」的看法，都立時會感到大逆不道，而無法實踐他的眞正想法，父親只好繼續喘下去。接著來了一位精通禮節的衍太太，催促作者要辦那些事：

「叫呀，你父親要斷氣了。快叫呀！」衍太太說。

「父親！父親！」我就叫起來。

「大聲！他聽不見。還不快叫！」

「父親！父親！」

他已經平靜下去的臉，忽然緊張了，將眼微微一睜，彷彿有一些苦痛。

「叫呀！快叫呀！」她催促說。

「父親！」

「什麼呢？……不要嚷。……不……。」他低低地說，又較急地喘著氣，好一會，這才復了原狀，平靜下去了。

「父親！」我還叫他，一直到他咽了氣。

我現在還聽到那時的自己的這聲音，每聽到時，就覺得這卻是我對於父親的最大的錯處。

這是一幕非常不人道的鬧劇，卻長久理所當然的生根在中國社會裏，作品末尾一行對禮節的屈服，使他長期對父親臨終時感到抱憾，因爲他愛他的父親。眞正的愛，是使對方感到寧靜、詳和、溫暖，而不是喧鬧、不安乃至氣結而死呢！本篇不但寫父親的病，痛苦的死，且嘲諷世事、世人，也有自嘲之意，但作者並未用雜文的筆法來寫，它不曾有一字公然的批評，而其主題也由「父親」擴大至對「孝道」的探討上。

張愛玲「私語」是寫父母的失和，造就出一個冷漠的家庭，殃及一對兒女。題目名爲「私語」，開頭就說：

「夜深聞私語，月落如金盆。」那時候所說的，不是心腹話也是心腹話了罷？

又說本篇「所寫的都是不必去想它，永遠在那裏的，可以說是下意識的一部分背景。」證明作者所說的是長久以來深藏在心底的「心腹話」。其心腹話重點在那裏呢？是對冷漠家庭的失望，對溫馨家庭的嚮往。「我」住在姑姑家中，有一種「天長地久的感覺」這只是相對於自己父母親冷漠的不成其爲家的家而言。在姑姑家中，只重物質不在乎精神，物質受到破壞，很快便會修復⑯，但那並不是人所企盼的家：

---

⑯ 作者對於此點，有很精彩的描寫：

她的家對於我一直是一個精緻完全的體系，無論如何不能讓它稍有毀損。前天我打碎了桌面上的一塊玻璃，照樣賠一塊要六百元，而我這兩天剛巧破產，但還是急急的把木匠找了來。近來不知爲什麼特別有打破東西的傾向。（杯盤碗匙向來不算數，偶爾我姑姑砸了個把茶杯，我總是很高興地說：「輪到姑姑砸了！」）上次急於到洋臺上收衣裳，推玻璃門推不開，把膝蓋在門上一抵，豁朗一聲，一塊玻璃粉碎了，膝蓋上只擦破一點皮，可是流下血來，直濺到腳面上，擦上紅藥水，紅藥水循著血痕一路流下去，彷彿吃了大刀王五的一刀似的。給我姑姑看，她彎下腰去，匆匆一瞥，知道不致命，就關切地問起玻璃，我又去配了一塊。

因為現在的家於它的本身是細密完全的，而我只是在裏面撞來撞去打碎東西，而真的家應當是合身的，隨著我生長的，我想起我從前的家了。

眞正的家應該是配合孩子而生長的，卻不是用來固定孩子，更不是用來斲傷孩子的，有這種自覺，當然會想起自己冷漠冰窖般的家庭來。

父母失和，是從「我」有記憶便已存在了，因爲當她還住在家裏時，每天早上女傭把她抱到母親床上去時：「她才醒過來總是不甚快樂的，和我玩了許久方才高興起來。」可見母親的憂鬱相當嚴重。後來父親在外面娶了姨奶奶，接著母親和姑姑一同出洋去：「上船的那天她伏在竹床上痛哭，綠衣綠裙上面釘有抽搐發光的小片子。」母親並不願意出國，必然是因父親娶了姨娘，果然「母親去了之後，姨奶奶搬了進來。」從全文中，我們可以看出父母親之間扞格的基因，父親非常的大男人主義，冷漠、自私而且小氣，當他生病快死時，才想到元配，才需要她，一旦病癒，立刻番然而變。母親則是個出身好，且受過相當教育的女子，必然是個堅強、有主見的女人，她注重身分、講究衣著，出洋時穿的衣裙上有「抽搐發光的小片子。」不僅暗示她娘家是具有財力的——因此丈夫才會逼她拿錢出來——以及她注重外表、好面子等諸般特色，同時，它也呈現母親表面華麗，內在痛苦（抽搐）的強烈反襯意義。母親處在不願離開丈夫又非離開不可的困境中。後來丈夫因打了過度的嗎啡針，離死期很近了，她千里迢迢趕回來，竟使丈夫痛改前非，到醫院接受治療，並重建家園，使「我」的童年留下僅有的短暫的快樂⑰，她經常開心的大笑，因爲當時臥室的牆壁是紅色，她便一直偏愛那「沒有距離的橙紅色」，「大約生平只有這一個時期是具有洋式淑女的風度的。」她的母親，也過著快樂的家庭生活：

> 「小說月報」上正登著老舍的「二馬」，雜誌每月寄到了，我母親在抽水馬桶上看，一面笑，一面讀出來，我靠在門框上笑。所以到現在我還是喜歡「二馬」，雖然老舍後來的「離婚」「火車」全比「二馬」好得多。

並不是因爲「二馬」小說好，而是因爲家庭生活幸福，母女都產生了移情作用。於此也證明家庭破碎，全係父親造成。緊接著下一段立刻情勢大轉：

> 我父親把病治好之後，又反悔起來，不拿出生活費，要我母親貼錢，想把她的錢逼光了，那時她要走也走不掉了。他們劇烈地爭吵著，父母終於協議離婚。……

母親搬走，且到法國去了，剩下的是「父親的家，那裏什麼我都看不起」，父親吸鴉片、墮落，更嚴重的是又娶了個也吸鴉片的後母。姐弟倆就不僅接受冷淡的待遇，而是身心的虐待

---

⑰文內有五段文字記載這短暫的美滿家庭帶給小女孩童話般的快樂。

了。弟弟挨打受罵習以為常⑱，姐姐卻有反抗的意志，有一次挨了後母一巴掌，本能地要還手，後母已大叫著向父親告狀，女兒便挨父親一頓重打，被監禁在空房裏，生了沉重的痢疾，父親不給請醫生，病了半年，在可以扶牆走路時，便計劃逃跑，終於逃到母親家。那一年，弟弟也跟著來了，但母親解釋她的經濟能力只能負擔一個人的教養費，因此無法收留弟弟，終於讓他哭著回去了。

全篇的氛圍都是冷，作者雖然用第一人稱主角的觀點敍說，但卻一直沒有讓主觀的感情流露出來，尤其沒有情緒化的文字，人物也只有動作而絕少語言。例如被虐待的兒子來投奔母親，兒子沒有投訴之言，母子也無相擁而泣，作者只簡單的敍述兒子被遣回的結果。母親與女兒之間呢，也存在著相當寒冷的隔閡，有一次：

> 不久我母親動身到法國去，我在學校裏住讀，她來看我，我沒有任何惜別的表示，她也像是很高興，事情可以這樣光滑無痕迹地度過，一點麻煩也沒有，可是我知道她在那裏想：「下一代的人，心真狠呀！」一直等她出了校門，我在校園裏隔著高大的松杉遠遠望著那關閉了的紅鐵門，還是漠然，但漸漸地覺到這種情形下眼淚的需要，於是眼淚來了，在寒風中大聲抽噎著，哭給自己看。

母女間有一道厚厚的牆，使她們無法突破而呈現眞正的自己，因此也不能互享天倫之情，作者卽使在處理哭泣的場面，筆調都是寒冷的。

張愛玲是擅於雕琢意象的高手，本篇中仍然處處閃現金光，例如文中說弟弟非常好吃：

……病在床上，鬧著要吃松子糖——松子仁舂成粉，摻入冰糖屑——人們把糖裏加了黃蓮汁，餵給他，使他斷念，他大哭，把隻拳頭完全塞到嘴裏去，仍然要。於是他們又在拳頭上擦了黃蓮汁。他吮著拳頭，哭得更慘了。

他要甜的，卻得到苦的，他大哭，卻只能得到苦的「拳頭」，這不是姐弟倆生活的寫照麼？本篇中的弟弟個性不鮮明，是個十足的配角，他其實是主角的替代品，姐弟受的待遇一樣，其感覺必同，其心中的訴求也必一致。弟弟想吃甜的松子糖，可是人們卻給摻入「黃蓮汁」，下一段是：

有一次張干買了個柿子放在抽屜裏，因為太生了，先收在那裏。隔兩天我就去開抽屜看看，漸漸疑心張干是否忘了它的存在，然而不能問她，由於一種奇異的自尊心。日子久了，柿子爛成一泡水。我十分惋惜，所以至今還記得。

柿子正指涉她的童年，在還很小（生澀）時，便被收在不見天日的抽屜裏，已被人遺忘了它的存在，而她，由於一種奇異的自尊心，也不想掙脫出來，任由童年霉爛成一泡水。這種意

⑱ 張愛玲在「童言無忌」篇中對於她的弟弟受後母虐待而習以爲常，有更精彩的描寫，見「流言」一一七、一一八頁。

念在另一段中用另一種方式也表達出來：

年初一我預先囑咐阿媽天明就叫我起來看他們迎新年，誰知他們怕我熬夜辛苦了，讓我多睡一會，醒來時鞭炮已經放過了。我覺得一切的繁華熱鬧都已經成了過去，我沒有份了，躺在床上哭了又哭，不肯起來，最後被拉了起來，坐在小籐椅上，人家替我穿上新鞋的時候，還是哭——即使穿上新鞋也趕不上了。

「一年哭到頭」正是她童年的寫照。爲什麼呢？因爲她沒有趕上繁華熱鬧快樂的時刻，她生不逢辰，沒有遇到幸福的家庭，也就沒有快樂的童年，即使穿上了新鞋子——有著高級物質生活——也彌補不了童年所受的斲傷。

另一段，當後母尖叫著上樓向父親告狀時，作者寫道：

在這一刹那間，一切都變得非常明晰，下著百葉窗的暗沉沉的餐室，飯已經開上桌了，沒有金魚的金魚缸，自磁缸上細細描出橙紅的魚藻。我父親趿著拖鞋，拍達拍達衝下樓來，揪住我，拳足交加，吼道：「你還打人！你打人我就打你！今天非打死你不可！」

在最悲慘的時刻，她意識到「家」的感覺，在開飯的時刻，應是家人和樂團圓之時，餐室是

「暗沉沉的」，她生活在沒有生物的、封閉的空間裏，連「魚藻」都是描出來的，不是眞正的食物。又如作者描寫她小時玩過的一把淡綠鴕鳥毛摺扇，「因爲年代久了，一搧便掉毛，漫天飛著，使人咳嗆下淚。至今因想到我弟弟來的那天，也還有類似的感覺。」弟弟投奔母親，又被遣回父親家，這種無家可歸的流落感，用漫天飛著的羽毛來譬喻，確能使人「咳嗆下淚」。全篇的意象都集中烘托家庭的「冷」，最後結尾也用冷景收筆：

> 寫到這裏，背上吹的風有點冷了，走去關上玻璃門，洋臺上看見毛毛的黃月亮。古代的夜裏有更鼓，現在有賣餛飩的梆子，千年來無數人的夢的拍板：「托，托，托，托，托，」——可愛又可哀的年月呵！

寫家，而給人如此地老天荒，無比蒼涼之感的，也許無人能超越張愛玲罷！

從父母的角度來寫子女的散文產量也極多。試以徐鍾珮「失去的幼苗」、張曉風「我交給你們一個孩子」、豐子愷與朱自清的「兒女」⑲等篇爲抽樣來看。

「失去的幼苗」記敘一位天眞、活潑、俏皮的小女孩，兩歲半時就十分逗人憐愛。大陸淪陷時，由父母倉促帶她搭船來臺，上船前一天已生病，船行七天，抵臺時已昏迷狀態，住

⑲ 以上四篇分別見「我在臺北及其他」七三頁、「我在」二九頁、「緣緣堂隨筆」二六頁、「朱自清集」一九七頁。

進了醫院，在不斷的抽血過程中，孩子遍體針痕，還查不出是什麼病，也沒下過藥，就死了。文內對庸醫多有嘲諷之意，不過重點仍在那一對傷心的父母。作者選取極恰當的枝節來映現一對痛失愛女的患難夫妻，全然使用白描手法，竟能掌握得入木三分，是寫情小品中的上乘之作。「我交給你們一個孩子」是寫一位母親把自己的愛子送到學校——代表家庭溫室以外的世界——上學。「今天清晨，我交給你一個歡欣誠實又穎悟的小男孩，多年以後，你將還我一個怎樣的青年？」學校是社會的一部分，母親把孩子交給社會後，就逐漸失去了孩子的「所有權」，母親既盼望他們能成長，又憂愁他們將遠颺，這樣微妙的心理，在作者機智靈巧的筆下，生動地表現出來。

豐子愷與朱自清的「兒女」都是除了記述父親與子女共處的情形外，還能提升而思考親子關係的調和問題。豐子愷的著眼點更高，從小我的親子關係推衍至大我的層次，並肯定兒童的天眞純美可媲美天上的神明與星辰、人間的藝術等。朱自清則是在人間煙火中熬煉出新的胸襟和眼光。親子關係的探討在七、八〇年代，又有新的層面，社會環境的變遷，兒女已從配角躍爲主角，從被動變爲主動，於是而有如琦君「踢你一輩子」[20]等作品。這是一篇連題目都非常醒目，具有警世作用的散文。文中說：「舊時代的子女是無心踢了父母，新時代的子女是理直氣壯地去踢父母。」眞是一語中的。親子關係隨著時代不停的變化，作家發展出來的省思也有著明顯的不同。

愛情連繫人與人之間的親密關係，僅次於親情，然而，它跟親情不同的是，後者並不需要經過詮釋，人與人之間已有基本的共識。愛情則不然。什麼才是男女之愛，恐怕是最值得探討的課題。

張愛玲的「愛」㉑是典型詮釋「愛」的散文。一位平凡的女子與一位年輕的男子，偶而相對站在不遠的地方，他輕輕說了一聲：「噢，你也在這裏嗎？」她沒有說什麼，他也不再說什麼，站了一會，各自走開了。「就這樣就完了」從此男女殊途，在人生的路上不曾再相遇過。但是在女子的心底，經歷過無數的波折，直到老年時，她仍沒有忘記這一幕，文章結尾說：

> 於千萬人之中遇見你所遇見的人，於千萬年之中，時間的無涯的荒野裏，沒有早一步，也沒有晚一步，剛巧趕上了，那也沒有別的話可說，惟有輕輕的問一聲：「噢，你也在這裏嗎？」

這是屬於張愛玲個人化的詮釋，她認爲「愛」存在於男女之間是非常短暫的，甚至是不依傍於婚姻關係，還較容易在心中維繫長久。愛的產生，本於緣，基於巧。沒有道理可說。從反方面來說，作者不相信男女之間能夠產生互相需索、朝夕與共、長久廝守的感情，故而把愛定義於最短暫的交會時所綻放出來微弱的光亮，成爲人類在困頓中自慰的一點憑藉。張愛玲

⑳見「水是故鄉甜」一六九頁。

㉑見「流言」七五頁。

對愛的悲觀哲學於此可見。

陸蠡的「元宵」「紅豆」「窗簾」等篇都承認男女夫妻之間存在著難以彌補的隔閡，但這並無害於夫妻之間的愛情㉒。陸氏「春野」一文中，失戀的男子，滿載惆悵之情，重踏戀愛舊地，結尾竟然說：「我會憂鬱麼？不，既然你是幸福」證明作者肯定愛情具有正面的意義，可以提煉高貴的情操。陸氏詮釋愛，乃是讓對方更自由地尋找幸福，其境界實非一般人所能企及，但確然有少數人有此「道行」，作者提示人類愛情的極致之一。

徐鍾珮的「影子」㉓探討愛情是否能落實於血肉眞實的人生上，如果愛的對象只是心中的「感覺」，只是對方的影子，依賴此種愛情來維繫一生的婚姻則將面臨考驗，從這個角度來看，許多初戀的散文，都只能對男女相悅的表層點到爲止，例如范泉「綠的北國」㉔，敍寫蒙古少女的初戀，不論在角色的描繪、情趣的表達上，都有卓越的成績㉕，唯其止於寫初戀的愛悅歡欣，不容易深刻。

回頭看朱自清的「別」、林海音「愛情的散步」㉖，則能在血肉眞實的人生中挖掘愛情的光華。女主角都陷於貧困的糾纏中，她們都能安於無法突破的經濟困境，無怨無悔地愛著丈夫。「別」中的妻子，是中國舊式婦女美德的代表，沉默地忍受，無言的奉獻，像一根小小的蠟燭，悄悄地燃燒著自己，溫暖著丈夫。「愛情的散步」則從丈夫的角度來發現妻子的情愛，自覺性高，呈現了愛情戰勝貧窮頗爲肯定的意義。

在衆多夫妻之情的散文中，巴金的「懷念蕭珊」㉗是深刻雋永之作。它是中共文化大革命、四人幫下臺之後所發表一連串傷痕文學的代表作之一㉘。

「懷念蕭珊」寫在蕭珊逝世六週年忌日，在巴金有寫作自由、感情也經過長時間冷靜過濾之後才寫就。全篇以文革的迫害爲經，妻子的護衛珍愛爲緯，交織成血淚的作品。巴金被

㉒ 參見拙作「現代散文縱橫論」五八—六〇頁。陸氏作品見「陸蠡散文集」。

㉓ 見「我在臺北及其他」一五三頁。

㉔ 見「綠的北國」九頁。

㉕ 例如第二段介紹蒙古少女的文字：

北國的風沙在她的手上和臉上描繪了動人的圖畫，她的皮肉粗勁而黧黑，然而那紫紅色的健美的嘴唇，像將近六月邊的石榴花瓣，那麼鮮艷地，在微風裏好像顫抖似的飄蕩著。而也許是於綠色的憧憬吧，就從這樣的兩片鮮艷的花瓣裏，她常常傾吐出——像溪水的洪流一般地，唱出了蒙古草原的美麗的歌。

這種迥異於江南女子的描繪確然令人耳目一新。在蒙古幾萬里黃沙中，猶有一片草原，一帶綠水，它是北國的春天，綠色象徵他們的春天，男女主角的戀情。北國之春豪邁之中仍然有著細緻的繾綣，這是本篇最動人的地方。

㉖ 見「朱自清集」三頁、「冬青樹」三七頁。

㉗ 見「隨想錄(一)」一四頁，此文又收於「中國大陸抗議文學」一三頁。

㉘ 文化大革命不但使中國傳統文化遭到空前的浩劫，知識分子尤其受到嚴重的迫害。巴金在一九四六年以前著、譯作都極爲豐富。但大陸淪陷後，他一直沒有文學創作，一九五八年起更遭到嚴厲的清算，一九六六年文革期間，他被關進牛棚，被修理了整整十年，全家人身心俱受煎熬，他的妻子蕭珊竟罹腸癌而死，不及見丈夫恢復名譽。

批鬥的最大原因是因爲他曾經寫過十四卷「邪書」，蕭珊因爲是「黑老K」的「臭婆娘」而被連累，關進牛棚、被罰掃街、代替丈夫挨打。作者飽含感情的文字，平舖直敍，因爲剪裁恰當，而表現出一位愛丈夫、有犧牲精神的女性。例如，她原是相當有才華的女孩，喜歡讀書，也想在工作上有所發揮，但爲了丈夫、爲了家庭，她做了一名專任家庭主婦。她爲了護衞丈夫而挨紅衞兵「銅頭皮帶」打黑了臉頰。被罰掃街，她怕人看見，每天大清早就起來掃，但有時還碰到上學的小孩，罵她「巴金的臭婆娘」，種種致命的打擊，終於使她病倒，乃至於死。她生病時，不讓別人去叫丈夫回來，怕干擾他接受「改造」，她怕輸血要花錢……種種女性所能承擔的，她都接受了。從文中，我們可以看出，她其實具有強大的生命力，有生存的欲望，這種人原是不容易被打倒的。病死，證明她承受了過多的負擔。本文是從丈夫的角度來追悼亡妻。他並沒誇張妻子的偉大，她是：

> （我）每次戴上黑紗、插上紙花的同時，我也想起我自己最親愛的朋友，一個普通的文藝愛好者，一個成績不大的翻譯工作者，一個心地善良的人。她是我的生命的一部分，她的骨灰裏有我的淚和血。

她幾乎是爲了丈夫而死，做丈夫的在實質上，毫無能力回饋，但他有十足的愛，面對妻子的死：「這就是她的最後，然而絕不是她的結局，她的結局將和我的結局連在一起」：

……在我喪失工作能力的時候，我希望病榻上有蕭珊翻譯的那幾本小說。等到我永遠閉上眼睛，就讓我的骨灰同她的攙和在一起。

全文至此悠然而止。夫妻愛的極致正是如此「永結同心」，愛情小品的極致亦不過如此。

友人小品係指主題針對「朋友」性質的人物，此「朋友」的範疇不必限於平輩狹義的朋友。其重點可以放在朋友之間的感情，或單純烘托人物的特色，也就是未必針對如「親人」「愛人」之互動關係而產生的情感，因此，它亦可包括純粹的人物素描。

徐鍾珮的「她沒有姓」㉙是透過第一人稱「我」的角度來敘述一位朋友「她」。文章的重點全部側重在「她」身上，「我」只是個配角。本文敘寫一位中國棄兒流落的命運，被兩位外籍修女撫養成人，因此沒有姓，也不認識一個中文。後來她在香港嫁給一位英國人才有了一個姓，太平洋戰爭爆發時，恰巧丈夫因事回國，她被打入集中營，在暗無天日的、絕望的集中營，她與一個澳大利亞記者懷了孕，孩子尚未出生，戰爭就勝利了，澳大利亞人回家與妻兒團聚，她只好到英國找丈夫，因爲她生了別人的孩子，丈夫跟她離婚，她又失去了姓，她的孩子也沒有姓。她只好寄食在一個外國友人家中，代主人打字、整理文稿。有一次，「我」去見她，發現原來穿洋裝的她改穿自己做的旗袍，原來只會做沙拉蛋糕的，改炒中國麵。她一心一意要做一個道道地地的中國人，所以她決定帶孩子回中國，讓她「能講中

㉙見「我在臺北及其他」一七三頁。

國話、讀中國書，做一個標準中國人」。她的這些舉止言語，作者在文尾近乎結論的說：「……瑪琍長得並不美，但是我卻第一次發現，她也有她動人的地方。」她的動人，自然不在她平凡的外表，而是一位沒有姓——代表家庭——的人想要尋家、尋國、尋根的心意，感動了「我」，也是本篇的主題。作者使用小說式的筆法，多敘事而少介紹，使人物的精神自然呈現，最後作者輕輕點這一筆，把主題烘托出來，文章甚短，顯得玲瓏精緻。

王璇的「童孽」㉚用輕描淡寫的方式回溯他小學二年級的一位朋友。他們給他取的別號叫「客人仔」，其特色便是「忠厚老實，就是不大會讀書而已」。他忠厚老實，所以總是被「我」玩騎馬打仗時當坐騎，揮來喝去。「我」有高度的優越感，他什麼都比客人仔強，帶他做功課，替他要回丟了的鞋子，但是在三年級時，學校做陶土模型展覽，「我」居然落選，「更使我意外的是得第一名的居然會是客人仔」，那天放學回家時，客人仔很誠意的把他得獎的作品南瓜要送給「我」，但對方只狠狠用力的把南瓜摔在地板上。客人仔驚愕地、默默地流著眼淚，當天下午仍然像往常一樣到「我」家做功課，只是雙方都沒有說話。四年級時，「我」編入升學班，客人仔編進放牛班，便很少在一起，下學期他又轉學回老家了。文尾：「從那以後，我再也沒有見過客人仔，只是想起自己的童年的時候，總是忘不了那個有著兩片葉子的南瓜。」擲毀南瓜是對客人仔最大的傷害，「我」忘不了，正表示他有此自覺，因此配合題目正是他童年所造的孽。然而，這篇文章還不止於此，本文開頭有個「楔子」，敍述「我」搭乘中興號夜車到臺中市郊，車子拋錨，只好放鴿子，當「我」把票交給司機時，司機口吃的要「我」等一等，問他是否住過大肚：「那，那麼你你，你是是不是尖尖……哦哦，不不，你是是不是王王……」這時後邊的乘客已不耐煩的把「我」擠向前去，他就下了車，恰好有一輛空計程車，便上車走了。「楔子」之後，是「我」那夜夢中，又回到了童年住過的大肚，才帶敍出這一段「童孽」。「楔子」中的司機正是童年時的客人仔，他在童年時最大的標幟便是口吃。此外，在三言兩語對話中，可看出他仍然老實忠厚，他非常念舊，文中的「我」給他童年極深刻的影響，雖然他傷害過他，但顯然客人仔全然不記恨，他的口吃其實是憨厚的另一種表現。而「我」呢，在雙方快要互認出來時，仍然沒有誠意多待一會，急急下車招車走了，再次把對方恭送過來的「南瓜」擲了回去。他的「孽」實在不止於在小學時代。在文中開頭與結尾都敍及他的「懷念」，例如開頭用譬喻：「當一個人禿了頭髮的時候，他會懷念用過的梳子……」等，其實嘲諷的意味還要大些。也就是說，客人仔的憨厚熱情——但拙於表達，與「我」之寡情冷漠——但機靈智巧成爲對比，這種對比是從小比到大的。是以本文的意味殊爲深厚。

汪啓疆的「彈墻」㉛雙寫人類的大愛與小愛，一位戀親懷鄉的戰士，一位痛恨戰爭的人，卻自動請調前線：「因爲我回不了家，因爲我要回家！」這矛盾語法正好說明他矛盾中的抉擇，他回不了淪陷的大陸的家，所以只好透過戰爭，爭取勝利，才有可能回家的機會。他勇赴前線也許還是基於個人的私愛。到了「砲彈似融化的銅液般傾倒在金門島上」時，這

㉚ 見「船過水無痕」一七七頁。
㉛ 見「攤開胸膛的疆域」九三頁。

位有思鄉情結的青年卻飛撲在一位忙著接線的通信兵背上，「甚至連他名字都不知道，卻用身體爲他做一堵彈牆！」在千鈞一髮中，他發揮了人類最偉大的大愛，犧牲自己去救一位陌生的戰友：「是的。戰爭來接你。鄉思和母親是多麼春風野草的悠遠又纏綿啊！」人類的人倫之愛是無限的深，自不待言，但作者從這位戰友身上看到的不止是這些「愛是這麼的深啊！在人人的眼眸內，我深深感知了你溫柔的存在。」文章至此戛然而止。不僅陳述戰友遺愛在人間，也肯定了人人「眼眸」內也都潛藏著和戰友一樣的大愛，對人性抱持著較有信心的看法，但全文都瀰漫在對戰爭極端無可奈何的情緒之下，造成全文極特殊的兩極的拉力。

志人小品最先決的條件是對所寫人物的了解要深刻，進一步抓住對方最精神的部分。以司馬中原的「一個神父之死」㉜顯現對文中主角張神父有深刻的認識，能挖掘神父的眞精神，該文開頭第一段是：

> 今夜，春雨冷冷的落著，也落在彰化靜山一個神父的墓園上。墓石是採自中國的石塊雕成的，張志宏這名字，也該是道地中國的名字。大地默默的接納了他；如今，他已不僅僅是一位美籍的神父，而是中國泥土的一部分了！請接受這個對你們也許很陌生的名字，以及他為中國青年獻上的生命罷。

接著大略介紹神父的生平事蹟㉝，司馬中原在文題「一個神父之死」下有一子題「獻給青年們」，足見作者想把文中主角及其死的意義綰合而傳授給青年們。神父一生服務的對象正是中國青年，因此作者選取的角度非常恰當，全文也針對這個主題而選材，例如上引第一段文字便是：一位美籍神父，但已完全中國化，他取了「道地中國的名字」——且含蘊著「決心宏揚他的初志」之意——墓石用中國的石塊雕成，埋葬在中國的泥土，最後成爲中國的一部分。不僅形體如此，後文還敍述他的心靈也在中國紮根，他的精神全部放在中國青年身上：

> 在張志宏神父的心目中裏，只有一個中國：他所熱愛著的，屬人的中國。因為唯有人，才能直接與他信仰的上帝相通。他愛人，更愛青年人，這些年裏，他是那樣用深沉的心靈撫愛過、照顧過、幫助過數以千計的青年人，那些在飽滿前額上閃著靈性光燦，漆黑的瞳孔中迸露出高度智慧的中國青年，和他的生命，有不可分割的情愫，如

㉜ 見「葡萄美酒香醇時」，該書是紀念張志宏神父逝世十週年的文集，作者包括謝冰瑩、朱西甯、王文興、張秀亞等。其中如王文興的「懷張志宏神父」寫的便稍見牽強，且有可發揮的地方，卻未能盡興，例如尾段說：「近年來，我始終認爲，在我有限的宗教搜索中，張神父是給予我莫大協助的三五位人士之一。」其如何「協助」應有具體的敍述，人物才能落實。

㉝ 張志宏神父爲原籍愛爾蘭的美國神父，一九六三年到臺灣。一九七一年二月十五日率領一百二十位大專學生健行中部橫貫公路，行至立霧溪畔被一輛急駛超載木材的卡車撞入谷底而死。

果說：愛心是連絡全德的，他確具這樣的愛心[34]。

有一次作者知道他年邁多病，勸他回舊金山去專心養病，安度餘年，因為中國人講究「葉落歸根」。他卻誠懇的笑了起來指著地面說：「我的家就在這裏，在中國。我喜歡這個地方，這些人。」在所有的活動中他都無微不至地照顧青年們「其實，他忘了全隊最需人照顧的卻是他自己。」當他被卡車撞落懸崖，身殘骨碎，醒來只說了一句話：「很抱歉，我不能帶領你們回去了！」生死大限的這一剎那，這種無我的情操，深深感動了作者，也使作者體悟到神父的「道」：

就是他生命中人性的光，直接的輻射給你，使你學習寬厚，學習愛人，使你由他的身上，得到豁然的靈明；這使我深信，真正的道是無需口傳的，張志宏神父不是一位傳者，而是他本身精神信仰的化身！

在神父葬禮之前的追思彌撒中，作者感悟出神父之死的再生意義：

素燭靜靜的點燃著，柔和的光色，映亮主壁間一片空藍的背景，基督飛昇的影像，帶著永生的微笑，接納了一個新投入祂懷抱的靈魂，琴聲穆穆流瀉，混和著歌讚的羣音，飛進初春夜晚生機盎然的大氣，安靜而祥和，那不僅是悲悼一個生命的死亡，而是頌揚一個生命的完成。

那夜，我見著那光，在主壁莊穆的空藍中熠耀著，每一張年輕的臉，都受著那光的愛撫和照耀，化成一盞盞青春的燈，這些生命的靈燈，自會照耀民族的未來！

在這個屬於人的中國，曾經以博大和平的文化教化萬邦的中國，懂得尊敬和感念，他生前熱愛過，付出過，他畢竟在這裏得到人情的溫暖和慰安。

作者向這位偉大的神父致敬，中國是一個懂得感恩的民族，他惕勵著現在、以及未來的青年們，不要遺忘、拋棄這可貴的傳統。因此，全文的結尾是：

張志宏，一個刻在中國產的大理石上的道地中國的名字，以及他為青年們獻上的、平凡篤實的生命，會收入我們的記憶，成為一種典型！我們有時間學習這些：當我們俯視立霧溪粉藍色的澗水，仰看合歡山頂上乳白的流雲，甚至捏起一把中國的泥土，都會記取一個生命的選擇和獻呈，從而省察我們本身應具的選擇，應盡的責任！不管你所選擇的是壯美？或是平凡？但它總必具有使你心安的意義，那怕連一個名字都不曾留下……。

㉞此處文字較爲架空，須參見其他追悼作品，例如書中趙可式「葡萄美酒香醇時」「戚戚立霧溪畔」、嚴任吉「張神父，您好嗎？」、李秀紅「山地與神父」諸文均有落實的描寫。

結尾回應到子題「獻給青年們」，作者當然不止於「獻」意，而是深深的惕勵、萬分的期許，是以本文除了「志人」之外，所照應的面有更大的幅度。

喻麗清寫過兩篇追悼張神父的文章，第一篇「張神父」（一〇七頁）寫於神父罹難時，另一篇「亦父，亦師，亦友」（二十三頁）寫於神父逝世十週年。作者曾任張神父秘書，與他面對面工作了整整一年半。對神父的了解最清楚，對神父的精神最感佩，因此，她文章的傳眞度極高。兩篇文章對照起來，可以看出這位神父在作者心目中不僅是歷久而彌新的形相，而且是愈久越給作者以更超然的啓示。「張神父」一文開頭數段都充滿了感傷悲慟的情調，雖然結尾作者說：「他的生命並沒有被奪走，只是變換成另一種形式了」仍然頗見自我寬慰之意。十年後的「亦父，亦師，亦友」是張神父的典型在作者心中長久存在、感發、蘊釀而成的作品。十幾年來，不論神父在人間或天上，永遠都是作者「父親一樣的朋友，朋友一樣的老師，老師一樣的神父」，這是多麼美好的人際關係，且不會因時空隔絕而衰弛。故文尾結論是：

他去世不覺已經十年了。十年來，我一直還覺得有這麼一個朋友存在著，只是不在人間而已。他生前教了我許多，就是他的死，也還給了我一個最好的身教，那就是：眞正的生命並不在於外形的毀滅。今天，我想起他來，已沒有悲慟，代替的只有——感謝。

作者要說的是對人類不朽意義的詮釋，文中敍及神父逝世九年時，教會曾爲他開棺撿骨，「棺木開啓，他的屍身竟然完好如初，便又重新合棺掩土，」這種奇蹟般的事實，在文章中也具有象徵不朽的意義。

喻氏的兩篇文章中，捕捉張神父的幾點特色甚是傑出，例如她知道神父回美國醫治眼睛時：

> 我記得送他上飛機的時候，他轉身想向我們揮手但看不見我們，我們大聲喚：張神父。他聽見了，他朝聲音揮了揮手才又露出孩子氣的笑。那時候，真為他憂心，看他踽踽獨行的背影，我忍不住哭了。想不到，那麼遠的路途，他一個人飛去，又平安地飛回來了……

神父耳聾眼盲又年邁，應是「百年多病獨登臺」滿心滄桑，但他卻是一派天眞。「他始終沒有失去一樣寶貴的東西：天眞，尤其是他笑起來的時侯」。

這麼天眞的人，卻又有非常古典的、保守的一面，他「和女孩子一同出門，他保守得厲害，非『三人行』，他是寧肯不去的。」

其次是神父工作的熱誠：

> 他是有求必應的好好先生，因此每天找他的絡繹不絕。有時逼不得已，他只好告訴我

他不見客，事實上是他下次又用加倍的時間接見了他曾避過的人。他把別人找他幫忙的事當做是自己的事。

他自己眼睛已快全盲，手術又失敗了，但是：

他是唯一不為他自己的眼睛擔心的人。看他的遺物當中有不少紐約盲人協會給他寄來的東西，原來他是早有準備。他不停地工作，不停地努力，每天依然看書看到夜裏一兩點鐘，他為學生充實自己，為別人忘記自己！

這樣一位躬親實踐的神父，具有一等的理想，工作熱誠更是超絕的，而透視現實世界的能力也是卓然的：

他最痛心的是一個個由他介紹出國的同學們留而不學或者學而不歸，因為他自己將一生都獻給了中國與中國人，而中國的青年自己卻不要自己的國家。然而，他因為愛他們，他從不加以呵責，也從不停止幫助別人出國。

這正是孔子所說的：「可逝也，不可陷也，可欺也，不可罔也」㉟的君子。喻氏深深了解他的痛苦、犧牲、愛心與偉大，也了解他的「弱點」，這些都交融在作者與神父之間「亦父，亦師，亦友」的可貴關係，故讀來深切感人。

在宗教的國度裏，有許多「人」是介於師、友、神之間的，葉紹鈞「兩法師」㊱寫弘一法師（李叔同）與印光法師，而以弘一爲主，其虔敬之心，令讀者亦感肅然，可惜作者對弘一並無深識，所以也止於表達敬慕之情而已。

鄉情的對象與前舉親人、愛人、友人等以人爲主者不同，它是對過去長久住過的地方，包括人、事、物的融合，乃是整個大環境的懷想之情。狹義的鄉是人物曾經住過的地方，一般定義的「鄉」則是人物出生且生長的地方，而廣義的鄉則可以擴充至祖國。鄉情是人類的一種情結，只要是有感情的人，必然擺脫不了它在心靈長久牽絆而引起的悲喜。

鄉情小品，可以純寫家鄉的風物，可以寫對家鄉的思念、家鄉的溫暖甚或家鄉的譾陋。另方面家鄉是所有人物出生長大的地方，因此鄉情也包括人物的童年。

葉紹鈞的「藕與蓴菜」㊲是借著故鄉的土產「藕與蓴菜」而憶述故鄉中這兩種食物的情景，並抒發對故鄉無限的懷戀之情。

全篇分成兩個大段落，前段寫藕，客居異地，偶然吃到故鄉的土產，忽而——本能地

㉟見「論語」「雍也篇」。

㊱見「中國新文藝大系」散文二集六一三頁。

㊲見「中國現代散文選」九〇頁。

——懷念起故鄉來了。故鄉值得懷念，因爲故鄉的土產「隨便揀擇擔裏的」嫩藕或老藕，便可大口嚼著解渴。藕的「清淡而甘美的滋味是普遍於家家且人人了」。藕在家鄉，品質既好，產量又大，人人可得而食之。但到了異地，它成了珍品，上等貨早被豪華公子碩腹鉅賈的跑腿搶去了，二等貨色供在大一點的水菓舖子，待善價而沽，下等貨色則乾癟生澀，實在不值留戀。這些藕原也是從故鄉運來的，但「離開牠的家鄉大約有好些時侯了，所以不復呈現玉樣的顏色，卻滿被著許多鏽斑。」這裏實暗示藕的草根性，離開了故鄉，便會失去它的優點。藕其實就代表故鄉的美好。再仔細看，作者描寫故鄉的人物總是飽含愛惜之意的，例如故鄉的男人「使人起康健的感覺」，女的也「別有一種康健的美的風致」。把藕洗得潔白是他們的傳統，也雙關故鄉人物傳統素質的高尚吧。但是，故鄉的人要在故鄉的土地上才能紮根、生長、茁壯。

前文寫藕是在秋天，後半段寫蓴菜，則爲春天。天天吃的蓴菜跟藕一樣是普級品，它本來沒有味道，好處全在於湯：「但這樣嫩綠的顏色與豐富的詩意，無味之味眞是令人心醉呢。」作者像對藕一樣偏愛它。

「而在這裏又不然」，跟上半段的章法一樣，此處一轉折，蓴菜是稀見的名貴菜，不上館子就吃不到。

文章最後兩段要收結藕與蓴菜，說：「向來不戀故鄉的我，想到這裏，覺得故鄉可愛極了。」這是很弔詭的說法，全文走筆至此，都是對故鄉飽含感情，此段一開頭卻說自己向來不戀故鄉，事實上是，作者向來不自覺那麼眷戀故鄉，到了異地，才有機會讓感覺具體浮現出來。所以，結論是：那裏是我們的故鄉，所戀便在那裏。作者卻倒過來說：「所戀在那裏，那裏就是我們的故鄉了。」通篇都是用這種雖反而實正的手法。

李廣田的「山水」㊳，並不像它的題目給人的感覺是摹山範水之作。恰好相反，它是寫平原之子對山水的渴望。在中國北方一望無際的大平原上，人民的生活環境單調，心靈寂寞，但是他們從來不想遺棄這片土地，只夢想改造這片土地，這就是作者所要表達的，對鄉土的愛戀與無可奈何。

「山水」運用正反開闔的技法，使全文虛實互相映襯，作者的主題也在虛實之間，若隱若現，其可翫性非常高。

先生，你那些記山水的文章我都讀過，我覺得那些都很好。但是我又很自然地有一個奇怪念頭：我覺得我再也不願意讀你那些文字了，我疑惑那些文字都近於誇飾，而那些誇飾是會叫生長在平原上的孩子悲哀的。你為什麼儘把你們的山水寫得那樣美好呢？難道你從來就不曾想到過：就那些可愛的山水也自有不可愛的理由嗎？

一開頭就透露出「我」對平原的偏袒，這正是鄉土之愛，使他雖然承認別人山水文章寫得

㊳ 見「中國近代散文選」三一六頁。

好，卻不願承認那眞實的山水比平原好，於是他相信那只是文章中的「誇飾」而已。而且也相信「那些可愛的山水也自有不可愛的理由」這話已透露出「我」承認山水之可愛，是無可奈何非接受不可的事實。而接著，他開始對山水吹毛求疵起來：

在多山的地方行路不方便，崎嶇坎坷；總不如平原上坦坦蕩蕩；住在山圈裏的人很不容易望到天邊，更看不見太陽從天邊出現，也看不見流星向地平線下消逝，因為亂山遮住了你們的望眼；萬里好景一望收，是只有生在平原上的人才有這等眼福；你們喜歡寫帆、寫橋、寫浪花或濤聲，但在我平原人看來，卻還不如秋風禾黍或古道鞍馬為更好看，而大車工東，恐怕也不是你們山水鄉人所可聽聞。此外呢，此外似乎還應該有許多理由，然而我的筆偏不聽我使喚，我不能再寫出來了。唉唉，我夠多麼愚，我想同你開一回玩笑，不料卻同自己開起玩笑來了，我原是要訴說平原人的悲哀呀，我讀了你那些山水文章，我乃想起了我的故鄉，我在那裏消磨過十數個春秋，我不能忘記那塊平原的憂愁。

文章至此已數度開闔；文首第一句稱讚別人寫山水的文章「都很好」是一開，抬高山水的地位，「但是」立刻又一轉，批評對方「誇飾」並數落山水的缺陷則抑下山水的地位，是闔。接著「此外呢……」一筆鋒又一轉，氣勢陡落，再也寫不出山水還有什麼缺陷——因爲他心底實在是承認山水要優於平原的。此處對山水而言又是一開，見文章中敍山水之美好，乃想起自己故鄉平原的貧瘠，通篇的正意在首段末尾逼了出來，恰到好處。

第二段開始細數無山無水的平原，那裏的子孫們——意指世世代代——是萬分喜歡「一窪水，一拳石」，還稱不上河山的小水小石已令平原的人們欣喜萬分，「他們在小小水溝裏放草船，他們從流水的車轍想像長江大河，又從稍稍寬大的水潦想像海洋。」這不止是孩子們的心理，「平原的子孫對於遠方山水眞有些好想像，而他們的寂寞也正如平原之無邊。」再次提出本文的正意。

接著三段文字敍說「我們」的祖先們在平原上努力改造這單調的環境，他們用人力鑿了一道大川流，再用人力把掘河的土堆積成一座土山，再去西方，「採來西山之石」（實有取「山海經」北山經精衞「西山之木石」之意）移南國之木把一座人工山裝點得峯巒秀拔，嘉樹成林。平原不但有了江南的勝景，且有江南的富庶，同時「夜觀漁舟火，日聽採蓮歌」，他們也有江南的精神生活。這三大段又是一大開，讓讀者跟著一道欣賞人力勝天的景緻，然而緊接下一段，又是一大闔：

> 唉唉，說起令人悲哀呢，我雖不曾像你的山水文章那樣故作誇飾——因為凡屬這平原的子孫誰都得承認這是事實，而且任何人也樂意提起這光榮——然而我卻是對你說了一個大謊，因為這是一頁歷史，簡直是一個故事，這故事是永遠寫在平原之子的記憶裏的。

把前邊三大段完全推翻，讀者才知，平原上未嘗被鑿過河，堆過山，那只不過如「山海經」等神話般在人們的心裏想像過，在口裏傳說過罷了。那傳說，是「我憑了那一塊石頭和幾處低地，夢想著遠方的高山、長水與大海。」文章至此戛然而止，爲全文一大闔。

本篇寫鄉土之思，不但技法特殊，其想法也異於常人，更重要的是，作者並沒有正面提出他對鄉土深厚的感情，但這卻是全文最重要的支柱。他偏袒自己的故鄉，但又不得不承認它的缺陷，故而想像如何來改進它。然而故鄉終於無法改變，這是本文潛藏著而未直接說出來的部分，中國北方大平原非常貧瘠荒涼，天不時地不利，世世代代的人民只造就出累累的荒塚。他們缺乏基本的物質生活條件，自然也絕不可能有起碼的精神食糧。平原的「平」字，實代表平淡、貧瘠、單調、窮苦。但是作者從不做正面描寫，這是本篇含蓄溫婉的地方，雖然它是以訴說直陳的方式來表達，反而能給人以蒼涼之感。

「山水」雖然對貧瘠的家鄉充滿遺憾，但是作品的底色是愛惜的、眷顧的，爲家鄉抱不平的。何其芳「街」㊴的底色則完全相反，不論家鄉的現在與過去，都給「我」以無比的淒涼落寞之感，他對家鄉極度的失望，但緣於人類的本然情結，他又需要故鄉，需要一個可以讓他有美好回憶、讓他能眷愛的故鄉。「街」，實際上是渴求理想家鄉不得而後嚴重失落感的作品。

沒有故鄉的人，其實就是沒有根的人，每個人都需要根，「街」一開頭便是「尋根」的主題：

我淒涼地回到了我的鄉土。

「淒涼」是因爲預知家鄉「對我冷淡得猶如任何一個陌生地方。」他明明知道「故鄉」像夢魘一樣永遠存在他心底，使他進退維谷，於是他想到「什麼時侯我也能拆毀掉我那些老舊的頹朽的童年記憶呢，卽使並不能重建築？」

記憶是無法拆卸，更不能重建，而且，它還不時引誘著我們走回去，不僅心靈走回去，身體也會跑回去。本文通篇的結構便是由一位返鄉者，走在家鄉的街道上，由現在與過去的場景交融疊現，證明「我」的身心俱受故鄉的牽引。

「我」從童年到青年，在故鄉生長、讀書，不論在家在學，記憶中都只留下人世的寂寞與冷酷、陰暗與卑微。在他還是童年的時侯，就已認爲「那是人類唯一的糧食，雖然覺得粗糲，苦澀，難於吞咽，我也帶著作爲一個人所必須有的忍耐和勇敢，吞咽了很久很久。」他唯一的避風港便是書籍，因爲「理想、愛、品德、美、幸福，以及那些可以使我們悲哀時十分溫柔，快樂時流出眼淚的東西，都是在書籍中容易找到，而在眞實的人間卻比任何珍貴的物品還稀罕。」他生活在書的故事裏，「而我又醒覺得太快」立刻他又否定了這避風港的眞實、可靠性。他又設想：「我必須以愛，以熱情，以正直和寬大來酬答這人間的寒冷嗎？」「對人，愛更是一種學習，一種極艱難的極易失敗的學習。」——也基於這種感悟，「我」

㊴見「中國現代散文選」二三五頁。

繼續在鄉土上找尋肯定：

最後到了一座大門前。

這是一個小學，我有一個認識的人在裏面。但說不準在這暑假裏他已回到鄉下去了。兩扇大木門關得十分嚴密。我起初輕輕地敲著門環。隨後用手重拍，隨後大聲叫喊。然後側耳傾聽。裏面是黑夜一樣寂靜，我想一個學校不會沒有門房。我想也許有一個旁門，但問側邊的人家，都說沒有。

於是，像擊碎我所有的沉重的思想似的，我盡量使力地用拳頭搥打著門，並且盡量大聲地叫喊起來。

我摸出口袋裏的夜明錶：八點鐘。

這一段的意象處理非常好，「我」希望建立他的新哲學，學習著去愛人，於是他叩訪一個在小學裏的朋友。但是整個小學大門關得嚴密，連側門也沒有。無論如何都敲不開，這具有象徵意義的動作自然是「我」努力尋找的答案。但是作者不再用傷感的、失望的語言來做任何詮釋，只摸出夜明錶，上指八點鐘。用客觀的事象指涉尋求的嚴重碰壁，文章至此收筆，眞是餘味無窮。

前兩篇都出諸濃筆，陳之藩「失根的蘭花」㊵則用淡筆，其特色是把鄉情擴大而爲家國之思，則爲較廣義的鄉情。

「失」文體製頗爲纖巧，內容敍寫「我」在美國至某大學賞花，看見從中國來的花，乃睹物思鄉。下一段敍「我」自少小離家，由陝入蜀，在外奔波，從未傷感過，何以在美國竟然傷感乃至落淚，由此一比襯深思，乃知前者客居異國，身如飛絮，後者離開家鄉，不過如浮萍，尙有水可依傍。文尾引鄭思肖繪失根的蘭花所喻國土淪亡，根無所著之意，而有深刻的家國之思。

寫童年生活的作品產量極多，一般人寫童年，題材大致不外於：長輩的教訓、父母的慈愛、鄰家的往來、童伴的嬉遊、讀書的情況、以及故鄉的風光、環境的狀態，又或者加揷一些驚險的故事、曲折的情節等等。在這些作品之中，較具特殊風格的，要屬廢名系列的「小林」故事㊶，作者採用兒童觀點，透過「小林」這孩子的眼睛來看世界。實際上，小林便是作者童年的化身。雖然作者很俏皮的有時會在文章中稍稍現身㊷。

廢名筆下的童年，取材既不特別，情節也絕不離奇，它僅是透過兒童的眼睛來看童年的世界，抓住一些不自覺的、成長的感覺，由於用筆靈透，故能掌握孩子眼中，中國鄉村優美

㊵ 見「旅美小簡」一一二頁。

㊶ 本文討論諸篇「小林」故事皆見收於「中國新文藝大系」散文二集中，「洲」「萬壽宮」「芭茅」「送路燈」「碑」等篇見三六九—三八七頁。

㊷ 例如「碑」文中小林與和尙對話，談放馬場從前有無馬的問題，便揷了一句：「著者因此也想翻一翻縣誌，可惜手下無有，不知那裏是否有一個說明？」

的自然環境、人文環境，以及孩子的內心世界。

由兒童觀點所見的世界，充滿了悠閒、天眞、自然與親和的韻致。例如「洲」文中敍寫鄉村婦女洗衣的地方：

……一條河，差不多全城的婦女都來洗衣，橋北城牆根的洲上。這洲一直接到北門，青青草地上橫著兩三條小道，不知從什麼時候起，但開闢出來的，除了女人只有孩子，孩子跟著母親或姐姐。生長在城裏而又嫁在城裏者，有她孩子的足跡，也就有她做母親的足跡，河本來好，洲岸不高，春夏水漲，不另外更退出了沙灘，搓衣的石頭挨著岸放，恰好一半在水。

「洲」是女人及孩子的天下，且世世代代如此，充滿了永恆的寧靜，它是良好的人文生活環境，也是一幅優美的風景圖。廢名筆下兒童觀點的風景，不但能捉住風景的特色，也能掌握孩子的心靈，例如「碑」文中小林走在路上，看山：

其實山何曾是陡然而起？他一路而來，觸目皆是。他也不是今天才看見，他知道這叫做牛背山，平素在城上望見的，正是這個，不但望見牛背山上的野火，清早起來更望見過牛背山的日出。所以他這樣看，恐怕還是那邊的空曠使得他看罷，空曠上的太陽也在內。石頭倒的確是特別的大，而且黑！石頭怎麼是黑的？又不是畫的……這一遲

> 疑，滿山的石頭都看出來了，都是黑的。樹枝子也是黑的。山的綠，樹葉子的綠，那自然是不能生問題。山頂的頂上有一個石頭，惟牠最高哩，捱了天，——上面什麼動？一隻鷂鷹！一動，飛在石頭之上了，不，飛在天之間，打圈子。青青的天是遠在山之上，黑的鷂鷹，黑的石頭，都在其間。
>
> 一剎間隨山為界偌大一片沒有了那黑而高飛的東西了，石頭又與天相接。
>
> 鷂鷹是飛到山的那邊去了，他默默的相信。
>
> 「山上也有路！」
>
> 是說山之窪處一條小路。可見他沒有見過山上的路，而一見知其為路。到底是山上的路，彷彿是動上去，並不是路上有人，路蜿蜒得很，忽而這兒出現，忽而又在那兒，事實上又從山腳出現到山頂。這路要到那裏才走？他問。自然只問一問就算了。然而他是何等的想上去走一走！此時倘若有人問他，做什麼人最好，他一定毫不躊躇的答應是上這條路的人了。

小林的兒童眼，由山上的石頭，乃至徘徊天際的鷂鷹以至山路，其捕捉景物完全是鏡頭的移動，用蒙太奇手法承接。而這其間，最可愛的莫過於小林眼中的景物，例如他看山徑，「彷佛是動上去，並不是路上有人」，寫活了靜態的路，而僵住了動態的人，是很新穎的寫法。而當時對山徑充滿新奇的好感時，他又很專注的設想，做個走在這條路上的人是最好的，這種天眞浪漫的心態與思考，在「洲」文中也有，當鄉下傳說北城邊的塔是觀音菩薩用亂石堆成，超度被大水淹死的沒有罪過的童男女：「觀世音見了那悽慘的景象，不覺流出一滴眼淚，就在承受這眼淚的石頭上，長起一棵樹，名叫千年矮，至今居民朝拜。」這個「典故」給小林的啓發竟是：「一滴眼淚居然能長一棵樹，將來媽媽打他，他跑到這兒來哭，他的樹卻要萬丈高，五湖四海都一眼看得見，到了晚上，一顆顆的星不啻一朶朶的花哩。」孩子的想像充滿了海濶天空的自我意識。

「小林」系列散文中還介紹了許多民間的古物民俗。例如「萬壽宮」原是荒廢的祠堂，後來充作小學堂，而當作者撰文時，這小學堂已「二十年來這裏沒有人教書」也早已荒廢了。學堂牆上，還留著大小不等的歪斜字跡，諸如「程小林之水壺不要動」「王毛兒」等等。

> 是的，王毛兒，我們的街上的確還有一個賣油果的王毛兒，大家都叫「王毛毛」了，因此我拜訪過他，從他直接的得了一些材料；我的故事有一部分應該致謝於他。

王毛兒變成了「王毛毛」，說明二十年歲月的改變，孩子們都已成長爲大人了，作者分明是這羣孩子中的一位，他卻故作玄虛說是來拜訪王毛毛，採集資料，也是童心未泯的一面。

萬壽宮裏有叮叮響的風鈴，有一盞天燈，以及許多狐狸精的傳說，當它變成廢墟時，已經被成人視爲孩子的禁地了。

「送路燈」則是寫鄉下的葬禮，長年流傳送亡魂的習俗，其原始的眞正意義，連成人也不甚了了，這便是中國的民俗，大家一成不變的遵守著，孩子有許多疑問，永遠也得不到答案，但等到他長大，便不再懷疑這些問題，也投入信仰遵循的行列中了。

「芭茅」實是寫萬人塚，明朝末年，流寇犯城，殺盡了全城居民，事後聚葬在一塊，辨不出誰屬誰家，但家家都有，故名曰「家家墳」。墳上立一大石碑，上題「家家墳」三個大字，兩旁有許多小字，是建墳者的留名。墳地周圍環植芭茅。家家墳是孩子們的遊樂場，他們摘芭茅做成喇叭吹，比賽誰吹得響。他們在碑上找名字：

> 比如小林，找姓程的，不但眼巴巴的記認這名字，這名字儼然就是一個活人，非常親稔，要說是自己的祖父才好。姓程的碰巧有好幾個，所以小林格外得意——家家墳裏他家有好幾個了。

再次寫孩子們天真的心情、感覺。他們對死亡是沒有什麼觀念的。

童年的美好是被作者所肯定的。「洲」文最後，小林手上摘了一把花：

> 這時才輪到他手上的花，好幾位姑娘都掉轉頭來看：「小林，你這花真好。」

那花，被讚美的花，正是小林可愛的童年。

系列小林故事，不僅把時空停滯於小林的童年，也掌握孩子成長的感覺，例如「洲」文末段，姐姐喚住小林說：

「小林，你真淘氣，怎麼跑那麼遠呢？」

接著不知道講什麼好了，彷彿是好久好久的一個分別。而在小林的生活上。這一刹那也的確立了一大標桿，因為他心裏的話並不直率的講給姐姐聽了，這在以前是沒有的，倘若要他講，那是金銀花同「琴子妹妹」了。

小林原是跟姐姐無話不談的，但現在他成長了，有自己的世界，有自己的交遊，有自己的秘密，也就不把心底話直接講給姐姐聽了。成長是一件不可逃避的事實，而作者卻萬分耽溺於童年單純的育樂中呢。

人情小品不論所寫的對象是親人、愛人、友人或鄉情，都不可避免的，會拈連到作者一己的情懷，否則，就失去小品的主觀色彩了。然而，上述諸項，其寫作素材，仍以作者身外的人事物爲主。若以作者內心主觀的情趣意爲主者，是爲心情小品。

一般心情小品仍依附於事件，也就是一方面敘述事件，一方面表達作者的情懷，這樣的作品很多，例如郁達夫「燈蛾埋葬之夜」[43]乃是觀察田園、墓地乃至燈蛾之死等外景而引發作者的感懷。又如羅黑芷「甲子年終之夜」[44]分別由一位女子的死，與另一位女子的生，引發作者對生、死俱感悲觀的情懷，這種生死兩茫茫的感情恰好用題目點出是在甲子年的除夕夜，應是萬家舉杯相祝賀的快樂時光，作者卻成爲「徬徨歧路之人」無所歸，其難遣的悲悼情懷益形凸出。又如汪啓疆的「蝴蝶山谷」㊺由報紙上對蝴蝶谷的報導而引發作者以往對蝴蝶的「迷惑」乃至嚮往，以及由蝴蝶身上產生新的領悟等。

張愛玲的「夜營的喇叭」㊻僅三百七十字，卻能在刹那間掌握心情的感動，幾乎每天晚上她在燈下看書時，都會聽見離家不遠軍營中的喇叭聲，但是跟她住在一起的姑姑卻從來不留心，聽而不聞。有一次，喇叭聲又細細的吹起，連她自己也疑心根本沒有什麼喇叭：

> 可是這時候，外面有人響亮地吹起口哨，信手撿起了喇叭的調子。我突然站起身，充滿喜悅與同情，奔到窗口去，但也並不想知道那是誰，是公寓樓上或是樓下的住客，還是街上過路的。

這裏抓住的是同樣聽到喇叭聲的「知音」，這種歡喜使她充滿喜悅與自信。由以上諸例可見，心情小品若寄託於事、物、人者，其「心情」完全是作者外爍於這些人、事、物之上的，不像親人、愛人、友人其本身便具有情感，是故心情小品是主觀性更強的小品文。

抒懷之作大抵依附外事外物而作，如果一空依傍，獨抒心靈時，主觀的感情抒寫出來便

㊸見「郁達夫散文集」一〇九頁。
㊹見「中國新文藝大系」散文二集五〇九頁。
㊺見「攤開胸膛的疆域」二四頁。
㊻見「流言」三四頁。

是心情小品，若一旦被作者客觀的提出討論，就會變成哲理小品。徐志摩的「想飛」、靳以的「散文三試」兩文可以說明上述情形㊼。

「想飛」寫出人類——其實更是作者自己，想擺脫社會環境的束縛，達到完全自由境地的想望。這種抽象的幻想，要寫得深刻感人是不容易的。作者一開頭便渲染「深」「遠」「高」給人的感覺，是浪漫而迷人的，是人就沒有不想飛的，「飛出這圈子」是人類——尤其是作者自己——本能的慾望，但飛要如大鵬鳥，能「背負蒼天，而莫之夭閼者」才好，像麻雀、蝙蝠、燕子等小鳥短距離、低空的飛是不夠的：

> 要飛就得滿天飛，風攔不住雲擋不住的飛，一翅膀就跳過一座山頭，影子下來遮得陰二十畝稻田的飛，到天晚飛倦了就來繞著那塔頂尖順著風向打圓圈做夢……

全文有豐富的想像力，浪漫的激情，以及追求自由的精神，其文字又能配合情感，噴薄而熱烈的吐出，造成一股強勁的力量，把「想飛」的慾望推至頂點，不過文尾結束時，寫這種想像幻滅，心情驟變又使全文急轉直下：

> 同時天上那一點子黑的已經迫近在我的頭頂，形成了一架鳥形的機器，忽的機沿一側，一球光直往下注，砰的一聲炸響，——炸碎了我在飛行中的幻想，青天裏平添了幾堆破碎的浮雲㊽。

眞是大開大闔，氣象軒潤。

靳以的「散文三試」，收有三篇小品，分別有三個標題：「苦痛和快樂」「生命與愛」「希望的花朶」。本篇作於一九四六年，抗日戰爭結束了，中國獲勝，作者心中充滿喜悅，但並沒有忘記過去的痛苦，他也領悟到生命必須有愛，而且是人類團結的大愛、大和諧，才能締造最大、最美、最有希望的花朶。此處僅討論其第一帖。

「我」生活在苦痛和快樂的邊緣上，這種梭巡於兩極的感受，本是極佳的心情小品題材，不過作者沒有把筆停在這種個人單純的情緒感受上，他由於自己被人援引而想到衆人，於是：「我也不忍心獨自跨過去，無視他們的苦痛。」這裏說明人不能自私，由於不自私，自己才能得救，由於不自私，也才能救人。「我」開始奮力援引別人，一個接一個，最後力量不濟了，幾乎把自己又拖回去時，出現另外兩隻手拉住了他，原來是早先被引上來的人伸出了援手。於是大家共同伸出手去，把所有的人都救上來，全篇結尾說：「我們最快樂，因爲我們所得到的是穿過痛苦的快樂。」

本篇客觀討論的主題是：沒有經過苦痛歷練的快樂，並不是眞正的快樂，不是最快樂的快樂。其次是，獨樂樂不如與衆樂。發揮無私的愛心，人類才會有眞正的快樂，通篇只是把

㊼ 徐志摩「想飛」見「自剖文集」，「徐志摩全集」第三輯四二五頁。「中國現代散文選」一五一頁所收刪削三分之二強，較爲精簡。靳以「散文三試」見「中國現代散文選」三〇四頁。

㊽ 一般選本皆刪去此段。

作者的心情，透過思維，構成一套觀念體系，並用形象化的語言，以苦痛譬喻爲海，衆人在海中等待救援，只有互救才是人類生存之道，作者在此提出哲學的教訓，是爲哲理小品。

人情所面對的自以「人」爲主，以上所舉親人、愛人、友人、鄉情、心情，自然還不能囊括人情小品所有的對象，人際關係原是相當複雜的，例如「老師」便是一個相當好的主題，魯迅的「藤野先生」[49]用虔誠、受業弟子的心情來敍寫自己所尊敬的老師，這位老師，不只是傳授學問，他本身有偉大的人格，愛國的情操，用身教陶冶學生爲學、治事、做人，這種教育是感發而非傳授的，能體現爲人師表的典型。

還有許多純素描的人物小品，人物與作者並沒有什麼交往，也許只是擦肩而過，也許只是冷眼旁觀，但都讓作者捕捉到人物的心境或處境，也是人情小品一景。例如范泉「三個蒙古人」[50]分別寫三個只有一面之緣的蒙古人，筆墨花費不多，但顯然想從三個角度：蒙古人的忠厚熱情、節儉自立以及生活的不易下筆，試圖對蒙古人做一簡單的、帶有同情的勾勒。

純粹素描人物，作者時常抽離現場，只由人物本身來演示，例如許地山「疲倦的母親」[51]用全知觀點寫一對母子，孩子年輕、天眞、活潑、好奇、喜動，母親則只是倦睏不已，可知他的疲倦不僅是身體的疲勞，必然也是年齡、人世風霜而產生的疲倦。作者不加一字詮釋，兩者對照，讀者自可瞭然。上文是作者完全跳出文外，也有作者進入文中，但只居配角之職的，也就是用第一人稱配角觀點來寫，例如巴金「廢園外」[52]敍述一九四一年八月十四號日本飛機轟炸後，一所廢園中的慘劇，「×家三小姐」的屍體剛被挖出來，作者看見「一隻帶泥的腿，一個少女的生命，一個正在開花的年紀……連這渺小的生命，也不爲那些天空的太陽旗武士寬容。」作者對這位陌生女孩有無限的同情，對日本的侵略戰爭有無限的憤慨。文章的尾段是：

臉頰上一點冷一滴濕，我仰頭看，落雨了。這不是夢。我不能長久立在大雨中。我應該回家了。那是剛被震壞的家，屋裏到處都漏雨。

文尾回拍到自己身上，原來戰爭斲傷的不僅是某人某家某少女而已。作爲配角「我」的房屋也被波及，證明戰火的殺傷力是無遠弗屆的。

冰心「關於女人」一系列以某男士爲配角觀點寫成的散文集，則是作者存心隱藏自己，用第一人稱配角觀點來看「我的同學」「我的朋友」「我的學生」「我的鄰居」「我的朋友的母親」……等等[53]。其題目便很明顯的有意規避第一人稱「我」的色彩。

人情小品寫作的對象不外乎人，因此，寫作的先決條件乃是要熟悉作品中的人物，所謂熟悉，是對所寫的主角有深入的認識，才會有較深的感情。例如巴金「懷念蕭珊」，角色是

---

[49] 見「魯迅散文選」九一頁。
[50] 見「綠的北國」三頁。
[51] 見「許地山文選」七五頁。
[52] 見「巴金文集」一三四頁，按該文作於一九四一年八月十六日昆明，爲「旅途雜記」之一。
[53] 「關於女人」一書，一九四五年，上海開明書店出版，該書文章多篇選入「冰心選集」。

作者相處半輩子的愛妻。因此文中會有歸納性、結論性的語言，也可能對人物作批判，例如王璇的「童孽」，是處理作者所熟悉人物「冷」的一面，卽令是批判，作者仍是愛惜他筆下的角色，這便是「感情」。也有作者所不熟悉的人物，例如范泉「三個蒙古人」「綠的北國」等都只做浮光掠影的一瞥，但由於題材的別緻，尙具可讀性，但不是深刻的作品。巴金的「廢園外」雖然寫一位陌生的女子被戰火無辜炸死，但是作者把人物放在整個大時代的悲劇中，那悲劇也是作者自己親身經驗到的，只不過厚薄略有不同，對方是生命被炸毀，自己則是房屋被震破。但戰爭給人類的傷害，異族的侵凌之苦作者是深深感受到，因此，寫作對象的陌生，反而代表了默默無名的芸芸衆生。

人情小品的第二要素是「情」，人之情，有喜怒哀樂、恐怖驚奇等等本質不同，也有崇高、卑下、幽美、壯麗等境界不一者。但是無論如何，作者的創作必然要基於眞誠。作者對於宇宙與人生最切身的問題要有眞切的了解、關心。他才能從平凡瑣碎的人事物中看出不平凡的意義。實在說，人情小品不只捕捉人類的情緒，更重要的是掌握其「情結」。其次，表達能力的高低影響作品給讀者眞誠的感覺，例如冰心以小兒女爲題材的散文被楊牧譏爲「濫情」[54]，可是，若把冰心的「寄小讀者」與「關於女人」對照而看，就知道前者失敗是寫作時對自己的感情失於控制，而後者則能抽離自己，因此「感情」在文中反而顯得蘊藉豐厚。這實是作者寫作技巧的問題。可知寫作人情小品雖然要「筆端常帶感情」，但是要視題材而決定感情在文字中的醇度，講究技巧，並非只講究雕琢，而是推敲最適當的表達方式。例如寫鄉下村姑時，文筆較忌雕刻堆砌，樸質無華，反有天然之緻。寫都市時髦小姐，文字則不一定規避花俏。有些主題宜婉轉含蓄，有些則不妨外放噴薄。但無論何種方式，都要規避語言過於直接，造成以意害文，人情小品最易出軌，作者應有節制的自覺。

(二) 物趣小品

與「人」相對的則是物，基本上，「物」本身並無情或趣可言，它的情趣是作者外鑠上去的，由作家的有情之眼去看，用有情之心去體會，而賦予了萬物以生命、以光華。這就是物趣，其能源仍然由人「情」而來。

所謂「物」的範圍實是無窮廣大，除了人以外，自然界存在的東西，不論有生命或無生命，甚至抽象的，都算是物。因此，要把物分類是很困難的事。以下試選擇小品文中較常見的物趣小品，大致分爲景物、動物、事物三大類來談。

廣義的景物，是把人類生存的環境——一般人都指自然環境，其實還應包括人文環境，大自然對人類的意義是歷久彌新的，郁達夫「山水及自然景物的欣賞」[55]一文中說：

> 自然的變化，實在多而且奇，沒有準備的欣賞者，對於他的美點也許會捉摸不十分完

[54] 見楊牧「豐子愷禮讚」，「文學的源流」六五頁。

[55] 見「閑書」七六頁。

全的；就單說一個天體罷，早晨的日出，中午的晴空，旁晚的日落，都是最美也沒有的景象；若再配上以雲和影的交替，海與山的參錯，以及一切由人造的建築園藝，或種植畜牧的產物，如稻麥牛羊飛鳥家畜之類，則僅在一日之中，就有萬千新奇的變化，更不必去說暗夜的茅屋，月明的普照，或風雷雨雪的突變，與四季的更迭了。我們人類，大家都有一種特性，就是喜新厭舊，每想變更的那一種怪習慣；不問是一個絕色的美人，你若與她日日相對，就要覺得厭膩，所以俗語裏有家花不及野花香的一句；或者是一碗最珍貴最可口的菜，你若每日吃著，到了後來，也覺得寧願去換一碗粗肴淡菜來下飯；唯有對於自然，就決不會發生這一種感覺，太陽自東方出來，西方下去，日日如此，年年如此，我們可沒有聽見說有厭看白天晚上的一定輪流而去自殺的人。

郁氏所指的自然環境被人類所喜愛，乃緣於天性；但文明的發展，拓展了人類生存的第二度空間，即是都市，都市是文明的景物，也許有很多人不喜歡它，但大部分人絕對離不開它，它也確實一直不停的侵略大自然的領域，成爲人類生存的重要空間，都市變成人類生活的重要「景物」。由於景物的定義較廣，因此景物不止是靜態，也有動態的，有實景，也有虛景。實景是對於具體景物的描摹，這種小品非常多。虛景是描寫抽象的光景，例如秋天、光陰等。

景物小品寫作的方式大致有兩種，一種是客觀的描摹景物，再由景拍合到作者的心中或身上，乃是由景生趣。另一種是作者完全沉潛於景物之中，帶著主觀的感情去介紹景物，「我」與景物一直拈合一起，這種寫法，常不考慮景物的立體圖案，只做重點的、感性的抒發。前者是景多於情，後者是情多景少。以上所謂主、客觀乃是比較而言，基本上情趣小品都是由作者主觀的角度出發。

客觀的描摹景物，是景物投影在作者心中，產生感覺，在心中製造成意象，作者用文字呈現此意象。其過程是經過作者的「心」中過濾，自然帶有作者主觀的取捨及感情的暗示，只不過在文字表面上，作者力求做客觀的拍攝，但大致上，結尾都會回到作者主觀的定論。張秀亞「鄉居」㊻描寫鄉居生活。全文六段。第一段敍述鄉村中大自然的景色，是典型客觀的寫景文：

> 一帶暗藍的遠山，起伏在竹籬外邊。一灣清亮的溪水，繞過巷口，終日低吟著，繼著它不變的行程。打開窗，大自然在裏面鑲上一片漠漠的水田；不時夢影似的飛起幾隻水鳥，越飛越遠，漸漸化成了天邊的白雲。

這一段運用比擬的修辭法，把景物點化得鮮活起來。遠山、溪水原來都是沒有生命的景物，但用「起伏」「繞過」「低吟」等動詞，使物一變而爲會動的、有生命的個體，這原是基本

㊻見「範文賞析」七〇頁。

的擬人手法，寫景文章中已非常熟見。接著是作者打開窗，從窗內往外望，由於窗子小，景物大，窗子便有相框的感覺，於是作者用了「鑲上」二字把廣濶的水田譬喻成一幅美妙的畫，而大自然也擬人化了。接著寫水鳥飛上青天，形容成「夢影似的」，這是把動物比擬成另外一種物，是擬物手法。寫景文字最常用比擬手法，但要用得恰當、巧妙、生動卻不容易。本段中「鑲上」二字實爲全段字眼，擬人手法具有創意。其他部分，例如形容小鳥高飛，用「夢影似的」，不但表現水鳥身影之輕盈可愛，也同時呈現這片田野的廣邈寧靜。「化成天邊的白雲」是形容小鳥飛得高。所有的景物都不用直接的說明，透過美妙的形容轉化成清麗的意象。本文第三段也是純粹描寫景物，但是例如「一些嬌艷的芙桑花……那麼單純的開著」，用「嬌艷」二字來形容花就太直接了，不容易產生鮮活的意象。文中其他幾段描寫動景：農人忙於工作、小孩的天眞純樸、鄰居的和睦等等。至最後一段：

> 我愛臺灣，尤其是臺灣的鄉下。我喜歡那可愛的如畫景色，更喜歡那些純樸的鄉民。

總結前邊靜景與動景，也同時直接表達作者對「鄉居」的喜愛，從景物拍到作者的情感，其方式雖然太直接了些，但運用「愛、喜歡」等字眼，都是正面強調自己的感情，屬於直接式的、噴薄的表達方式，與文章內容的醇厚天眞，在情趣上仍能互相搭配。

葉紹鈞的「牽牛花」與豐子愷的「梧桐樹」[57]都是針對景物中的極小部分「植物」而寫。「牽牛花」實際上只是盆景，每年買不到新泥，只好攙一點燐酸骨粉，算是代替了新泥。牽牛花就憑一小缽瓦盆，一點燐酸骨粉，不到一個月的工夫，便蔓衍生長，爬滿整堵牆。「種了這種小東西，庭中就成爲繫人心情的所在」。最後兩段從「物」身上有深刻的體悟：那便是植物強大的「生之力」的發現，而令作者感動。這種感動的原因，全篇都在努力經營，只不過前數段從不說透，只對景物做客觀的描繪，但是這種描繪是經過選擇的，例如第三段描寫牽牛花的藤蔓生長蔓衍的情形時：

> 隨後長出來的互相糾纏著，因自身的重量倒垂下來，但末梢的嫩條便又蛇頭一般仰起，向上伸，與別組的嫩條糾纏，待不勝重量時便重演那老把戲；

倒數第二段說：

> 那藤蔓纏著麻線捲上去，嫩綠的頭看似靜止的，並不動彈，實際卻無時不迴旋向上，在先朝這邊，停一歇再看，它便朝那邊了。前一晚只是菉豆般大一粒的嫩頭，早起看時，便已透出二三寸長的新條，綴著一兩張滿被細白絨毛的小葉子，葉柄處是僅能辨認形狀的花苞，而末梢又有了菉豆般大一粒的嫩頭。有時認著牆上的斑駁痕想，明天未必便爬到那裏吧；但出乎意外，明晨已爬到了斑駁痕之上；好努力的一夜工夫！

57 見「現代十六家小品」二一四頁及「豐子愷文選Ⅲ」三三九頁。

「生之力」不可得見；在這樣小立靜觀的當兒，卻默契了「生之力」了。漸漸地，渾忘意想，復何言說，只呆對這一牆綠葉。

牽牛花是向上的，無時無刻不努力爭取生存機會，這便是給作者「生之力」的無比感動。「梧桐樹」的寫法亦然，它在摹物的外表時，已暗藏植物的生機：「梧桐樹的生葉，技巧最爲拙劣，但態度最爲坦白。牠們的枝頭疏而粗，牠們的葉子平而大。葉子一生，全樹顯然變容。」在夏天，梧桐綠葉成蔭，顯現生的無比生機，但秋多一到，北風一起，梧桐葉成羣飛下一大批，枝頭虛空。「好像娶妻生子而家破人亡了的光棍，」而且「現在倘要搜集牠們的一切落葉來，使牠們一齊變綠，重復夏日的光景，即使仗了世間一切支配者的勢力，盡了世間一切機械的效能，也是不可能的了！」作者選擇的題材是大自然的生與滅，跟「牽牛花」只見其生不同。因此文章結尾作者產生的感動也不同：要順應宇宙自然「無常」的生滅天理，跟牽牛花要積極向上，爭取自由生機，在立意上完全不同。這便是客觀描寫中的主觀取樣，作者主觀的人生感動、情境，大多是在文章末尾才揭示出來。此爲正格。至於變格則變化之妙，存乎一心，有通篇不著一語說明的——例如梧桐樹其實也可以不必在末尾把主旨說出；也有前後都暗中輕輕點逗的。

林庚「北平的早晨」[58]則跳出狹義的景物範疇，乃是廣義的景物。它融合了自然景觀與人文景觀，不僅有視覺經驗，且有聽覺經驗，不僅寫時間，也寫空間，不僅寫人，也寫物。全文從動、靜兩景參差而寫，主旨則若隱若現，浮沉於文字之間，含蓄而深刻。

本文選自「二十三年中國文藝年鑑」，可知作者寫作時間是民國二十三年，文中第二段輕描淡寫的提到「天上聽不見去年五月間的爆擊機的聲音」，清晰的點出本篇寫作的時空背景，據高越天「中華民國大事紀要」第三輯記載：民國二十二年初，日本積極進攻華北，山海關、熱河相繼陷落，續犯長城各口，蔣委員長親赴北平督戰，青峰口、古北口皆激戰後相繼失陷，四月，日軍深入冀東，平津震動。直至五月三十日中日方於塘沽簽訂華北停戰協定。經砲火驚嚇的北平便是本文的主體。作者不從斷瓦殘垣等受傷的外在景觀著筆，也不從受傷人們的心靈下手，他用了一半篇幅寫北平的夜，一半篇幅寫北平的早晨。前者幾全是靜態的，後者則是動態的，動靜對比之中，飽含感覺性。第一段：

> 北平近來的夜裏，是九點鐘便聽見清晰的更聲了，在街上一面鑼陪著一個梆子，那帶著原始可怕而宏亮的聲音，遂瀰漫了大街、小巷，與許多靜悄的院落。九點，九點便連鬼也不出來了。

北平的夜裏，才九點鐘，不但大街小巷沒有行人，連住宅中的院落也是靜悄悄的，在這種靜夜中，只有打更的聲音特別清晰宏亮。由於靜謐與更聲是完全相反的對比，作者再加強更聲是「原始可怕」的形容詞，便使「靜夜」給人的感覺絕不是寧靜安詳，最後說，「九點便連

---

(58) 見「文學的北平」八七頁。

鬼也不出來了」。北平的夜給人的感覺是可怕的、威脅的，甚至連鬼也怕的，可見人們都在屋子裏不是享受，而是躲避。躲避什麼呢？第二段一開頭又非常弔詭的說：

其實並沒有什麼可怕的事情發生，這是敢擔保的，天上聽不見去年五月間可怕的爆擊機的聲音，而且簡直一絲聲音都沒有，這難道就是唯一可怕的理由嗎？遠處沒有槍聲或警笛。雖然第二天報上常常發見幾起搶案，但這絕不是北平居民會把他放在心上的，這些居民自武昌革命以來，經過的戰事已是夠他們鎮定了。槍聲礮聲，街上過著退或進的軍隊等等，都像是司空見慣的事，然則他們九點便早躲在屋裏是做什麼呢？像歐戰時倫敦、巴黎的居民躲著齊柏林飛船——那號為空中魔王的——似的。

這是全篇交代背景最重要的一段，文章的進行利用正反相生的手法。先由首段的「可怕」至第二段一翻而為「沒有什麼可怕」，但緊接著是眞正可怕的事：戰爭，雖然發生在去年，但它留下強烈的後遺症：人們嚴重受創的身心，以及戰火刧後無以聊生的搶匪。作者用反話說：居民絕不會把他放在心上的，因為這些居民長久以來，經過的戰事已夠他們鎮定，實際上，是說人民長久以來沒有度過一次安詳的夜。

第三段敍述北平夜間的馬路，偶而有行人的話，也是急著奔回家的，這是「正」，接著第四段立刻又「反」：

> 到家之後作什麼呢？沒有人曉得，但街上確乎沒有再留戀的意味。

回家其實不是享受溫暖，只是因爲外面實在待不住。

四至六段敍述北平夜間的街景，都是經過刻意選擇的材料：晚上七點鐘，市場已很冷清，作者不直接下「冷清」的斷語，他說：

> 在裏面走過，心裏就是時而想著別的事，也不至於使你因此撞了別人。

至於明暗不同的燈光則是：

> 顯示著勉強掙扎的繁華已在一些地方破滅了。

這樣富有感覺性的描寫，實際上已超越景物的描繪，而飽含暗示的意義，北平的夜，曾經是繁華、充實、有生命的，在受到大創傷之後，掙扎著想抓住那曾經有過的光華卻是不可能[59]，把景物擬人化，其功用已不僅是讓景物鮮活，而是直指人們的內心世界。因此，第五段描寫街景也同樣具有雙關的效果：

---

[59] 這層意思在第六段敍述「人景」時有明顯的表白：「許多人追著去年，前年……」

> 在最平的柏油路上，只有警察與十字路口的紅燈：如是月夜，便見龐大的房影倒在地上，卻没有一個人的腳步來踏一下；汽車偶爾走過，如空山中的獅吼，又是一陣風，輕輕的吹過街上。是與這街無關的。電影院或舊劇場的門前排著不上五十輛的洋車，那洋車都不十分佩服這劇場似的，但卻在無奈的等著。十一點的樣子，電影和戲都散了，出來一些無表情的臉，這乃是街上最後一次的熱鬧，由幾個集中點散到四方而消滅。

雖然是「最平」的柏油路，卻沒有一個行人，偶而經過的汽車，如「空山中的獅吼」令人驚心，連劇場前的洋車都無可奈何的等著——牠們也不願意站在北平之夜的街上。當戲散了，走出來的人也面無表情，可見看戲並不是一種享受。這裏寫人們由幾個集中點散到四方，雖寫「動景」而其實仍是側重「靜」的感覺。北平之夜唯一的聲音是偶而遠處傳來一二聲犬吠。這樣令人傷心的夜，作者在第七段開頭又用反話說：「我們不能爲這北平的晚上而傷心」，爲什麼呢？因爲只要人們還活著，在最惡劣的情況下，仍然會抱著希望。北平的希望便是早晨！於是我們才知道題目名爲「北平的早晨」，全篇卻花了一半的篇幅在寫「夜晚」的原因了，早晨象徵希望、光明。

　　後面七段寫北平之晨的街景，與前七段的寫法遙遙呼應，一開始第八段是寫火車聲與人們的談話聲，跟第一段的「更聲」相對應，第九段第一句是：

> 陽光還未射到街上，希望已先在每個家開門中露出頭來。

人們是多麼盼望黎明的到來，菜場、魚市已經有些擁擠，接著描寫許多人：女人、孩子、厨子、老頭、洋車夫、小學生……是無窮形形色色的人，來來往往：

> 在這樣的不同中你若能找出一點的相同來，那便是他們同有一個北平的夜了。

這眞是點睛之句，大家都渡過一個同樣黑暗的夜，不用說，也期待著一個共同的黎明，第十段把這個期待擊得粉粹：

> 舖子都開張了，街上遂變成一切的中心，廣東客棧的老闆娘，也抱著小孩走出來立在門口，東看西看，好像有什麽熱鬧將要來到了。其實沒有，一會兒太陽越爬越高，街上人雖是照樣的多，但那興奮是越來越少，以後便沒有誰再肯來站街。我們又看見許多很乏味的面孔漸漸出現。最後，直到晚上九點，那乏味的臉又都收起來。

「其實沒有」是一大轉折，直指希望的落空，「欣欣然」的「興奮」越來越少。直到黑夜的降臨。才寫了三段北平的早晨，接著又是北平的黑夜，北平的黑夜讓每一位過客驚異：

> 荒老得連鬼都不容易碰著了！

但那早晨，還抱著一點的希望，希望能改造它的晚上。

是否有改造的希望呢，文章最後：

……古城卻帶了早晨這一枝屢次打敗的兵，為著他忠誠作戰，然而夜是一天一天的來得早了，九點，處處便聽見清晰的更聲，一面鑼陪著一個梆子。那帶著原始可怕而宏亮的聲音，遂瀰漫了大街，小巷，與許多靜悄的院落。

北平這古城遂只剩下一個早晨！

「北平的早晨」這題目實具有反諷意義。它貫穿了整篇文章，直到最後一句悠然而止。實際上，北平人飽經戰爭驚嚇，活在沒有明天的日子裏，竟盼望著明天的到來，這是北平人的大悲劇，北平人卻全然不自覺。全文雖然大部分用客觀的景物——尤其是動景——來烘托，但也有流露相當主觀的、批判性的地方。例如第六段說北平夜裏有些人在「愁眉苦臉的盤算什麼；」第十一段直指古城的荒老，早晨卻仍抱著改造晚上的希望等等。也許作者把筆再收斂一些，讓荒老與期待由人們自己來呈現會更好些。以上，客觀的寫景，作者大抵入乎景物之中，又出乎景物之外，能用較超然的立場來寫景。

主觀的描摹景物則不然，作者浸淫於景物之內，最起碼是物我合一，大部分的作品是以作者自我為主，景物為副，作品主觀的色彩很強，幾乎都由「感覺的印象」著筆。例如孟東籬「海洋的呼吸」[60]把海濤間歇的聲音形容為海洋的呼吸，「眞的是呼吸」完全主觀、武斷且決然的判定。

以主觀心態來描摹景物，物我相得，情致綿邈者，如徐志摩「我所知道的康橋」[61]，許達然批評該文對康橋的了解爲「外表的」，對康橋的描繪是「浮誇的」。許氏實是站在客觀寫景的立場來審查「我」文，因此結論是該文乃文不對題[62]。就客觀立場而言，康橋的精華

---

[60] 見「濱海茅屋札記」七一頁。

[61] 見「徐志摩全集」第三輯「巴黎的鱗爪」二四三頁。

[62] 文見許氏「感到，趕到，敢到——散談我們的散文」（「中外文學」六十一期一八五頁，該文收入許氏散文集「吐」中。），其論「我」文云：

徐志摩說他要寫康橋的「天然景色」和「學生生活」，但寫的卻只是他自己活著看風景。康橋精華在大學，大學由各學院組成。他寫一些學院卻簡短而膚淺。(甚至錯以爲 Pembroke 學院在康河的 the Backs 邊。）對建築史上里程碑的王家學院教堂，他只說它外表「閎偉」，若帶我們進去看看，聽聽晚吟，一定更有韻味。對校園最大，名人最多的 Trinity 學院，他就指出了圖書館的拜倫像，但教堂內的牛頓旁邊也還有詩人呢！他是那樣講究情調。其實康橋的情調不就是大自然，只是他不帶我們去隔王家學院一條街的露天市場看看平民的生活罷了。康橋最可貴的該是學術氣氛，但在那裏讀了很多書的他不提導師學生的抬槓，彷彿他們都出外看風景去了。徐志摩過份寫意以致給我們一種對康橋偏謬的印象。例如他看到的迷人「天然景色」之一，也就是文章末後幾段，大家最熟悉的那部份，所描寫的並不是康橋本地而是郊區。我們所朗誦的原來是文不對題的美麗——「我所感到的康橋郊外」！

按，「我」文中作者前兩段實是「序」，交代寫作該文的動機，並將分兩節來寫康橋，一是「我所知道的康橋的天然景色，一是我所知道的康橋的學生生活。」目前留傳下來的是前一部分，作者後來並未寫出康橋學生生活那一部分。

固然在大學，大學裏的學術風氣，歷史上輝煌的成績等等，但是徐志摩並未成爲正式康橋大學的學生，他在這方面的了解並不多——而且這些資料在康橋大學史料，或者大學指南中已有記錄，不必文學家再來「介紹」——他熟悉的是康橋天然的景緻，康橋的「郊外」，而且是以他個人化的獨特心靈去領受。在該文第二段一開頭作者就說：「『單獨』是一個耐人尋味的現象。我有時想它是任何發見的第一個條件。」單獨的發現便是該文的立場。單獨，是以作者用純主觀的角度，才有個人化創造性的發現。客觀描摹景物，大多是作者受景物的感發，而有思想上、哲理上的啓廸，主觀的描摹景物，則大多是作者在情感上陶醉於景物中，表達的是作者與景物的關係，故大抵都是情景交融的抒情之作。

「我所知道的康橋」中所刻意捕捉的景物都是大自然中稀鬆平常之物：河流、河邊草場、春景、撐船的女子等等。由於作者強大的感受力，及豐富的情感，使他從平凡的景物中有著不平凡的「發現」，使他驚嘆不置的神妙感覺，是生命中的大愉悅。

在描寫康橋的一開始[63]，作者便已透露他強烈的主觀性：「康橋的靈性全在一條河上；康河，我敢說，是全世界最秀麗的一條水。」這麼武斷的評價，同時全篇中時間及空間都沒有確定的藍圖，也就是作者排除時空的觀念，完全由主觀的意念驅遣來寫，因此連陸游的詩句也會記錯[64]，這也證明作者主要在取意而不斤斤於字斟句酌；重感覺，而不在乎細節的寫作基本態度。

「我」文中流露的情趣有兩種，一種是景物呈現逗人的情趣，感動了作者，例如在果子園裏：

……你可以躺在纍纍的桃李樹蔭下吃茶，花果會掉入你的茶杯，小雀子會到你桌上來啄食……

花果多得會掉進茶杯中，小鳥乘機到桌上來啄食，這是伊甸園的景緻，朱自清已舉出這種描寫飽含視覺、聽覺、觸覺、味覺及嗅覺的複雜印象。因爲那景緻是這樣打動了作者的各種官能感覺，因此作者也就做了忠實的反映。又如校友居附近的景物：

……更移左是那教堂，森林似的尖閣不可浼的永遠直指著天空。更左是克萊亞，阿！那不可信的玲瓏的方庭，誰說不是聖克萊亞（St. Clare）的化身，那一塊石上不閃耀著她當年聖潔的精神？在克萊亞後背隱約可辨的是康橋最潢貴最驕縱的三清學院（Trinity），它那臨河的圖書樓上坐鎮著拜倫神采驚人的雕像。

這裏全是建築的景色，它打動作者的，其實並不是建築本身——例如教堂，每一座都有「森林似的尖閣」，而是建築本身所代表的意義——例如教堂象徵永遠的高高在上的聖潔、克萊

---

63 「我所知道的康橋」原（新月書店）版中分四大節，而朱自清在「讀法指導」中刪去前兩節，末後二節又刪去數小段，再分爲十三小段。使這篇寫景文較爲緊湊。其前兩節實爲全篇的楔子，介紹該文的寫作緣起，是應該刪削的。

64 此事朱自清在「導讀」中已指出。

亞、拜倫等，也是雕像背景的意義大過它形式的意義。另外一種是景物本身並不具有任何涵義，但作者以有情之心、有色之眼來觀物，外物便有了作者所賦予的靈性。例如克萊亞的三環洞橋能魔術似的攝住作者，它的媚力何在呢？

> 克萊亞並沒有那樣體面的襯托（按指西湖的西冷斷橋），它也不比廬山棲賢寺旁的觀音橋，上瞰五老的奇峯，下臨深潭與飛瀑；它只是怯怜怜的一座三環洞的小橋，它那橋洞間也只掩映著細紋的波鱗與婆娑的樹影，它那橋上櫛比的小穿欄與欄節頂上雙雙的白石球，也只是村姑子頭上不誇張的香草與野花一類的裝飾；但你凝神的看著，更凝神的看著，你再反省你的心境，看還有一絲屑的俗念沾滯不？只要你審美的本能不曾汩滅時，這是你的機會實現純美感的神奇！

三環洞橋的迷人在於它的清冷瘦削，樸素單純，但是作者並沒有描寫出它能魔術似的攝人之處，凝神細看，反省心境，使俗念頓消的完全是作者自己內心的感悟，而不是景物本身——如教堂、如拜倫像——之天然具足了意義。仔細檢視通篇所描繪的景色，實在都不具備英國康橋的獨特風味，例如康河的兩岸：

> 這河身的兩岸都是四季常青最葱翠的草坪。從校友居的樓上望去，對岸草場上，不論早晚，永遠有十數匹黃牛與白馬，脛蹄沒在恣蔓的草叢中，從容的在咬嚼，星星的黃

花在風中動盪，應和著它們尾鬃的掃拂。橋的兩端有斜倚的垂柳與掬蔭護住，水是澈底的清澄，深不足四尺，勻勻的長著長條的水草。

又如康河上的船，雖然有種「最別緻的長形撐篙船」但也是許多河面常見之物，至於在小船上：

在初夏陽光漸媛時你去買一支小船，划去橋邊蔭下躺著念你的書或是做你的夢，槐花香在水面上飄浮，魚羣的唼喋聲在你的耳邊挑逗。或是在初秋的黃昏，迎著新月的寒光，望上流僻靜處遠去。愛熱鬧的少年們携著他們的女友，在船沿上支著雙雙的東洋綵紙燈，帶著話匣子，船心裏用軟墊鋪著，也開向無人跡處去享他們的野福——誰不愛聽那水底翻的音樂在靜定的河上描寫夢意與春光！

以上所寫，是在任何一條稍爲幽靜的小河上，都會有的平凡景色，卻令作者這麼驚訝不置！不錯，平凡的大自然才是本文的主題，它分明無處不在的存在著，卻被人類所遺忘良久，由此而引伸出本篇扞挿的三段議論文字，肯定文明人的病根乃在「忘本」，作者的領悟是因爲在康橋時浸淫於大自然中得來。從這個觀點看，本篇描寫康橋的景物之缺乏特色，反而是全文的重要特色。那平凡的、司空見慣的一景一物，都能給予人們神秘的感應。這種感應，作者一再在文中現身說法：例如「在星光下聽水聲，聽近村晚鐘聲，聽河畔倦牛芻艸聲，是我康橋經驗中最神秘的一種……」又如作者面對西天的晚霞、放草歸來的一片羊羣：「我心頭頓時感著神異性的壓迫，我眞的跪下了……」作者所描摹出來的景色，並不十分能支撐他那神異的結論[65]，所以，「再有一次」作者敍述一半便說：「不說也罷，說來你們也是不信的！」的確，這種缺乏說服力的描景文字，正是純主觀驅遣下典型的抒情小品。

抽象的虛景，是利用部分實景來烘托抽象的景緻，或觀念，例如四季、光陰、時間……等等，由於抽象的觀念不易掌握，因此常落實於景物的雕琢而反映出作者對此抽象觀念的看法。例如朱自清「匆匆」[66]是對孔子「逝者如斯，不舍晝夜」這一句抽象哲言的再詮釋，作者用散文的方式來寫，把文字落實在燕子、楊柳、桃花的再生機會，與人類青春的一去不返做對比。時間是無形、無色、無味，完全抽象的，但，對人類是確然存在、而具有威脅性的「東西」，作者用具象的事物來說明抽象的時間，可說是相當典型的寫法。

四季也是屬於籠統的概念，有實景也有虛景的描寫。春天充滿朝氣，夏天帶著熱氣，秋天多是蕭瑟，冬天則多嚴寒，這只是大概。夏丏尊的「白馬湖之冬」[67]是典型的冬天作品，白馬湖的風不但冷削強勁持久，且聲如虎吼，使大部分的人吃畢夜飯就躲進了被窩，只有作者把羅宋帽拉得低低的在油燈下工作至深夜，也深深體會到冬天「蕭瑟的詩趣」，風是白馬湖冬景的商標，也成爲該文的特色。但是，老舍「濟南的冬天」則不然[68]，他寫出一個響晴而溫暖、舒適又有魅力，叫人嚮往的冬天，這是描寫冬景中絕少見到的例子，不過該文實景的描寫較多，文章介於實景與虛景之間。

陳冠學的「田園之秋」[69]以長篇巨幅來仔細描繪秋天的景物，對秋充滿愛惜之心，是實景散文。曾虛白「秋——聽說你已來到」⑦⓪也是少數讚賞秋天的散文，它把秋擬人化，但仍是典型的虛景小品。全文中只有在「農事試驗場中」「虞山的頂頭」稍稍描寫了一點秋景，其餘都是架空的文字。而整篇語言的特色便是直接式、噴薄而出的，這種特色，從文章的題目，到「可是，你在那裏？」一再複沓的質問句，都是最直接的表達方式。此外，文中對秋的禮讚也是非常直接的，例如：「呀！秋，你是生命的象徵，你是成功的凱旋。我要向你膜拜，致我的虔誠。」這樣的文意與句型也一再複沓出現。這篇文章實在是秋的禮讚，所以如「春光太穉，夏日太濃，只有你，偉大、壯麗，顯出大自然的本相。」等文字就不顯得露骨，反而有直率的風格、渴切的誠意。秋的一景一物雖然不曾呈現讀者眼前，卻讓人也禁不

⑥⑤ 朱自清對此段有較圓滿的詮釋，他說：

「一條大路，一羣生物」，背後「放射著萬縷的金輝」，從一羣生物在大路上走，聯想到一切生物在生命的大路上走，從太陽放射萬縷金輝，聯想到賦與生命支配生命的「宇宙的力」；這就覺得眼前景物便是宇宙的「偉大」、「莊嚴」的具體表現，不由得虔敬地「跪下」了。

⑥⑥ 見「朱自清集」「蹤跡」九九頁，按該文被納入詩集中。

⑥⑦ 見「夏丏尊選集」一七七頁。

⑥⑧ 見「老舍選集」一三〇頁。

⑥⑨ 「田園之秋」共三冊，分初秋、仲秋、晚秋三部分。雖是長篇專書，但內容以日記方式分節敘述，屬於綴連的小品文。

⑦⓪ 原文刊於「眞善美」雜誌，後選入「古今文選」新一七三期。

住那份想望。

動物是生物中，生命狀態與人類較接近，同具感情，因此很容易成爲寫作的素材，有些作品雖寫動物，但卻以表現作者自我爲主，則不是典型的動物小品，例如孟東籬在「野地百合」一書中有許多記敍小動物的散文：「蜂」「聲音」「蛇」「蜈蚣」「蚊子」「火鴨」「恩愛」「雄與雌」……等等，寫「野地」上的一些小動物。其中有較純粹於寫動物的，也有借動物來寫自己的，但，兩者都有十足的自我色彩。例如「蜂」文中，作者願意讓會螫人的黃蜂在自己的屋樑上築巢，等牠們螫人時再想法趕走牠——雖然黃蜂螫人確實痛得叫人頓足。本文表現的是作者愛「物」的心理。像這樣的篇章，在書中到處可以看到。連面對可怕的眼鏡蛇，在「蛇」文中他雖然嚇得雙腿發軟，但他仍勸種瓜的人對蛇「只要不咬人，就不要打吧」後來見到一條三尺長的雨傘節悠然而行，他當然沒打牠，事後跟人提起這條蛇，才知牠的價碼竟值一萬元，作者的結論是：

我於是慶幸那條蛇走脫了，並且心裏祝禱說：「去吧，去多多繁衍。」

這類動物小品，實際上是生態保護心態下的作品，當然表現作者愛惜生物的仁心。因此面對「蚊子」他都羡慕老兵及楊逵對於「地毯式」攻擊的蚊子無動於衷的修養。但是在「蚁」文中，被黃蜂螫過的作者，全身武裝，手執噴霧殺蟲劑，向黃蜂巢進攻，殺得對方片甲不留。新孵出的小蜂，面對新的世界：「這由牠的本能便知道該有人歡迎牠的母巢，卻沒有人歡迎牠，沒有人與牠爲伴，牠無限空寂的用嘴在撫愛著牠的巢。」作者面對健壯、有攻擊性的極危險的眼鏡蛇都能放牠一馬，但面對這「刼後的孤兒」時，卻是：「我把牠的巢連同行動已經滯呆的牠一同摘下，在泥土中踩碎揉爛。」從作者上舉數篇小品來看，他的主旨並不在寫動物，而是寫自己——雖然用了大部分篇幅在動物身上——寫自己的什麼呢，前面已提到，那是他愛物的仁心，但從「刼」文末尾，我們卻不見他的「愛生哲學」⑪了，小品文串連起來閱讀的微妙效果亦正在此。

最單純的動物小品是欣賞動物的風姿靈性等種種可愛，順便交代動物與作者之間的親和關係。例如張秀亞的「小白鴿」⑫非常直接的讚美小白鴿的純潔、皎白與美麗。更重要的是牠的聰慧足以解人心意，能夠消人憂愁，可以予人溫暖。使得作者在人間感到最寂寥時，能從牠身上得到安慰，感受人間親和的力量。這便是由動物拍合到作者之「我」，產生物趣人情的「情趣」。

魯彥「父親的玳瑁」⑬敍寫動物與人之間綢繆的感情，竟爲人類的親子感情所不能比，

⑪ 此爲作者另一本散文集書名，全書旨在傳達「愛生」的觀念，其中之一乃爲環境生態保護立下哲學基礎。在上舉諸例中，「愛生」的矛盾是時常出現的，例如蚊子叮人，蜈蚣咬人，便要打死牠們，但作者又羨慕能不打死他們的人，人分明要處在自保的狀況之下，才有愛生的能力。而「自保」的彈性是非常大的。

⑫ 見「三色堇」一〇二頁。

⑬ 見「魯彥代表作」一四八頁。

較張秀亞的「小鴿子」更具親和力與感動力。

「玳瑁」是父親所鍾愛的一隻貓，這隻貓爲什麼會得人鍾愛呢——實在說，不僅文中的父親愛牠，其他家人也疼牠，讀者讀了本文，也會喜歡牠——因爲牠有靈性、有規矩，更重要的是牠有感情，且專一執著到令人不忍的地步。

> 每當厨房的碗筷一搬動，父親在後房餐桌邊坐下的時候，玳瑁便在門外「咪咪」的叫了起來。這叫聲是只有兩三聲，從不多叫的。牠彷彿在問父親，可不可以進來似的。於是父親就說了，完全像對什麼人說話一樣：
>
> 「玳瑁，這裏來！」

以上四行白描文字，表達了豐富的內涵：玳瑁絕頂的靈敏智巧，對時間、對父親的生活起居掌握得恰恰好，可見牠多注意父親。牠又非常有禮貌，得到主人的許可才進門——後文還敍及他伏在主人膝上，從不跳上餐桌，腳也從不觸著桌子，等到主人吃飽飯，才替牠添飯——而那父親呢，對玳瑁不僅當人看待，甚且像對最疼愛的子女般親暱——後文有許多令人信服的描寫。

玳瑁雖然非常注意父親的一舉一動，但卻從來不會妨礙父親的行動：

> 白天，玳瑁常在儲藏東西的樓上，不常到樓下的房子裏來。但每當父親有什麼事情將

> 要出去的時候，玳瑁像是在樓上看著的樣子，便溜到父親的身邊，繞著父親的腳轉了幾下，一直跟父親到門邊。父親回來的時候，牠又像是在什麼地方遠遠望著，靜靜地傾聽著的樣子，待父親一跨進門限，牠又在父親的腳邊了。牠並不時時刻刻跟著父親，但父親的一舉一動，父親的進出，牠似乎時刻在那裏留心著。
>
> 晚上，玳瑁睡在父親的腳後的被上，陪伴著父親。

後來父親換了一個冷僻的寢室。玳瑁第三天就找到了，依然在他床上睡著。在父親活著的時候，牠給主人的是「兒子和孫子的安慰」。實在說，比許多兒孫還更貼心。後來父親去世了，全篇轉為更深入、更感人，玳瑁異常的悲傷、痛苦。牠不但有感情，且專一執著，只愛父親，全然不理會別人。牠很有個性，有自己的選擇，在最悲傷的時侯，產下四隻小貓，把牠們藏起來，不飲不食，牠決不再走進主人的臥室，即使把牠四個孩子放在那房裏，牠也不肯進去。牠不再捕鼠了，也拒絕其他家人的友誼。當他們舉家遷走時，牠拒絕離開，獨自守著那使牠永遠尋覓老主人氣味的老屋。這種哀毀逾恆的感情，絕不亞於人世中偉大的情愛。

文中的父親對玳瑁也以知己相待。不僅是把牠當人看，對牠說話的口氣，完全像對疼愛的子女一般。他每天親自餵牠、小心保護牠，他不僅關心牠的生活，知道牠的行蹤，更重要的是他能體會牠的感覺，他們之間的親暱關係不是一朝建立起來的。當老人臨終前，玳瑁曾經跳到他的身邊，悲鳴著，「父親很自然的撫摩著牠，親密地叫著『玳瑁』」，但是，遠地趕回來的兒子，「父親只躺在床上遠遠地望了我一下，便疲倦地闔上了眼皮。」雖然兒子回來的時辰晚了一些，但，這種描寫，多少有加強父親對玳瑁感情的作用在。

「父」文全部採用白描寫法，交待父親與玳瑁之間的關係，所選的材料都具有深刻的意義，可以說描寫細緻之至，因此能傳達深厚的感情。

梁實秋的「鳥」與沉櫻「春的聲音」㉔都以鳥為題材，都喜歡鳥，都寫到四川的鳥。梁氏的「鳥」以「愛鳥」始，以惜鳥終，是小品的格局，但是用雜文的寫法。從同情籠中鳥的不自由，到鳥的聲音、姿態，到對杜鵑的翻案——批評杜鵑既不優美，也不詩意，竟是身材健壯，驕橫無情的鳥類。接著再跳到鳥有時也給人以悲苦，尾段再回應對四川諸種類型鳥的眷戀，拍回主題「惜鳥」。詠物小品的焦點必然很集中，梁氏的「鳥」則不然，雖則以愛鳥始，以惜鳥終，但中間卻夾入對杜鵑較為嚴厲的批判，乃具有雜文的特色，而不具物趣小品的「專一」。沉櫻「春的聲音」寫春天的三種鳥：播穀、鵪鴣及杜鵑，都貫串作者的同情與愛惜。同時三種鳥分別是作者童年、成年，乃至撰文時三個階段裏感觸最深的鳥，最後拍合到杜鵑「不如歸去」的啼聲，而全文結尾乃有鄉國之思。通篇以感性為主，是典型的小品文。

從上舉兩文中對「杜鵑」不同的看法與寫法，可知有些「動物」本身原無所謂情味，但出現在文章中，作者對牠們的褒貶完全不同，這是因作者從自己的角度、自己的心情去體物，產生主觀的愛惡。更典型的例子如司馬中原的「火鵪鴣」㉕，作者不但給牠最美的外型——牠的衣裳是用春天黃昏的雲剪裁的——，也給牠智慧——比家鴿精靈，給牠最特出的聲音——迷離柔軟的醺鳴，更重要的是，牠是一種心慈的鳥，在傳說中，牠們為孤苦病死的七姑姑叫冤，因此世世代代傳下來相同的叫聲「七姑姑苦」，這樣心慈的鳥，互相間當然也是和睦相親的，因此全文結尾一句落在「牠們是天上落下來的，一朵一朵小小的祥雲。」跟全文開頭第一句「火鷓鴣鳥的衣裳是用春天黃昏的雲剪裁的」相呼應。

就動物小品而言，「火」文雖然通篇都在描寫「物」——包括主角火鷓鴣鳥以及景物。但是，我們卻可以清晰的看見全文是透過作者心底的濾光鏡而寫就。充滿了作者個人主觀的意識、浪漫的思想、愛善的心地，以及豐富的情感。這種詠物小品文，充滿作者「自我」的色彩，但卻不讓「我」直接流溢文字之外，則是技巧高明之處。

上舉諸篇動物小品以抒情爲主，還有些動物小品表面全然敍寫動物的形態，骨子裏卻寄寓作者的批判，可以窺見作者的人生觀，例如范泉的動物小品「老虎」「黑熊」「金魚」[76]等都是。

「老虎」敍寫一隻被關在鐵柵欄內的老虎，由於肺葉腐爛而死。「老虎爲什麼要生肺病呢，這安適地吃喝著的老虎？」人們對牠議論紛紜，大膽地批評，惡意地咒罵，作者卻說：「然而我說：這是一隻勇敢的老虎！」

再看「黑熊」，作者唸初中時在附近公園有個狹窄的鐵籠，裏邊有隻大黑熊，蹣跚的腳步來回搖擺著身子，絲毫不覺厭倦，牠隨時等著遊客們來了，張大嘴巴，接受拋來的食物，

---

[74] 見「雅舍小品」二七四頁及「春的聲音」二七頁。

[75] 「火鷓鴣」爲作者「鳥」文中第一節，見「鄉思井」七九頁。

[76] 以上見「綠的北國」八九、九三、一〇三頁。

「似乎勝利地微笑了」。作者也經常做這樣的「施主」。在他大學畢業後，重回公園，看到睽違八年的黑熊，牠仍然很健康，毫不厭倦地搖擺著身子：

當我手裏携了帶殼的花生走近鐵柵欄的時候，黑熊跟奉迎著一般佈施牠的遊客們一樣，爬起了前脚，探出了頭，張大了嘴。

然而，這時候，一陣悲哀湧上了我的心頭：眼看著這可憐的舊友，我的久經世故的手，卻沉重得再也不能舉起來了！……

老虎與黑熊是兩篇對比的文章。野獸之王的老虎，被豢養在鐵籠裏，不愁覓食，但是牠卻選擇了死亡，使許多人不解。不必生產勞動，坐享其成，爲什麼會生病呢？作者卻讚美牠，說牠是一隻勇敢的老虎。跟黑熊比起來，老虎是不自由，毋寧死，自由的意義，便是牠能在深山大澤中發揮牠的生命力，而不只是活著而已。黑熊則不然，牠生存的目的只是維持著動物的生命，只留下動物最基本的慾望，因此自滿於乞食的日子。當作者年幼時，覺得牠憨然可愛。但在跋涉過人生的山山水水後，「身受無數的生之搏鬥的創痕」後，他只替苟延殘喘的黑熊感到悲哀。當我們再看他的「金魚」時，完全與黑熊一樣受豢養的金魚長得肥肥的，卻受到作者的批判，可見他寧可選擇「生之搏鬥的創痕的美麗」，我們就知道他何以會讚許老虎因缺乏生氣而死，乃是「勇敢」的行爲了。

范泉另一篇「野貓」[77]足以補充作者的人生觀，但「野貓」的作法較前舉諸篇不同，它是從動物的本質上來發現動物的特色，已是相當客觀的動物小品。

「野貓」，敍述一隻流落乞食、醜陋的野貓，走路歪斜無力，叫喊怪聲怪氣，滿身污泥，又有一隻只剩半截醜陋的尾巴。大家一致認爲牠「三不像」，決心趕走牠。但七歲的侄兒卻把它當寶貝，護衞著牠，替牠洗澡、餵食，沒想到因爲一再刷洗，營養充足，牠竟皮毛有了光澤，叫聲響亮，尤其是會捉老鼠，能跟孩子嬉戲，牠的表現使作者「感到了無限的敬意」。然而不久，家裏時常發生亂子，母親正在縫製的綢緞鞋子被扯破了，「我」的大衣被銳利的刀頭劃毛了，有一天半夜，一個古式大瓷瓶從五斗櫥上突然倒地跌碎。最後才發現，都是野貓惹的禍。母親、嫂嫂們都恨極了，決定趕走牠。但這時，「我」卻反而覺得牠的可愛而堅持留下了牠，因爲：

> 我知道：當撕毀母親的鞋布時候的貓一定像一隻雪地裏的狗，狂歡著，奔跑著，眼見了地上的布巾便用嘴巴咬著，撕拂著。
>
> 我知道：當抓破我嗶嘰大衣時候的貓，一定像一隻看見了目的物的驍勇的豺狼，它用前爪在毛草的山地上拉扯，準備飛躍的奔馳。
>
> 我更知道：當擊碎那古式大瓷瓶時候的貓，一定是眼見了猥瑣的老鼠，為了捕捉而風一般，撞撲過去的原故。

---

77 見同上註九七頁。

一幅幅清晰的圖畫，活潑生動地呈現在我的眼前，我第一次強烈地嗅到了生之活躍的氣息。

這是動物可貴的生命力的充分展現，讓「我」發現了，因此他才能寶愛牠，全然不在乎牠所闖的禍。串連以上諸篇動物小品，不難看出作者對生命意義的詮釋。

較純粹的動物小品的一種形式是發揚動物可貴的物性，例如動物間的鶼鶼情深、舐犢情長等等，此類作品極多，孟東籬「恩愛」寫一隻雄姿英發的黑色大公鷄選擇一隻灰花母鷄爲他的伴侶後，對他的妻子呵護無微不至，任她撒嬌甚至撒野。又「火鴨」中「父愛與母愛」段[78]寫父慈母愛的火鴨，諸如此類作品極多，大抵是從動物身上看見與人類相同的倫理親情，而給予肯定與讚美。當然，動物中也有澆薄寡情等反面形相的，這又可供作者比較批評。例如徐鍾珮「海祿和瑪尼」寫兩條狗，瑪尼是條對人一見如故的洋狗，海祿則是一匹相貌兇惡、桀驁不馴的灰狗，只忠於主人，對其餘人等非但六親不認，且兇惡相向。最後海祿因爲看守農場太盡職，嚇得人人不敢走近農場，在某一夜裏便失了蹤。瑪尼親近可人，所以一直活得好好的。這篇文章同時寫兩隻狗，自然寓有比較批評之意，多少也由動物而影射到人性。另一篇「阿黑」[79]則是更鮮明的對比，阿黑因「血統」不好，長相不夠看，受到主人的輕視與虐待，布朗是上好英國名種，「舐著牠女主人木屐裏的腳趾尖，」備受寵遇，但是阿黑不因受虐而稍減其耿耿忠心，但最後仍然被主人送給了香肉店。本文重點已由「狗性」直接諷刺到人性，這樣的作品鍼砭意義較大。

事物小品包括事及物；物是靜態的，要介紹無生命的東西大多運用記述文，例如介紹某樣東西的形體、性質，它在空間的情狀。事則大體上是抽象的或流動的，要介紹時多利用敍述文，列敍事情經過的步驟或事情在不同情況下的各種情狀。當然，介紹事物時不論以事或以物爲主，大多是用上述兩種文字混合而寫，只不過有主從之別罷了。事物本身並沒有趣味可言，它之所以能生趣，全在作者賦予意義，因此，事物之能成爲「小品」，除了利用記述文使事物的存在有眞實感外，還要加上描寫的功夫，也就是加上作者對事、物的感覺，才能成爲有韻味的小品文。

物，有很多，即使沒有生命，仍然具有功用——包括實用及觀賞之用——是以能成爲寫作素材。

純粹描摹「物」的作品較少，因爲較不易產生趣味。朱自清「溫州的蹤跡」第一節「月朦朧，鳥朦朧，簾捲海棠紅」[80]第一段就是典型之作。繪畫本來是用視覺來直接欣賞畫面，作者卻改用文字來傳達。純粹介紹，則文字必須簡潔、扼要、逼眞。除此之外，還要吸引人，就很難了。因此，除了客觀而嚴密，該文仍然融入作者主觀的想像，例如，它用了許多譬喻修辭格，把軟金鉤譬喻成「茶壺嘴似的」，欹斜的花枝如「少女的一隻臂膊」等等都是

[78] 以上兩文均見「野地百合」一八、一六頁。
[79] 以上兩文均見「我在臺北及其他」四三、一九六頁。
[80] 見「朱自清集」「蹤跡」一三八頁。

由作者主觀聯想而來。可見純粹的寫物，仍不離作者「自我」的色彩。至第二、三段則挑空，第二段全是作者的推想，第三段是作者直接對畫面下評價，以及略誌寫此文的緣由。後二段全由作者自我出發。全篇僅第一段算是純粹的描敍「物」的文字，也可以獨立成一篇小文章。

以「事」爲主的小品非常多，有的是敍述事情的，有的是談論事情的。鍾梅音「煤渣盆景」[81]屬於前者。「我」的外祖父喜歡收集火車遺下的煤炭渣，把它佈置成疏密有致的盆景，且嗜之成癖，「不出門則已，一出門必往車站，既往車站，就必定滿載而歸；裝煤渣的東西，除手絹外，還添上防空裝。」後來湘桂大撤退，外祖父臨上火車時，手上還提著一個小小煤渣盆景。作者綴連許多主角小小的事情，使讀者感受到的不僅是「利用廢物，匠心獨運」的巧心，而且是醉心於嗜好中的藝術家本色。故通過「外祖父」所流露出來的不是情，而是趣。

談論事情的小品以漫談爲主，與雜文中的人生雜談形式相同。在作者娓娓談鋒中，流露出趣味。周作人、王了一都有許多這類傑出作品。例如周氏「喝茶」[82]，原是一個極平凡的小題目，但作者卻能信筆揮灑，把古今中外喝茶的風俗、意見，同時放在一篇短文中，更主要的是作者加入自己的見解，所以，除了旁徵博引濃厚的書卷味外，還時常流溢著作者個人深沉雋永的風格品味。

文章是以徐志摩演講的題目「喫茶」開始，完全是「閒話」的姿態，庸手作之，就成了拉雜胡扯。但作者由推想徐氏演講的題目是日本「茶道」，而引伸出那是日本之「象徵文化」裏的一種代表藝術，那內涵大致就是「忙裏偷閒，苦中作樂」，「在不完全的現世享樂一點美與和諧，在剎那間體會永久，」由此一線索，貫串全文。作者順手拈來的開頭，竟能與全文妙合天契地銜接，這正是周氏散文中看似平常而其實不凡的地方。

第二段正試談「喝茶」，此段內容已包羅古今中外，先談英國作家葛辛(George Gissing)的「草堂隨筆」，批評該書作者不解飲茶的眞趣，日本人岡倉覺三稱喝茶爲「自然主義的茶」，正合中國古人，也是周氏以爲的喝茶要有「自然的妙味」。喝茶的藝術絕不能落實於西洋的紅茶加土斯來果腹，也不能像某些國人牛飲以解渴。

第三、四段在意義上是承續第二段喝自然主義的茶，是因爲人生「偶然的片刻優游乃正亦斷不可少」，所以得半日閒與二三人共飲，實可抵十年的塵夢。既然是喝閒茶，則常會有件食，作者又發揮他的博聞廣識，日本的「羊羹」，中國江南的「干絲」及豆干等等是佐茶之食。作者由干絲而茶干而豆腐，乃至言「豆腐的確也是極東的佳妙的食品……唯在西洋不會被領解。正如茶一般。」在全文結束前一段，輕輕一筆，回馬一槍，再掃到葛辛之流——雖然他已經是西洋田園自然愛好者的代表人物了——的諷刺。「極東」卽遠東，意指中國、日本，這兩個國家才有悠閒的文化。因此結尾一段又從日本的茶淘飯始——結構上回應首段徐志摩演講日本的「茶道」——而終於中國人不能往「清茶淡飯中尋其固有之味者」。在

81 見「十月小陽春」一二一頁。

82 見「周作人全集」「雨天的書」二九五頁。

「極東」中仍暗寓批評鍼砭之意。本文雍容閒雅，舒卷自如，看似枝節橫生實乃合於整體，其轉折周旋之處，全然不見雕琢痕跡，且文中所推崇的喝茶之趣亦正是這種風緻，可以說是夫子自道。有自許自負之處，但表現得不露痕跡。

王了一「蹓躂」83可與周氏「喝茶」並讀，同爲推許「忙裏偷閒」的文章。王氏爲語言、音韻學家，博學多聞、精於考據，文中時有引經據典及考據的習慣，而且擅於追究翫賞詞句本身的意義。例如「蹓躂」一開頭便是：

> 在街上隨便走走，北平話叫做「蹓躂」。蹓躂和散步不同；散步常常是揀人少的地方走去，蹓躂卻常常是揀人多的地方走去。蹓躂又和鄉下人逛街不同；鄉下人逛街是一隻耳朵當先，一隻耳朵殿後，兩隻眼睛帶著千般神秘，下死勁地釘著商店的玻璃櫥；城裏人蹓躂只是悠游的自得地，信步而行，乘興而往，興盡則返。蹓躂雖然用腳，實際上為的是眼睛的享受。

由此可見作者的觀察是多麼仔細，分辨是多麼犀利，他筆下的蹓躂是眼睛完全自由，意念上毫無黏著的悠閒，方爲享受。

蹓躂的享受有三種，看人、看物及認路。看人可以隨意品頭論足，看物可「瞻仰」喜歡而買不起的東西，一飽眼福，認路是作者個人的癖好，使他很有成就感。

蹓躂是件樂事，要「樂上加樂，更爲完滿」則是在蹓躂一兩個鐘頭之後，再來三五十分鐘的小憩，上咖啡館或茶樓，其樂竟「勝於羽化而登仙」。行文至此，我們知道作者所謂的踏躂，實際上是最便宜的高級享受，然而即令如此，在那個時代，「蹓躂自然是有閒階級的玩意兒」，作者自比爲「無閒的人」，爲生活奔命自然無閒，但他仍認爲「有時候也不妨忙裏偷閒蹓躂蹓躂」結尾回到首段生命的「享受」上。本篇的趣味全在作者把一件稀鬆平常的事，寫得確然是人生一大樂事，生活中的閒情，正是忙碌生涯中充電的時刻，作者並非隨筆蹓躂，實際上寓意頗厚。

人情多是人類天然具足的，而物趣則多賴作者的靈心慧眼，善於觀物感發，無論是人情或物趣，作者寫作態度，必然要虔誠懇切。也就是選擇眞正深獲我心的題材下筆，否則就易淪爲「花花公子」或「浣衣婦」型的散文[84]。前者過於誇張、花俏，文字上流於浪費，情感上流於濫情、膚淺。後者流於貧瘠、呆板，文字上過於單調，感情上缺乏感發。

選材之後，又要善於剪裁，人情小品多因作者所熟習的對象，故材料每因難於割捨而患其多。至於物趣小品，則因作者搜羅不易，也往往敝帚自珍，而造成堆砌現象。實際上，小品文所能承受的只是單一的主題，統一的情調，因此所有材料都應該爲那唯一的主旨而存在。基於這種原則，剪裁工作就非常重要了。例如喻麗淸的散文向有「淸而麗」之譽[85]，但

[83] 見「龍蟲並雕齋瑣語」四九頁。按，「龍」書中此類作品極多，皆介於情趣與理趣之間。
[84] 見余光中「剪掉散文的辮子」，「逍遙遊」二七頁。
[85] 見「無情不似多情苦」自序，三頁。

是在她的散文集「無情不似多情苦」的上輯「風木哀思」幾篇紀念母親的文章就較缺乏她平時脆爽淸麗的風格。以書中「燈火下樓臺」一文而言，它的主題應是寫父母一世爲「寃家」，但焦點頗爲渙散。它從母親去世兩週年的忌日開始著筆，敍寫對母親去世的感受，殯儀館邊見到窮人的出殯，再跳回母親的葬禮，以及可怕的守靈之夜，尾段又跳到父母的關係上。在前面，爲安排母親中式或西式葬禮時，作者已透露出父母親之間關係之生疏，因爲父親只知道母親信基督教，領過洗，但對基督教的事全然不懂，更不知母親屬於那個教會。但是，在「接靈」的時候，父親急急地跑上前去塞紅包，唯恐抬屍者折傷了母親，這些「訊息」使我們知道父母倆，生時爲寃家，死時又不捨。全文尾段是反省父母間的關係，父親千里迢迢坐十幾小時飛機，只爲了趕在母親的忌日去給她上墳。子女們都爲父親的厚愛而感動，「爲什麼唯獨只有你不能領受？不能在生前領受？」「對於不能領受愛的好處的人而言，愛又有什麼用呢？生前，那樣的不能相容，死後還要再聚首嗎？」作者的結論竟又是肯定母親：「你其實是幸福的」。本篇材料太多，因此焦點無法集中，缺乏重心，前人情小品節歸納於父母不合一類，是因前面有兩處伏筆，末尾三段又全是針對此點立論，但是表現的少，而下結論的地方太多，使讀者沒有思索的餘地。同樣的情形，在歐陽子「一封無法投遞的信」[86]中寫給去世五個月的父親，若就書簡的角度來看，則其絮絮叨叨，把家中大小諸事以及對父親的事功、人格等等敬愛之情羅縷細訴，本無不可。但就散文而言，則全篇過於散漫，語言過於直接露骨。散文小品，題材必然要單純，萬一想包容較多的材料時，則應該設法找出一根足以貫串這些材料的線索，例如潘琦君「髻」寫母親與姨娘、父親間微妙的關係，用「頭髮」

來貫串，林文月「給母親梳頭髮」也以母親的「頭髮」爲線索，串連出母親的種種愛心⑰。
以上兩篇都是借「物」——頭髮，來做聯繫，使全篇在結構上能完整。

⑯ 見「歐陽子自選集」九頁。
⑰ 以上兩文分別見琦君「紅紗燈」三一頁，林文月「遙遠」二七頁。

第二節　哲理小品

哲理小品與情趣小品有若干重疊的地方，例如二者都常以人、事、物爲寫作的素材。但是情趣小品的終極目標乃是傳達作者個人的情感、品味、風格。而哲理小品則以傳達作者的思想爲主，也就是表現個人的哲學觀，哲學本是探討宇宙人生的問題。許多文學作品實際上已是作者思想的具體表現，如何分辨哲理小品與具有思想性的散文呢？董崇選「西洋散文的面貌」第六章論及哲學散文有清晰的分野：

哲學散文是指以表達哲學思想為直接目的與唯一目標的散文。而文學散文可能帶有哲學思想，卻不以表達此一思想為寫作的直接目的或唯一目標。（一〇二頁）

就效用言，情趣小品使讀者感懷，打動讀者的感性，哲理小品使讀者沉思，打動讀者的理性。哲理小品表達作者的人生觀，思想性較重，因此探討人生問題，發議論、提主張。然而，它仍是以小品文的姿態出現，所以並不能負荷系統性、高深的哲學理論，往往只是把一些身邊瑣事做較深入的透視，運用較特殊的角度，使讀者深思。然而，無論以何種型態出現，它必須運用文學的語言來表達，有文學的技巧在其中，才有別於哲學論文。

哲理小品因表達方式的不同，大致可分爲三類，第一種是直接式說理，第二種是抒情性說理，第三種是敍事性說理。

(一) 直接式說理

直接說理，是單刀直入談主題。例如張起鈞的「我」❶，是談論「個人」在宇宙之中的地位。古往今來，世界是由無數的「個人」組成，從個人的角度來看，單獨的一個人，是件平凡不足道的事。但是，從大我來看，沒有這一粒粒的小我，如何有人類的羣體存在呢？作者一開頭說：

> 「我」，是件平凡的事。人人都有個「我」，古往今來不知有了多少個「我」；可是這「我」的得來，卻大大的不平凡。

因爲「我」的出現，是萬緣俱備才成，是故「我」值得珍惜。其次，「我」還有更不平凡的地方：它乃父母所生，是故「我」乃父母生命的延續。再其次，放大眼光看，整個宇宙正是「我」的大父大母，是故，它的生命早就與宇宙融渾爲一，成爲宇宙的一部分。做爲宇宙的

---

❶ 見「中央日報」副刊，一九八五年四月二十三日。

一部分而言，人又與植物，例如水仙不同。後者雖能從一盆清水中幻生鮮花，正是宇宙生生不息的表現。然而人，除了受宇宙的生養，展現宇宙的生命外，還更進一層，「我」能淸醒的體會這一切，因此：

花要遭到挫折，唯有靜待演變。人若坎坷，卻會奮起強烈的生命意願，掙扎著活下去。

「我」不僅有活的意願，更進一步，還有活的想法，要怎麼活，能主動構畫。也因此人類生活才能推陳出新，有層出不窮的變化、進化，造就今天的文明。而植物卻世代往復，萬古如一。

「我」之可貴如此，因而結論是「我之愛我，乃是天然之事」，而且，人類若能有以上的認知，就能理直氣壯，增加了愛「我」的聲勢，提昇愛我的品質，每個人都不能辜負天之生「我」，更不能糟蹋了天所賦予「我」的才品與功能。所有的「我」都要努力使人類一一得到合理的生存：「發揮出人的才性，創造出人類的理想社會，盡到了人之爲人，彰顯了天之爲天」。

就哲理的層次而言，本篇從有機物的本源引伸而至天地父母，而後產生「我」，因「我」之有知、識、行，乃有愛，故能回溯到對父母、天地原始的愛，能愛其本源。它有一套圓潤的哲學基礎，推理過程淸晰，層層逼進核心。實際上，其內涵可說是我國「易經」大象所說

「天行健，君子以自強不息」的現代詮釋，但它不依傍古文舊說，並且能用文學語言，不但注重修辭，語言婉轉，具感性，例如以水仙相比，設想巧妙。在表達方式上，跟論文之只講究達意不同。

言曦的「方塊散文」頗多哲理小品。他能在很短的篇幅內，提出一些精闢、客觀而又別緻的理論來。像「親子之情」❷一般人總會用抒情文來處理，或至少寫成抒情性的哲理小品。但言曦則是直接下判語，他能把「親子之情是一種極其深微的心理狀態」解析出其「深微」處，例如「兒女被感覺爲自己肉體的延續與童年的再現……你希望他們成爲自己的修正的版本」，「人每從兒女的笑容中窺見天國」，兒女是「成爲一個『家』的溫暖的不可缺少的熱源。」「他們是你唯一眞正爲了愛的原因去忍心扑責的弱者」，有許多人去惡從善乃是爲了怕「對自己的兒女所發生的影響」。本篇的結尾較爲傳統，他認爲現代父母只期望子女長大能自立，「承繼父母的志業與品德，以不墮家聲」，則是中國傳統「肖父」的見解。

「親子之情」的結構也無特別可稱道的地方，它的可貴，乃在掌握親子之情幾處深微關鍵處，能獲讀者之心。

馬森的哲理小品比「方塊」更短，平常三五百字約略只能表達一個小主題。但三百字的「籠中鳥與水中魚」❸卻能包容一個相當豐富的內容。它把生命受拘限的籠中鳥與不受拘限

❷見「言曦散文全集」一三三頁。

❸見「在樹林裏放風箏」六三頁。

的水中魚並舉。二者看似相反，其實相同：籠與水都是鳥與魚的一種「障限」。基於這種學理而推衍出幾個主題：文化之於人、規律之於藝術、人與生命三者的關係都既是籠與鳥，也是水與魚的關係，而前兩者，文化與人、規律與藝術，都歸結於第三大項「人與生命」之下，其間仍有主從之分。全文結論則在意料之中：既要如魚之安於水中的自適，又要如籠中鳥對外在世界充滿嚮往之情。

(二) 抒情式說理

直陳式哲理小品大多挑空而談論道理。抒情性哲理則取材於作者身邊事物，並用抒情的文字來表現作者的哲學觀念。它看起來與情趣小品中的人情小品很接近，其間實有分野。人情小品的表達以人物、情感爲主。而哲理小品雖則也抒發感情，但重點仍在表達作者因事因情而產生的哲學觀念，對人生的某一角落有較新的詮釋。例如豐子愷的「阿難」❹。阿難是作者未足月便流產的兒子，在這之前他已育有三個孩子，一般人在第四胎流產時原不會有過度的傷痛與「感想」。但是豐子愷不然。當那六寸長的胎兒在醫生的手上突然動起來：「胸部一跳，四肢同時一撐，宛如垂死的青蛙的掙扎。我與醫生大家吃驚，屏息守了良久，這塊肉不再跳動，後來漸漸發冷了。」就是這麼一個單純的事件，使作者感悟到牠也是有生命的，那「一跳是你的一生」那麼短暫而草草的一生，父子情緣是那麼淺薄。如果文章至此，則是抒情小品。但接下去四大段全是作者因阿難而感悟到生命實存的眞理：做父親的即使活了百歲，在宇宙數千萬光年比對下，跟孩子的一跳，並沒有什麼差別。

從另一角度來看，到過這世界的人，受世界的污染，「我」已不復是原先的「眞我」，受了塵世的知識、誘惑，染了塵世的色彩，淹沒「我」的天眞與明淨。作者曾艷羨小兒女的天眞自然，較自己清明許多，但比諸阿難的一塵不染，則又差之遠矣。文中一直用層遞比較的方法來敍述，先是以生命的久暫而言，父親與阿難的壽命，在宇宙的浩刼中，不過九十九步與百步之差。再與兒童的天眞清明而言，十歲孩子比父親要清明，但比阿難之一跳，則又汚染甚重，所以，「他們的視你，亦猶我的視他們」，比較起來，阿難在一秒鐘乾淨地了結其人世的一生，「墮地立刻解脫」絕不攖浮生之苦，其實正是大幸！行文至此，本可結束，但作者又進一步，把生命的長短生滅，比諸大海中的波濤，「大波小波，無非海的變幻，無不歸元於海，世間一切現象，皆是宇宙的大生命的顯示。」從這個大角度來看，則阿難與父親的生命並無分別，「你就是我，我就是你，無所謂你我了！」揭示作者哲學思考的結論，但是用了生動的譬喻，所以是文學的處理。

豐子愷從佛教的人生觀出發，認爲生卽是苦，唯有尋求解脫才能超越苦海，這層哲理在佛教中本是基本觀念，但是作者能透過平常的人事物來表達，則更蘊藉深沈，具感染力、說服力。楊牧讚美「阿難」的創作「竟能在激情感傷中，脫出哀痛的狂流，化解一切悲傷爲哲學的思維，這是他的大徹大悟。」已指出豐子愷個人哲學的修養呈現在文學作品中。楊氏

❹見「緣緣堂隨筆」七一頁。

又說豐氏「徹悟生命無常，天眞可貴，自然爲上」則恰好是「阿難」一文進行的三個層次❺。

徐訏的「夜」❻題目很容易使人聯想到寫景文。實際上，作者是在靜寂的黑夜裏，思考出人生的「道理」來。首先作者詮釋「寂靜」的意義，在寂靜的黑夜裏；藏著「神秘」，作者正要探叩這份神秘。雖然實際上，後文並沒有揭示出令人感到神秘的素質，而是闡述他的人生觀、對生死的態度。有幾點是頗有見地的，例如他認爲「一個較偉大的心境，似乎應當是覺得在短促的人世裏，對於一切的人生都會自然的盡情的體驗與享受」什麼年齡就享受那種年齡的幸福，悲哀的人生是在「年輕時忙碌於佈置老年的福澤，老年時哀悼青年的消逝」，本篇在前半談夜與寂靜，至此突然跳開而論人生，至下一段則續接此段哲理：在白天該享受光明熱鬧，夜裏就該享受這份漆黑與寂靜，宕開的意思又靠攏到前半的主題。接著數段都在闡述夜的可貴足資享受處。至末尾又宕開來，談生死問題：「人在生時盡量生活，到死時釋然就死。」仍然可以遙遙承接前邊宕開的主題：對於一切人生，都自然而盡情的體驗與享受，若能把生死亦如此泰然處置，人活著還會有什麼負擔呢。結尾是作者「解衣就寢」，沒有說明的是，他安然的進入「黑夜」裏，當然是對自己思考出的哲學理念的實踐之證明。本篇哲理並不深厚，但用抒情的筆調，且在章法上若即若離，是作者有心雕鏤之作。

冰心「無限之生的界線」❼充分表現作者個人的人生觀，她雖然從小到大都生長在溫馨的家庭中，學業、事業、婚姻都一帆風順，但她卻是個悲觀的人，因此她的人生哲學便是躲到母愛及大自然的避風港中，因此寫了不少正面歌頌的抒情散文。唯本篇是較少見的哲理散文。她因爲一位同寢室的好友去世而悲悼不已，對「死亡」感嘆無盡，因此只覺得「失望、灰心，到了極處！」這便是冰心的悲觀。然而，在一次渾沌的夢境中，那位去世的室友回來了，跟她一番交談後，使她茅塞頓開，因而領悟到「無限之生」才是極樂世界，那裏不分生人死者，是「萬全的愛，無限的結合」，這種感悟，使她心中充滿快樂、希望。就小品而言，本篇起承轉合，頗爲精緻，但就文章的深度而言，則冰心哲學的立足點並非十分穩固，她的「無限之生」太抽象，在實踐上必有困難，於是只好躲在她所謂「愛」的世界裏。不過，無論如何，本篇是作者對生命思考出來的一些成果。

(三) 敍事式說理

敍事性哲理小品是借著一個事件的發展，而帶出作者的哲學觀念。許地山的散文有許多例證，如「暗途」❽敍述人物「吾威」，他拜訪朋友後，要翻幾重山摸黑路回家，他的朋友要爲他點一盞提燈，他堅持不受，要留他過夜，他又因父親妻子都在家裏等他，非回不可。

❺以上楊牧引文見「豐子愷禮讚」，「文學的源流」五九頁。
❻見「徐訏全集」第十冊「傳薪集」六〇八頁。
❼見「冰心選集」一五二頁。
❽見「許地山散文選」一五頁。

他終於在友人無可奈何之下空手跋涉：「那晚上他沒有跌倒；也沒有遇見毒蟲野獸；安然地到他家裏。」

本篇題目是「暗途」所指的正是生命的旅途是要通過許多長長的黑暗，旅程不但「崎嶇得很厲害」且在黑暗裏有不可見的滿山昆蟲、長蛇……。但是這位「吾威」——姓名也具雙關意義——卻不帶燈具，勇敢的摸黑走完行程，使他的朋友認爲他「太過執抝了」是天下「竟有這樣的怪人！」但是吾威秉持著他自己的理論：

滿山都沒有光，若是我提著燈走，也不過是照得三兩步遠，且要累得滿山底昆蟲都不安。若湊巧遇見長蛇也衝著火光走來，可又怎辦呢？再說，這一點的光可以把那照不著底地方越顯得危險，越能使我害怕。在半途中，燈一熄滅，那就更不好辦了。不如我空著手走，初時雖覺得有些妨礙，不多一會，什麼都可以在幽暗中辨別一點。

他的這番道理是「均哥想不到，也是他所不能爲我點底燈。」他就靠著天然底燈——螢火蟲的光，平安的回到家。

本篇純粹敍述事件，作者沒有現身說法，大談道理，它並未明顯點出主題，不直接說理，因此顯得含蓄蘊藉，比作者的名篇「落花生」要精彩許多。

「暗途」的主題並未落實說明，留下許多讀者思考的餘地。不過，它指喻人生是不會錯的，人生的旅程中要經歷許多的黑暗地帶，我們不曉得會發生什麼事。「燈」原是光明的象徵，在此則落空為人類的依靠。在生之旅途中，每人都希望能有一盞替他照明的、引路的燈，做為憑依，這原是大部分人的共識。本文作者則有更深的思考，他認為只要有具足的自信心，憑著自己的能力，便能突破層層難關。人類既生存於大自然中，便有天然的照明物——雖然不像人類製造的那麼光亮——已足夠引路。這是一層哲理：順從大自然的天然原則，我們也會自然的生存下去。因此，若特意憑藉外界的力量，反而會騷擾了大自然，引致危險。

本篇的第二層哲理乃是，人要有自信心，十足的勇氣面對生存的環境，開始時，也許因為陌生而不能適應，但只要發揮自己堅強的意志力，必能突破黑暗，克服難關，達到目的地。

本篇的第三層哲理是：所謂的危險，實是相對的，當我們想起危險、懼怕危險時，危險便真正存在了。反過來說，當我們不擔憂危險，泰然處之，實際上並無危險存在。另外，實際上存在的危險也是相對的，例如深山中的昆蟲長蛇，若不去招惹牠，牠也不會存心來威脅人類，因此點燈的結果反而招致滿山昆蟲不安，長蛇銜著火光而來，因為人類的燈火嚴重威脅他們的生存。這一層哲理，在作者的「蛇」❾文中有進一步的詮釋，人與蛇之間要保持著互相懼怕的距離，才有和平。「若有一方大膽一點，不是他傷了我，便是我傷了他。」在「暗途」中，人如果提燈，雖是「大膽一點」了，但會使蛇驚怕，反而先發動攻擊，造成傷

❾ 以上「落花生」、「蛇」兩文具見「許地山散文選」九一及五頁。

害。

「暗途」的含蓄蘊藉，已頗接近寓言，但是它的主旨與題材之間關係緊密，且亦多點題之處，所以仍屬於哲理小品。

陸蠡的「松明」[40]也是敍述一個人獨自行走在山中的「暗途」上，沒有星月，沒有光影，沒有人家的燈火及犬吠的聲音。身邊似聽到不可見的精靈在調侃他迷路了。但是他不承認，因爲「去路是在我的前面，歸路是在我的後面，我是在去路和歸路的中間，我沒有迷路。」但實際上，他是迷路了。他想傾聽澗水的聲音以辨別出山的方向，又撫摸樹皮以辨別東西方向。但是，聽不見水聲，蓊密的森林終年不見陽光，也無法找出方向。在最迷惑的時候：

> 我終於起來，分開野草，拿我手裏的鐵杖敲打一塊堅硬的石。一個火星迸發出來。我於是大喜，繼續用杖敲打這堅石，讓星火落在揉細的乾枯的樹葉上。於是發出一縷的煙，於是延燒到小撮的樹葉，發出暗紅的光。我又從松枝上折得松明，把牠燃點起來，於是便有照著整個森林的紅光。

他終於自己取得引路的燈火，最後：「腦後，我隱隱聽見山中精靈的低低啜泣聲。」

與許地山的「暗途」一樣，同是敍述走在黑暗崎嶇的山中，同樣是「克服」的主題，但兩位作者選擇表達哲理觀念的方向卻不同。「暗途」只靠一點螢火蟲的光便足夠照明。「松明」卻拒絕螢火蟲：「螢火在我的面前飛舞，但我折了松枝把牠們驅散。小蟲，誰信你們會作爲引路的明燈？」在「克服」的主題下，兩文的作者有不同的看法，「暗途」認爲要與自然和平共處，而「松明」卻認爲要運用自己的力量克服大自然的阻礙。他分開野草，敲打硬石，產生火光，點燃松明，都是主動自己製造能源，而非仰賴大自然的救助。甚至，大自然只是與人類對立的「精靈」，在人與自然的競爭中，人類必然要發揮自己的勇氣力量，才能贏得勝利。因此文尾精靈的啜泣，印證了「人定勝天」的哲理。本篇立意角度與「暗途」不同，但利用敍事以含蓄表達哲理的方法則一致。

梁遇春「失掉了悲哀的悲哀」⓫是以敍事的表層暗藏直接的說理。文中的「我」在路上遇見十年前的好友，發現他像十年前一樣「年輕」——實際是指生命的停滯——他的個性大變，以前直爽痛快性急易衝動，但是現在卻如槁木死灰，他敍說這十年生活的結論，由兩人的交談中把全篇的哲理直接敍說出來：一個人生活裏「有悲劇的情懷，感到各種的悲哀，他就不能夠算做一個可憐人了。」因爲悲哀，實際上是在惋惜生活、肯定生活的價值，眞正的可憐乃是對人生的喜劇與悲劇完全失掉了感覺性，這比「痲木不仁」還更甚，因爲他失去了價值觀念：

⓾ 見「陸蠡散文集」三五頁。

⓫ 見「梁遇春散文集」一〇一頁。

人們一定要對於人生有個肯定以後，才能夠有悲歡哀樂。不覺得活著有什麼好處的人，死對於他當然不是件哀傷的事；若使他對於死也沒有什麼愛慕，那麼死也不是什麼賞心的樂事，一個人活在世上總須有些目的，然後生活才會有趣味，或者是甜味，或者是苦味；他的目的是終生的志願也好，是目前的享福也好，所謂高尚的或者是所謂卑下的，總之他無論如何，他非是有些希冀，他的生活是不能夠有什麼色彩的。人們的目的是靠人們的價值觀念而定的。倘若他看不出什麼是好，什麼是壞，他什麼肯定也不能夠說了，他當然不能夠有任何目的，任何希冀了。

這便是全文的主旨，一個失去了悲哀能力的人，才是最悲哀的。本篇極善於利用層遞手法；首先是「我」的屢遭不幸，生活佈滿悲劇情緒；但他那位失掉悲哀的朋友卻說：能感到各種的悲哀，表示對生命還抱著希望，不能算可憐。痲木不仁乃至心死的人則更進一層接近了「悲哀」，至於打破所有的價值觀念，把自己的心一口口「吃完」的人，才是最大的悲哀。這位朋友便是走到人生的盡頭。因而最後一段，「我」第二天按址去旅館找那位朋友，可是帳房說沒有這麼一個人，「我」坐在旅館門口等了整天，也沒見到他，那暗示的是，一位失掉了悲哀的人，雖然活在這世界上，也跟不存在是一樣的罷。

本篇極善於使用矛盾語法來表現哲理，題目「失掉了悲哀的悲哀」，便是兩個矛盾語並陳，強烈的映襯出其悲哀感來，此外文內如「玲瓏的空洞」「好好保存你的悲哀」「灑些愉快的淚」「獰笑地活著」等等。在描寫上也如此，例如「神采飄逸的青年」心卻已被自己

「吃掉」了。這似乎是梁氏散文特有的技法。

哲理小品雖然表達作者個人的人生觀，但由於小品體製的限制，因此只能表達片面、局部的觀念，而所選擇的材料也是生活化的。每一位作者都從生活中看出道理來，其道理便不會雷同，不會一般化。也因此，作者基本上就需要豐富的生活經驗，深刻的人生省思。

由於傳達的是作者的觀點，因此哲理小品中的知識也非常個性化，與傳知散文之客觀化完全不同。個性化的結果自然常常暗藏作者的感情。吳調公「文學分類的基本知識」第五章第三節說：「哲理的最深處是感情的最強音，也是詩意的飽和點。」（二一八頁）亦是此意。

哲理散文的創作量也非常多。失敗的哲理小品大抵或是淪於說教，或說理太直接而膚淺，或者陷入理障。總之，哲理小品的作者，不僅要是文學家，且是哲學家。如果兩方面都要兼顧的話，我們的哲理小品作者應該努力的是：創作出大量的小品文，傳遞出個人思想的體系。哲理小品若能如此，則可有恢宏的氣象，以補單篇小品所不能及之處。

第三節 雜文

雜文在我國是古已有之的文類，具有兩千餘年的傳統，但是在文學史上，卻從來沒有像漢賦、唐詩、宋詞、元明戲曲一樣，能產生一個以雜文爲特色的時代❶。這是因爲雜文雖然事實存在著，但並未受到重視而堪據有一個文類的地位。新文學運動後，白話散文興起，雜文率先盛行，不但作家輩出，產量豐富，且內容龐雜。其中魯迅個人的雜文產量最多，左派評論家給他的「成就與影響」以極高的推崇❷。魯迅確實是具有影響力的雜文大家，但是大陸學者基於政治的訴求，亦多有誇張其成就之處❸。

雜文的定義，實有廣狹之分，狹義的雜文，乃是文人借來做爲批評社會缺陷最直接的武器。批評社會的目的，是冀望社會能改革、進步，原具有積極的社會意義，是故早期雜文之勃興，並非基於製造美文以使讀者賞心悅目。白話雜文創作的第一步乃是揭露社會的眞相，魯迅在「做雜文也不易」中說：

> 不錯，比起高大的天文臺來，「雜文」有時確很像一種小小的顯微鏡的工作，也照穢水，也看膿汁，有時研究淋菌，有時解剖蒼蠅❹。

再進一步，是批評、攻擊，因此雜文要如匕首、投槍。雜文以其短小精悍的體型、潑辣雋永的本質、銳利前進的氣勢，在文學的各種部門裏，獨獨具有衝鋒陷陣的功能。也因此，在此範圍內的雜文都屬於社會批評。在這種雜文造成風氣時，雜文家們因力求改正時弊，於是在文字中便能深入的反映出時代的脈絡，在社會演進的過程中具有相當貢獻，但在文學上，其素質時常是較貧乏的。

廣義的雜文範圍非常廣，可以說，在小品文中，典型的情趣小品、哲理小品以外的小品皆屬雜文。甚至於，任何一類小品的領域都是雜文所能進入，所能包容的。孔另境認爲「所謂雜文，該是指各種文體的綜合而言，爲容易使人容易理解起見，我以爲『文藝雜感』一詞

❶ 見魯迅「且介亭雜文」序言及金燦然「論雜文」，二文具收入「中國現代散文理論」一七七、二七六頁。

❷ 例如瞿秋白「魯迅雜感選集序言」中說：「雜感這種文體，將要因爲魯迅而變成文藝性的論文的代名詞」。見「中國現代散文理論」一八〇頁。又如林非「中國現代散文史稿」第六章說：「魯迅的雜文遠遠地超過了同時代雜文作品的水準，不僅在整個中國文學史上，而且在整個中國思想史上無疑也是堪稱獨步的……」（一九一頁）類此之論尙有許多，不細舉。

❸ 此一論斷需再另撰專文討論，唯就魯迅個人的作品而言，他的小說，或抒情散文也飽含嘲諷及批判，但寫來較曲折婉轉。

❹ 見「中國現代散文理論」二〇四頁。

最爲妥當」❺，頗有見地。雜文中的「雜」並非專指內容之駁雜，也涉及形式的不定型，它接受西洋的隨筆與中國的筆記文學以記錄爲主的形式。在內容上，它具有理性的論說。然而，若視之爲「文藝性的論文」❻則又太窄太板，忽略了雜文的戲謔性質。雜文的形式是隨筆的、小品式的，而非嚴肅的論文，不能比諸「文藝性的論文」。應該說，雜文是具有作者直接論斷，帶有批評或議論之見的小品文。基於這個原則，我們把雜文分爲兩大類：社會批評及人生雜談。

(一) 社會批評

社會批評不僅盛行於三十年代，也爲目前讀者羣所歡迎，因爲「理想國」是人類永遠追求不到的目標，因此，在任何樣態下的社會，都會有揭發不盡的缺陷，社會批評在民主國家中尤其永遠不會絕跡。

魯迅的「隨感錄」第二十五篇❼是他典型的社會批評雜文之一，批評中國人大量生產「人」卻養而不教。滿街都是孩子，滿家都是孩子；第一段以嚴又陵的文章做引子，第二、三段是：

> 窮人的孩子蓬頭垢面的在街上轉，闊人的孩子妖形妖勢嬌聲嬌氣的在家裏轉。轉得大了，都昏天黑地的在社會上轉，同他們的父親一樣，或者還不如。

> 所以看十來歲的孩子，便可以逆料二十年後中國的情形；看二十多歲的青年，——他們大抵有了孩子，尊為爹爹了，——便可以推測他兒子、孫子，曉得五十年後七十年後中國的情形。

短短數行，都針針見血，前兩行是大量生產人口的結果，讓孩子們輾轉於人世，「昏天黑地」，窮人固然無力教育孩子，但富人也竟不知要教育孩子。父親如此愚拙，其子女自然更「不肖」。從這種現象便可推斷出次段的結論：中國是個沒有前途的民族。全文行至第四段已把結論推出，因此第五段起又開始細細闡明此理：中國人只講究早婚多子，以為是福氣，從不管品質好壞、教養責任，只會閉了眼睛自負「人口衆多」，孩子輾轉於塵土中：「小的時候，不把他當人，大了以後，也做不了人」，這種父親，只能算是嫖男類的父親，只會生產。作者當然認為這種父親該受教育，但作者不從父親著筆，第六段跳筆至學堂裏的老師，他們聽說做老師的竟要接受師範教育而大謬不然。以上在證明國人之矇瞶至極，這種先生該編入學堂「初等第一級」，是很辛辣的諷刺了。全文至此立刻轉入結論：

❺ 見孔氏「論文藝雜感」，收入「中國現代散文理論」二〇九頁，該文撰於一九三八年，孔氏已認為社會批評不足以代表「雜文」，他說：「其實是文藝性的政治和社會的雜感而名為『雜文』是應該糾正過來的。」（二一〇頁）

❻ 見吳調公「文學分類的基本知識」第五章，二二三及二二九頁兩次強調過。

❼ 見「熱風」一二頁。

因為我們中國所多的是孩子之父；所以以後是只要「人」之父！

本篇對國人的無知，做深入的挖掘，證明作者有洞識。在冷嘲熱諷之中並未刻薄而失分寸，反而仍有含蓄的地方；例如作者實際上是批評這些「父親」只是動物，做動物只生產與養育，這不是「人」所應盡的父職，因此結尾一句實饒富意味。

此外，本篇論一般的父親們，便可以預知五、七十年後的中國，可見作者關心中國的未來，其基本出於愛心，是以其批評鍼砭具有積極的意義，是理想的社會批評。在形式上本篇也是典型的雜文體。開頭是：

我一直從前曾見嚴又陵在一本什麼書上發過議論，書名和原文都忘記了。大意是：「在北京道上，看見許多孩子，輾轉於車輪、馬足之間，很怕把他們碰死了，又想起他們將來怎樣得了，很是害怕。」

完全是隨筆的方式開場，但並不因起頭之閒適舒緩而使全篇失其緊湊性。反而利用這開頭引文中的「輾轉」二字做爲一篇之骨，此後第二、四、五段分別再數次提到「轉」「輾轉」等字，是強調沒有意義的生乃是一種淪落而已，這正是作者寄寓同情之處。全文各段落銜接緊密，八小段完篇，雖是隨筆形式，可並不隨便下筆便能竟此功。

陳西瀅「模範縣與毛厠」❽是以作者自己的家鄉「無錫縣」實業發展的「成果」爲諷刺

對象，不只矛頭針對無錫一縣，乃是批評整個中國因只重物質不重精神，故雖學西洋開發實業、求進步，結果只是西而不化。

全文開頭第一段第一句就說：

> 聽說無錫是中國的模範縣。那位比柏克赫斯特女士前十任或前二十任的被崇拜者杜威教授好像曾經發表過一篇文字，說無錫和南通是中國最發達的實業區。有人說，南通的實業是煖屋裏的花，經不起風吹露涼的；假使土皇帝沒有了國家的公款去辦他私人的家業，或是不幸而自己歸了道山，南通的實業也就很有些危險了。無錫的實業是一種自然的發展，那是無錫人最得意的事。

無錫之爲模範縣，比南通的實業發展更「自然」，作者卻用「聽說」「有人說」二句，以暗示它的名不副實。第二段一開頭接著說：「無錫果然是中國絕無僅有的實業區」，又用「果然」二字，充滿反諷意味，過了兩行又說：「無錫也實在夠得上當中國的模範縣的名稱」，因爲它有洋井、圖書館、公園，以及公園池邊老婆子臨流洗馬桶的奇景。至此把「模範縣」與「毛厠」接合起來。故第三段全力談毛厠，它是無錫的「實業」之一，是一種有利可圖的實業，雖然要用全城的臭氣與疾病換來，無錫的實業家——作者諷刺之爲「紳士」——也在

❽ 見「西瀅閒話」一〇九頁。

所不惜。本段最後直指出全文主旨：「中國人的重視物質，世界上的民族實在沒有匹偶。然而中國人總是自負的說我們有的是精神文明！」最後一段又緊緊銜接此句而來：「說到精神文明，無錫也實在是中國的模範縣，因爲中國獨一無二的國學專修館就設立在那裏。」專修館裏沒有算學、沒有夷狄的語言科學——隱諷竟想學習西方而發展實業——他們不要新思想、新文學，卻非常風行上海的屁股報，所以「國學爲體，科學爲用」無錫人實在做到了，結論是：「無錫眞不愧爲中國的模範縣！」

本篇主要諷刺的是中國人重物質輕精神，卻又自炫其有「精神文明」，其表裏不一，自然具有諷刺效果。其缺乏精神文化的旁證是他們興建了三層樓的圖書館，居然每天只有二十個人去看書。又如國學館的國學者私下最喜歡的是屁股報裏的陰事、逸史、艷辭、淫語等。再其次諷刺中國人缺乏公德心，到處設立不衞生的公厠以營利，又利用公園的池水洗馬桶。再其次，諷刺中國人崇洋心理，卻只一味學其皮毛，全篇開頭說「那位比柏克赫斯特女士前十任或前二十任的被崇拜者杜威教授……」便是特意製造曲折的諷刺文句，中國人崇拜的洋人，自杜威以降已歷十或二十任，乃是諷刺國人缺乏主見，跟隨潮流崇拜洋名人，這當然也是整個「實業」建設的伏筆，那「疏疏密密的三四十個大大小小的煙突。」只是西洋實業的皮毛而已。尤有甚者，國人不學西方的算學、科學，但卻學會了坐「洋車」、建「中國洋式的旅館和飯店」、開「洋井」。連暴發的實業家「姓熊的兄弟」倆也學洋人出錢蓋梅園供市民公開遊覽，不收門票——作者諷刺至此已是相當尖刻了。其他也有順筆諷刺的，例如第一段說「土皇帝用國家公款去辦他私人的家業」，就是順筆一鞭打在當權者身上。

本文是典型的諷刺雜文，全部從反面、側面下筆，也就是表面上「聽說」它如何好，作者也故意附和它如何好，但實際上卻揭發它完全相反的底牌，讓讀者發現表裏不一的眞相，而達到諷刺的效果。本篇雖然只談無錫這個「模範縣」，意思是它已是公認的最好的縣，竟然如此劣等，其他縣市可想而知。再其次，作者眼光也未放在無錫一縣上，因爲文中一再提到「中國人的重視物質」「中國人總是自負的……」「屁股報裏的陰事……是中國國學者私下最愛的……」等等，其筆鋒所指，顯然不在一縣一市，乃是全中國。由於作者掌握的是中國社會中存在的弊端，且會嚴重妨礙中國的進步，於是痛加鍼砭，文章便有積極的意義，是篇具有文學價值以及社會貢獻的社會批評。

在形式上，本篇雖然是雜文，但不走隨筆的路子，乃是相當嚴謹夾敍夾議的論文。首先是它結構的簡淨、嚴密。全篇只有四段，每段的開頭依次是「聽說無錫是中國的模範縣」「無錫果然是中國絕無僅有的實業區」「無錫的足稱爲模範縣，可以算是證明了吧？」「說到精神文明，無錫也實在是中國的模範縣，」每一段起筆幾乎相同，且是強烈的反語，而全文結果仍是「無錫眞不愧爲中國的模範縣！」首尾呼應，各段開頭緊密，一氣呵成，作者之精心佈置是很明顯的。

周作人「在女子學院被囚記」⑨是一篇敍事性的雜文。表面是敍述一個事件，而實際上是充滿了作者的批評意見。

⑨ 見「永日集」，「周作人全集」五四四頁。

民國十八年作者任教於國立北平大學女子學院，四月十九日下午上課至一半，突然國立北京法政大學的學生衝了進來，扭打校警，剪斷電話，拘禁所有教職員學生，至六時半以後始放教員出去，作者回家時已是七點半。全文六大段，前四段敍述事件發生經過，後兩段則是作者的評議。在敍述事件時，作者已夾入相當曲折的諷刺與批評。例如第一段，他被拘囚不准出校門，而要找他們「辯論」，說：「我同諸君辯論，要求放出，乃是看得起諸君的緣故，因爲諸君是法學院的學生，是懂法律的。」懂法律的人該不會殃及無辜，這是最起碼的認識，但那些學法律的學生都說：「我們不同你講什麼法，說什麼理。」這是諷刺讀法律的人不守法紀。其次，又敍述法學院的學生因事自相衝突而大動其武，不過事後報載「幾至動武」，諷刺傳播媒體的不實。後來法學院學生又改變策略，准放人出去，但必須簽名證明法學院學生乃「文明接收」該校，教員都拒絕簽名，因此延至六時半始放人。對於此一眞實發生的事件，作者不像前舉魯迅、陳西瀅之尖銳評擊，反而是慢條斯理的「自我反省」，第五段開始卽是回想他在這次事件中「並不十分覺得詫異，恐慌，或是憤慨」，因爲他在北京住了十三年，經歷生命之危險，至今已是第五次。第一次是張勳復辟，在內城大放槍砲，第二次是民八年六三事件，周氏在警察廳前幾乎被馬隊所踏死[10]，其次是遇見章士釗林素園兩回的驅逐等等。已經是第五次的經驗了「還值得什麼大驚小怪？」這種筆法是周氏個人獨具的特色，以自嘲的表層來包裹諷刺外事外物的裏層。在本篇第二段被拘囚時，他也說：「在我凡庸遲鈍的腦子裏，費了二三十分鐘的思索」，才想出法學院學生因具有「搶刼」的行徑，因此才把無辜者一併監禁，以免出去報案：「這倒也是情有可原的」，作者實際上在說反話，連自嘲也是反話的一種。這種反話表現諷刺力道較強的是他論斷那些學生時說：「我於法學院學生毫無責難的意思。他們在門口對我聲明是不講法不講理的，這豈不是比鄭重道歉還要切實，此外我還能要求什麼呢？」法學院學生已自我諷刺，那當然比鄭重道歉還「切實」。作者要諷刺的是指他們缺乏理性，已不是人了，因此跟動物是不能講理法的，這種隱諷爲周氏所最擅長，在文學上更具有媚力。王了一「龍蟲並雕齋瑣語」的「代序」中說：「直言和隱諷，往往是殊途而同歸。有時候，甚至於隱諷比直言更有效力。」（四頁）直言的效力是普遍的，一般讀者都能讀懂，所以鍼砭社會的功效容易達成。但隱諷是含蓄的，只有游刃於文學的讀者才容易發覺，進而欣賞它的妙處，因此一般人讀不出來，其社會功效自然薄弱。但就文論文，含蓄婉轉仍然較勝於噴薄直露。

　　最後一段仍是直嘲兼諷刺。作者先責備自己這次事件乃「咎由自取」，蓋此事報上早已透露會發生，只怪自己還要去上課，以致自投羅網，這是因爲自己太老實，「換一句話說就是太蠢笨」而「錯信託了教育與法律」，因爲他以爲有「大學生而又是法律系的」會公然打進女子學校的想法「簡直是侮辱他們！」何況，進一步說，軍警當局也會維持治安的。然而不然，事發當日，次日乃至多日，軍警當局全然不管。作者既不能有此先見之明，已再三證明其「愚蠢」，故「其自投羅網而被拘禁也豈不宜哉。」更進一步，拘禁還是其愚蠢之藥劑，

⑩ 周氏有「前門遇馬隊記」一文記敍此事，風格與此文相近，見「談虎集」，「周作人全集」一九〇頁。

可以廓淸他心中許多虛僞的妄想，「糾正對於教育與法律的迷信，淸楚地認識中國人這東西的眞相。」這是通篇表現得最直接的批評。全文結尾引用「前門遇馬隊記」的末句作結：

可是我決不悔此一行，因為這一回所得的教訓與覺悟比所受的侮辱更大。

而其實，這篇作者沒有直接說出來的，正是兩文中他所受到嚴重傷害的正是做爲「人」所受到「非人」的侮辱，其指控的大背景當然是社會治安太差，人民生命毫無保障，作者撰文只能曲折抗議、一再自嘲自責，實是較前兩篇爲低姿勢的批評。

（二）人生雜談

人生雜談是雜文做爲社會批評的發展期中，所衍生出另一支較閒適的文體，它可能有較嚴肅的議論文字，也可能是幽默的閒談人生瑣事。但無不以議論的方式出現，以人類的日常生活爲主題。

錢鍾書、王了一、梁實秋的散文有許多都是這類的典型例子。錢鍾書「論文人」⓫屬於人生的批評雜文，筆勢凌厲，一桿子打倒了文人、非文人，幾乎嘲諷了所有的讀書人。全篇充滿了反語，看似同情，實爲嘲諷，看似貶抑，實又同情，文勢極善變化。全篇重點有三，一是諷刺文人多不安其份，除了極少數天才文人，一般文人自古便無足觀者，因爲他們並不眞正喜愛文章，也不擅長文章，錢氏比之於娼妓：「他們弄文學，彷彿舊小說裏的良家女子做娼妓，據說是出於不甚得已，無可奈何。」其嘲諷之意甚明。此等文人稱之爲文丐，充滿了自卑情結，「對於文學，全然缺乏信仰和愛敬。」這裏是批評不愛文學的人流落至文學的園地，自然書空咄咄，嘆老嗟卑，此等文人的「文學」自然必須「毀滅」，而「文人卻不妨獎勵——獎勵他們不要做文人。」可見作者貶抑的乃是非文學家的文人，這種文人永遠不安本份，「他們只想做英雄，希望變成立法者或其他。」

本篇的第二個主題是文學不受重視，「文藝無人過問」「柏拉圖富有詩情，漢高祖曾發詩興，吟過大風歌，他們兩位尚且鄙棄詞章，更何怪那些俗得健全的靈長動物。」

第三個主題是批評非文人之流。他們是「不事虛文，精通實學的社會科學與自然科學等專家，儘管也洋洋灑灑發表著大文章，斷不屑以無用文人自居——雖然還夠不上武人的資格。不以文人自居呢，也許出於自知之明，因爲白紙上寫黑字，未必就算得文章。」文不文，武不武，已見其褒貶之意，作者至此尚不罷手，接著論其「實學」之用，可分兩種，「一種是廢物利用，譬如牛糞可當柴燒。」「第二種是必需日用，譬如我們對於牙刷毛廁之類。」此二用途，作者譬諸牛糞、毛廁，其譏刺之意顯然。更進一步，作者給此類有用之人以「用人」名之，以相對於「文人」，蓋「用人」原是「老媽子小丫頭包車夫們專有」的代名詞，此語則更見貶意。

錢氏此文不過兩千餘字，但雜引古今中外典故，縱橫捭闔，筆鋒所指，無不望風披靡。

⑪ 見「寫在人生邊上」六一頁。

讀者應該注意的是，文中似乎貶訾文人與非文人，似一網打盡，但是它的「文人」定義是狹義的，並不包括少數「不可救藥的先天文人」，那些眞正的文學家才是作者眞正推崇的，不過作者不從正面來談罷了。

本篇之異於社會批評，乃是文中所論爲可能存在之現象，而非絕對而事實存在之現象。且作者爲了自圓其說，雖則引經據典，但也常將典故做選擇性的採證，尤其善於站在文字邊緣而曖昧性的選取意旨。例如文人並非絕對都遺憾自己是文人，甚至於，在錢氏筆下定義中的文人，乃是時常自炫其爲文人呢。又如他引揚雄法言：「雕蟲篆刻，壯夫不爲」說：「可見他寧做壯丁，不做文人。」這實是利用文字邊緣而曲解引文原意。蓋揚雄之「壯夫」實指有志之士，而不是莽夫之謂。作者存心曲解以圓其文章之意，原無可厚非。但也可見其不足以爲社會批評——不具通俗性、普遍化及確鑿性，則不足資社會改革之用。因此，通篇雖則批評意味濃厚，仍只能算是人生的批評，具有較社會批評更多主觀的色彩。

王了一「請客」⓬主題不及錢氏「論文人」之大，卻能掌握中國人的習性，做最深入的解剖。

首段說中國是「最喜歡請客的一個民族」充分表現中國人的慷慨、「禮讓之邦」，與西洋人絕不相類。第二段立刻一翻：「其實，中國人這種應酬是利用人們喜歡佔便宜的心理。」因爲不花錢而可以被請客，心中自然高興，高興的次數多了，被請的人對於請客的人就越有好感。如果被請的人地位高，這時請客的人便能「有求必應」，助其升官發財。如果被請的人比他地位低，則可以到處吹噓，以增聲勢，間接獲益。請客乃是一種「小往大來」

的政策，錢決不會白花的。作者提出見血之論。請客既然不是目的、不是慷慨，只是手段、只是權謀，則請客而能意到錢不花當然是最滿意的，因此第三段論這種花錢請客的矛盾心理。那些慳吝者在搶著請客時：「爲了面子，不好意思不『搶』，爲了荷包關係，卻又不敢堅持要『搶』，結果是得收手時且收手，面子顧全了，荷包仍舊不空。最糟糕的是遇著了同道的人，你一搶他就放鬆，結果雖是『求仁得仁』，卻變了啞子吃黃蓮，心裏有說不出的苦。」此等文字掌握微妙的心理眞是絲絲入扣。請客既這麼令請的人痛苦，但未必就得到相當的回報，第四段針對此點，敍寫許多搶著付了錢的人，背面罵那讓步不堅持要搶的人。也有被請了的人一出門就批評主人烹調無術、招待不週。可見請與被請的人都不討好，中國「小往大來」的請客哲學實是害人不淺。作者最後的結論是鼓勵大家「白吃」，有請就吃，從不回請，則濫請之風自然晏息，則「中國可以歸眞返璞，社會上可以少了許多虛僞的行爲，而政府也不再需要提倡儉約和禁止宴會了。」

「請客」一文只有五段，但大開大闔，筆法縱橫恣肆，文字冷雋詼諧，對人情世故鞭辟入裏，眞如老吏斷獄，能使魑魅現形。但是它與錢氏「論文人」一樣，選擇一個篤定的角度及證據來支持他的論點，本篇的議論性質非常明顯，然而文字活潑生動，例證生活化，通篇能自圓其說，爲玲瓏剔透的雜文。

梁實秋「孩子」⑬是批評現代的孩子無不要父母侍候得如太上皇般，「否則，做父母的

⑫ 見「龍蟲並雕齋瑣語」六九頁。

⑬ 見梁實秋「雅舍小品」一一頁。

心裏便起惶恐，像是做了什麼大逆不道的事一般。」「故今之所謂『孝子』乃是孝順其孩子之父母。孩子是一家之主，父母都要孝他！」梁氏撰此文爲抗戰時期，已然如此，文中並說：「這種風氣，自古已然，於今爲烈。」——放在今天，更見確切——因此本文在今天不僅因文章仍具可讀性，且其內容也仍具實用價值。本文的主旨是養子需敎。父母的通病是孩子中最蠢最懶最刁最潑最醜最弱最不討人喜歡的，往往最得父母的鍾愛，此事雖費解，但「其實我們應該記得『西遊記』中唐僧爲什麼偏偏歡喜豬八戒」此已含有諷諫之意。

「孩子」主旨非常簡單，從古至今就存在的眞理，它不像上引「論文人」「請客」，都能從偏鋒入手，角度巧妙，故可自圓其說。而「孩子需要管敎」是這麼稀鬆平常的知識，作者便用生活化的語言、生活化的例子、生活化的感觸，娓娓道來，那道理使得讀者感到人人皆了解此理，卻未必有此自覺；或有此自覺，而未必能寫得出來，說得透徹。本文雖然取諸家常瑣事，但仍然表達作者圓熟的智慧，它的批評總是點到爲止，絕不火候過烈。尤其文字上極爲靈活幽默。例如第二段一開頭說：「我一向不信孩子是未來世界的主人翁。因爲我親見孩子到處在做現在的主人翁。」第一句起筆極爲突兀，因爲它與一般「格言」抵觸，但緊接第二句便化解其僵局，因爲孩子已經當了一家之主，這種筆法，能使意想出人意表之外，再落入情理之中，這便是幽默。再者，文字如行雲流水，也能產生妙趣，例如第三段說有些孩子：「鼓噪起來能像一營兵；動起武來能像械鬥；吃起東西來能像餓虎撲食；對於尊長賓客有如生番；不如意時撒潑打滾有如羊癇；玩得高興時能把家俱什物狼藉滿室，有如慘遭洗刼……」前例是在內容上對比以造成幽默，本例則是在文句上經營對比以造成風趣。這實在不只是「孩子」一文的特殊手法，乃是人生雜談式雜文的慣常手法。

人生雜談的雜文在目前安和樂利的社會中，讀者羣明顯增加，故其需要量非常大，應運而生的作家也非常多。大抵以詼諧的風格爲主，唯從文學的角度看，作者不宜過於取悅票房，嘻笑怒罵以至流於輕佻，而有相聲式散文之譏⑭。

雜文是小品文中最「切身」的文類，它能直接反應現實，表達作者的想法，提出建設性的意見，令讀者深思。積極性的雜文確實足以立儒敦薄促進社會改革。雖然這不是雜文的唯一目的，但卻是值得作者們努力的目標之一。

從文學的角度來考量雜文，它是作者理論的形象化，它與情趣小品的最大不同，乃是具有議論性質，它與哲理小品的不同乃在理論建立在更切身的生活上。它與情趣、哲理小品都不同的是多冷雋的文句、挺峭的姿態、諧趣的風格。雜文家，尤其是社會批評的雜文，在內容上，作品要具備比情趣、哲理小品文更多的學識。雜文作家不但熟悉社會的過去與現在，也能高瞻遠視其未來。他不但洞識人生的眞相，還能提出獨到的見解，從習以爲常中看出缺陷，從稀鬆平常中看出至理。另外，他還要如情趣小品作者一樣具備愛世界的熱情，如哲理小品作者般有哲學的思想，雜文是小品文中最難寫得成功的，作者稍失控制，便容易流於過猶不及。雜文較易犯的毛病如：過於強調社會批評的戰鬥意義，使文章徒具挑撥性。這在三

⑭ 見羅青「乾坤還從瓶裏來」，「書評書目」六十期。云：「目前……俳諧的小品已漸趨式微，含蓄深刻而能有自嘲性的筆法，已不多見；輕佻油滑，相聲式的小品，則日漸增多。」（一〇六頁）

十年代的雜文尤其過份強調，如「寒光襲人匕首」來剖解社會病症時：「單刀直入來一個簡截痛快。」⑮這樣往往只有快感，而不能得到文學的美感。實際上，任何文學作品對人生都或多或少具有鍼砭作用，但是不能存心使它成爲戰鬥的工具。這實是左派文人對雜文最大的誤導。

其次，雜文雖是用來批評社會人生的，它可以辛辣深刻，但不宜尖酸刻薄、幸災樂禍，更不能氣急敗壞，謾罵強辯，殺傷力雖強，究非文學分內之事。最容易使作者失去分寸的就是夾雜私怨做人身攻擊，或黨同伐異。魯迅號稱雜文大家，但是他的雜文裏有許多地方實摻雜了個人的怨懟，與陳源（西瀅）之間的私怨就是明顯的例子，他不但在文章中一而再，再而三的諷刺攻訐陳源，就文學創作者而言，以私人恩怨而銜之終身且一再撰文者，終究缺乏泱泱大度，其文章也難以有較恢宏的氣象。

其次，雜文乃小品文，體製纖巧，故內容不宜太蕪蔓，枝節不能太多，意見不能反覆，不能故求立異以爲高。再其次，值得深思的是，雜文取材多與時事有關，尤其社會批評，與時事過於貼緊，在當時足以造成轟動，但時過境遷之後，讀者可能因缺乏背景了解而完全無法欣賞。雜文作者應該如何把材料做抽樣的選擇，並以文學的方式表達是很值得思考的事。

⑮見臧克家「我的胃口」，「小品文和漫畫」六三頁。

第三章 特殊結構的類型

特殊結構類型的散文，若從結構的觀點來看，其分類的基礎乃從寫作的主體出發，只不過其形式結構的意義具有歷史的成因，在中國、西洋的文學史上都是既存的事實，並且擁有肯定的地位。只不過，有許多在文類上，已逸出文學的範疇。本章所討論的作品，是以具有文學素質爲首要條件。

特殊結構類型的散文，爲什麼又可以說是從寫作的主體出發呢？因爲它明顯關涉到寫作主體的寫作策略以及切身的生活。例如日記、書信、序跋、遊記等類型，作者在創作時，必然具有強烈的自我色彩，文學性的傳知散文、報導文學、傳記文學等，其寫作的緣起雖因客體的激發而生，但是必然皆必須融入作者個人的觀點和情感。

值得注意的是，散文的主要類型與特殊結構的類型之間，存在著一個極爲微妙的關係，後者的形式、結構有特殊的要件，但它可以在形構的框架內包容所有散文的主要類型，它不適宜用寫作客體來劃分，乃是因爲任何一種特殊結構的類型，都可以包容主要類型中的一切細類。例如日記、書信體散文，它除了形式結構的獨特外，還可以結合許多情趣小品、哲理小品甚至兼取雜文的內容。遊記亦然，它尤其跟物趣小品中的景物小品有密切關係。因此，基本上，特殊結構類型的散文與主要類型的散文，其內涵時常是疊合的。從這個角度來看，人情小品、物趣小品等等，如果單獨成篇，乃是一個精純完整的藝術成品。但是它們如果在特殊結構類型的散文中出現時，就變成後者的一個情節單元而已。因此第一大類型往往體製較爲纖巧，第二大類型則往往較爲龐大，後者呈現強大的包容能力。這兩大類型，在內容上乃是相啓相承，後者尤可綜合而融滙前者，在形式結構上則具有獨立的面貌。

第一節　日　記

日記體裁在我國歷史上有著相當長久的歷史淵源，雖然它不曾受到重視，但卻是很重要的應用文體式。自古「左史記言，右史記事」，我國史官就已替君主的一言一行做「起居注」，這種起居注必定影響了日記體裁。其次是我國盛行的筆記文體，原來就是文人把身邊瑣事、讀書心得隨筆記錄，早已具備日記體的內容，而無日記的形式罷了。一般而言，北宋黃庭堅的「乙酉家乘」被認爲是我國第一本典型的私人日記❶。宋元兩代日記體一直未受到重視，直到明清才有大量的日記出現，明代日記實是當時小品的一種形式，大部分作者仍是小品文家。至清代中葉後，日記不復只限縮於小品的格局中，許多政界人物、學者等把日記做為評議國家大事以及論學載道的記錄，成為珍貴的一手資料。例如翁文恭、曾文正等人的日記。又如李慈銘的越縵堂日記、王闓運的湘綺樓日記等等，不僅記讀書心得，也記日常瑣事，已具小品文的趣味。

日記此一文類，雖然產生的歷史相當悠久，但是一直未受到重視。在現代文學界中，一直到郁達夫才特別提倡日記文學。他認為「日記文學，是文學裏的一個核心，是正統文學以外的一個寶藏」❷，日記之足以成為核心，乃是因為它是所有文學的初發點，許多寫作的人都從日記寫起，它成為一切文章的基礎。

日記是作家依他個人特有的生活習慣、心理狀況及行為模式所作的生活記錄。日記原是寫給自己看的，所以最眞誠、最親切，是最不做作的文類。這種以自我為中心、以日為單元，記錄生活上的事情、感想，成為日記的基本訴求。因此日記基本上要有其形式，也就是年歲、月日及氣候的記載，並以「日」為單元。同時必須連貫的寫下去，成為一串的日記，具有「連章」的性質。其次，日記所記的內容，應該以作者「自我」為主，例如景觀或人文式的遊記，雖以日記分段，但未以作者自我的觀感為主，則只能算遊記，而非日記。其次，日記是一種最自由的文體，其內容也無所不包，在其他的散文類型裏可能是嚴重的缺點，但在日記中，反而還是它眞實的要件。由於它不必只記某一事某一物，因此反而具有自由活潑的風格。

❶ 見汪伯琴「談日記文學的形式發展與功用」，「民主評論」十六卷十八期十三頁。
❷ 見「日記文學」，「郁達夫散文集」三三二頁。

以上所談，是日記的本來面目，可稱爲「原始日記」，後來文人發現，文章可用日記的形式敍寫，其內容則較爲收斂，不像原始日記那麼龐雜，成爲精緻的散文，則可稱爲日記體文學。

(一) 原始性日記

寫原始日記幾乎是每個人都有的經驗，以自我爲中心，把生活中的所見所聞、心中的感想、憤懣或快樂，不願公諸於世，只想獨自消受時，便可以寫成日記。日記是個人最隱密的獨白，所以作者寫作毫無心理負擔，反而，因爲寫了日記，可以發抒心中的積鬱，卸下許多負擔。原始日記作者寫作時從未想到要公開發表，甚至是絕不願公開，所以日記的最大特色便是眞誠，具有強烈的作者色彩。周作人承認自己作文章時「覺得都有點做作」❸，因此他更欣賞別人眞誠的日記。

原始日記原無心給第二人看，而後來竟然公開，公開的原因當然是因作者享有盛名，其片言隻字莫不洛陽紙貴，何況是人類對各人私事具有極高的探求欲，因而原始日記有許多終於被公開。至於其公開的途徑，有的是作者本身不在乎私人隱秘爲外人所知，例如魯迅、郁達夫等都在生前發表了原始日記。另外一種，作者自己的日記或雅不欲爲人所知，無奈藏之不秘，死後被別人挖掘出來，公諸於世，例如夏濟安、徐志摩等人的日記。後人公開其日記，並非存心揭示逝者之隱私。而是深信文學的重要目的之一乃是揭露人類潛藏的、奧秘的、眞實的心靈，日記體，無疑是最眞實而直接的文體。當然，並非所有的日記都具有這種價值，日記文學仍然是文學家的工作，只不過他未嘗存心把它雕琢得美侖美奐，但也因此，日記才眞正能「獨抒性靈，不拘格套」，成爲隨筆妙文。原始日記雖然必然有記瑣碎的，甚至無特殊意義的事，但也有許多段落，亦可截出成爲有文學價值的小品文。

「夏濟安日記」❹，是典型的原始日記。夏氏不但是學者，也是有抱負的創作者。雖然一生創作量不多❺，目前留下來的著作，唯「夏濟安選集」一册，文學評論佔三分之二強；此外，他曾從事大量翻譯以及花費許多精力在教學工作上。他給一般人的印象，是個堅實的文學理論家，嚴肅而篤實的學者，是個開朗愉快的朋友❻。

❸見「日記與尺牘」，「雨天的書」，「周作人全集」第二册二七二頁。

❹寫作時間於一九四六年一月至九月，時夏氏三十歲。一九七四年其弟夏志淸將日記發表於「中國時報」（一九七四年十月三十日—七五年一月五日），後結集爲「夏濟安日記」。

❺他的著作在夏志淸「亡兄濟安雜憶」（「愛情・社會・小說」二〇一頁）「夏濟安選集」跋中都有細述。至於其創作，據「夏濟安日記」及夏志淸文中都提到，他一直有心要以英文寫一長篇小說，但終於未完成。其創作今收於「夏濟安選集」中有四篇短篇小說、一首詩。

❻參見夏志淸「亡兄濟安雜憶」（「愛情・社會・小說」二〇二頁）云：「濟安同他最親密的朋友也避免討論自己的戀愛生活，他情願自己受苦，不願意訴苦求助，增加朋友們精神上的負擔。他給臺灣、美國好多朋友的印象是明朗愉快的性格和與世無爭安命樂天的態度，只有在他自己的日記上和給我的信上才能看到他內心生活的深刻和求愛專一無我無邪的精神崇高處。」

「夏濟安日記」的公開，最大意義乃是讓讀者深識夏濟安屬於文學家的一面，他具有文學創作者敏感、深情、浪漫的特色。從「人」的角度來看，那才是他原始的眞實面貌。有許多人，永遠都只想把眞我緊緊隱藏，頂多示之一兩位知己，也不願把自己的原始面貌公諸於世，夏濟安就是這樣的人，他元月四日的日記中說：

我在南京時卽開始記日記，已有十年歷史，其間大致並無間斷，將來自已翻閱，必很有趣。可是我很不願意讓別人看見。到內地來以後的幾本，我已從重慶帶來；上海還有幾本，將來當設法保藏。

他的私事其實就是他生命的寶藏，做爲最了解他的弟弟夏志清，何以要在二十八年之後，公開發表出來呢？夏志清在「日記」出版時，做了極爲仔細的校註工作，刪改發表時翻譯的錯誤，在日記之末「再說幾句」中，夏志清說：

校讀日記淸樣時對照原文，我發現有兩三段（加起來不過二三十字）給人間編輯刪掉了，也有四五處，字面上有了改動。我完全能了解編輯先生的苦衷，濟安的日記本是寫給他自己一個人看的，有些氣頭上說的話，有些不雅的措詞，刪掉、改掉也好，免得引起讀者的反感。

但是在日記出版時，夏氏又使「這部日記是完全根據原文重印的，一字不誤」。夏志清的愼重，實是表現他對「日記文學」的尊重。夏氏對於其兄濟安的書信，也認爲「實在比那本假以年月可能寫成的長篇是更好的生活實錄，更可爲傳世的文學作品」⑦並決定將來把他的信件公開發表。由此可見夏志清對胞兄日記所持的看法亦正如此。

原始日記在形式上，自然有它特定的規格，每篇以「日」爲單元，有眞實的年、月、日，及天氣陰晴等標注。同時，它必然以拚盤的形式雜陳一日的事件，有些可能是極具私人性的事件，語焉不詳的記載，甚至有時有流水帳的記錄，諸如此類，乃是原始日記的常態，讀者不能在這上面吹毛求疵。「夏濟安日記」亦正如此，我們若從日記文學的角度來審視，它至少表現了作者性格與人格的兩大特色。

夏濟安是個自尊心很強，又極自負的文人。他雖然是個戀愛的低能者，但卻自信是他理想情人的好配偶，他說：「我平心靜氣一想，R・E・的確是個好女孩，嫁了我決辱沒不了我，我們也可以過一個世俗所欣羨的幸福生活。」（三月四日）他自信有一個偉大的靈魂，是以當卞之琳指出他的頭髮和衣服「實在太招人惡感」，他卻說：

> 我明知道如把頭髮留長，新衣服穿上，外表上可以好看得多。可是我偏偏要堅持我的主張：認爲慧眼是可以識英雄的，而我的靈魂的偉大，不論外表如何破舊，總該得人

⑦見「亡兄濟安雜憶」。（「愛情、社會、小說」二〇三頁）

的認識。我可以終身不戀愛，不結婚，這個原則不能變。變就是遷就——我所頂反對的也就是遷就。（三月二十八日）

當他父親寫信叮嚀他戀愛「切勿逆天違理」云云時，他很失望的說：

他的話很籠統，對於別的糊塗青年，也許很適用，可是我是特別人，他就一向不當我特別人看待。天下不知子者，莫若父。（五月二十三日）

他還很自負的一項是他的創作才具：「我的 ambition（野心）其實就是要成爲全國英文寫作的第一人。」（三月二十三日）❽。

夏氏人格之光明磊落，在日記中讀者不難看得眞切，他確然是可自負。至於他個人的創作才華，正像許多文學家一樣，充滿自信，原是正常現象。夏氏在做人處事，讀書教書等工作上，都表現出他性格的率性、天眞、開朗、坦誠與認眞，因此有相當成功的績效。這些，在日記中都只隨筆記錄一二，並不爲夏氏自己所特別重視、引爲自豪之處。夏氏日記的主流，也就是貫串全書的最重要事件，乃是他的初戀，因了這個事件，讀者才發現，夏氏性格上的唯一弱點乃在「愛情」上，他沒有能力處理自己的愛情，導致悲劇結局，這實在是極好的文學題材，作者以日記體自然呈現，成爲他日記文學的可珍貴之處❾。

何懷碩在「夏濟安日記及其他」文中指出夏氏戀愛悲劇實爲浪漫主義戀愛者的必然結果，因爲：

> 浪漫主義戀愛者所戀愛的，實在只是那個浪漫的理想：一個自我創造的美的典型，一個由高揚的心靈所昇發出來的意象。在文學藝術的想像上有其靈命，而在現實中毫無意義⑩。

他在心中已經預設了一位理想的人物，一旦在現實生活裏，遇見了具體的「藍圖」，又沒有能力掌握機會、培育愛苗，就完全呈現他性格上的弱點；例如他過度敏感，把對方可能毫無意義的動作做過分的詮釋。更嚴重的是他矛盾的性格，他非常想戀愛結婚，當然非常害怕失

⑧ 這一點夏志清在「夏濟安選集」跋中也說道：

> 濟安不常寫中文文章，主要原因是他對英文寫作興趣大，希望能寫部英文長篇，博取國際地位，同時他覺得寫中文出名太容易了，即是博個「文壇盟主」的地位，也是不太費力的事。
>
> （二二四頁）

可見他的抱負必然曾經在信中透露給他的胞弟。

⑨ 夏氏留下來的僅有幾篇創作，都與「愛情」無涉，似亦可做爲他對這方面陌生之旁證。

⑩ 見「聯合報」副刊一九七六年九月四—五日。

敗，但潛意識又「歡迎失敗」[11]，這種矛盾性格造成矛盾的行爲與想法在全書中實在非常多，例如他自認爲深深愛上女主角了，但又怕引起世人議論，結果是他理想的戀愛乃是同愛人逃到沒有人的地方去，「或則乾脆一同跳海而死」（二月十三日），又如有時他「對愛情前途大爲樂觀」，有時又悲觀莫名，上午還愛念大作，中午已決定不追求了。他心靈長期處在這種兩極的拉鋸戰中，卻沒有絲毫的追求行動。完全是一廂情願在閉門造車，築成空中樓閣，一旦實際接觸時，自然一敗塗地。在日記中他們唯一的一次正式接觸是四月二十五日，他約定星期六晚飯後把作文送給她。到了當天日記全文是：

> 寫了一天信，長達七千字以上。晚飯後去踐約，竟然就會吵架！我真該死！真想離開昆明了，可是聽了朋友的勸告，連夜送道歉信去。

他們「吵架」的內容並沒有寫出來，可以想見的是，雙方並無所謂的吵架，因爲師生關係猶在，而女孩對她實在還看不出有以對等的地位自居。則其所謂吵架，必然是夏氏言語超過了他們實際交情的限度，嚇壞了那女孩。他把這件事強化爲「吵架」「侮辱她」，想來只是他個人心理誇張了其悲劇性。

最能表現夏氏個性猶疑的是寫信這件事。他承認自己太害羞，而對方也害羞，「雙方不知如何表示起」，他終於決定要寫一封信（二月二十日），他差不多每天都在盤算著信的內容，但卻一直處在想把信寫得「十全十美，十分委婉，十分溫柔。」又一再考慮「決定把那封長信取消，改寫一通短簡去」，三月二十八日的寫不成、寄不出的狀況下，到了四月二十二日「我打了幾個月的腹稿的信，現在又得換一個寫法了。」一直到五月六日才發出他的第一封信，眞是令人驚異。

夏氏在處理人生其他事件，諸如讀書、教書、做學問，做人處事都能冷靜、理性而周圓的思考，唯獨面對他鍾情的女性，就手足無措。愛情是他生命的盲點，是以在愛情的思考上，他經常會有許多因猜疑而定下不確切的結論，產生一些歪曲的「哲理」，使他在這方面顯現出極端的不平衡。

「夏濟安日記」不僅呈現作者的性格，也可看出他的人格，夏氏的人格是光明、磊落而且一直努力向上的。這一點，做爲一個人，是相當不容易的。首先是他具有相當自省的功夫，例如他一再承認自己是個「神經病人」，便經常反省追溯其原因。他對自己的性格很有誠意去了解，例如五月二十九日記有：

> 回到公司裏賭梭哈，我負四五千元。牌運不好，等到我偶然拿到一副好牌，偏偏又給人家所蓋過。我這種人最不宜賭梭哈，可是我認為我應該練習，這對於我的處世有益

⑪ 見同上註，何氏云：更根本的原因，他似乎在潛意識中逃避「成功」，歡迎「失敗」。又云：這種自我壓抑已經越過了克己、自制與謙虛的美德，而形成一定程度的心理病癥，如他自己在日記中說的「我的神經病」。表現爲逃避、反復的猶豫、絕對貞潔主義、禁慾、羞澀、自戀、自憐與愛面子等。

處(1)我因為人老實，最不會偷鷄，事實上做人也有需要偷鷄處；(2)我常常太注意自己的牌，自己的牌一好，就不管人家的牌是否比我更好，貿然下注；自己的牌一壞，就隨手放棄；我應該更知己知彼一點，但是賭梭哈，又得輸錢，我在請客上花錢倒肯，賭博上輸掉無論多少，都不大捨得。

他是個不逃避去認識自己眞正面目的人，這是對自己的忠實。而他，也時常更進一步，想克己復禮，推己及人，三月三十日記云：

我對於一般人毫無興趣，一直沒有「濟世安民」之心。這是我自視太高的緣故。我做官或者還能做好官，那是因為我還肯負責，真的對於老百姓的福利，我其實並不關心。我現在亟應破除我執，做到愛人如己的地步——愛衆生，愛愚夫婦，愛壞人，愛一切 sinners（罪人）。

他一直努力維持自己的道德尺度，做一個完整的人，也因此他在戀愛上雖然慘遭滑鐵盧，卻不會像許多「神經病人」多半轉而頹廢墮落，反而，他努力把自己的精神力量用在教學讀書上，全基於他個人相當努力的修養。

也基於夏氏能推己及人，因此他在日記裏也表現了愛人與愛國的情操。例如面對他心愛的女神，當他想像若果自己沒有經濟能力使她婚後有「現代享受」的話，他「絕不結婚，甚至與R・E・絕交我都做得出……我寧願割愛，讓她嫁一個比我有錢的人。我只求她的幸福。」（六月十四日）在想像中如此，夏氏事實上是否能做到，我們可能還是持以保守的態度較好，但是他對一般朋友，的確有古道熱腸，二月二十八日記陳之驥去信給他，提起朋友「夢華」經濟困難，時夏氏剛領到三萬薪水，便立刻寄一萬元給朋友，他說：

> 雖然夢華自己沒有向我啓口。我見金錢常感討厭，因其權力太大，而我則絕不願為其奴隸也。近日因患相思病，更覺金錢不能帶來快樂，如果有人要，我只要能把簡單生活維持後，餘數都肯送人。

他也是個愛國者，二月二十一日記云：

> 除了想她之外，東北問題也很使我憂念，因此午覺不能入睡。連日少休息，精神不佳。
>
> 我的關心國事，倒是出於真心。我不在其位，尚且如此關心，一旦真的做了大官，豈不一天到晚要愁死了嗎？

五月二十四日則記云：

還是想念她。
可是我的愛還不及我對國家的關心。……

本書內談論國事的文字不及談他戀愛的十分之一，但是兩事並峙時，他仍然選擇愛國。後一則如果是節自公開發表的文章內，則讀者還會懷疑其矯情的成分，但在他私人的日記裏，則必然出自眞情。從整個日記裏，我們固然看見一位三十歲的成年人在愛情生活上的悲劇，但是我們也不難看出一位刻苦自修自勵，努力要發揮一己情操、貢獻一己緜薄之力的中國傳統書生的本色。而他的另一面，誠如也行所說也「反映了現代我國高級知識份子內在自我驅迫的悲劇，內在心靈對傳統束縛的掙扎，乃至一種生命的重負感」⓬。這是尋常人所不曾表達過，但卻長期眞實存在於許多知識分子身心的。

由於是原始日記，因此讀者必須接受原始日記的天然面貌，它不會有貫串全書較完整的結構——本書中的戀愛事件實際上已具備此條件——，它的組織不會嚴密，當然也缺乏小說的故事性，而本書的結尾也是「不了了之」，成爲天然的遺憾，但這些都是原始日記所許可的形式，因此絕不能以此來責求本書。

從「夏濟安日記」看，作者實具有創作的性情與才華，他的浪漫性格，尤其適合創作詩及散文，可惜他生前沒有留下足量的作品，實是相當的遺憾。蓋原始日記最大的功用乃是做爲傳統批評學派用來做爲作者傳記的重要參考資料⓭；即令視爲創作，它也常被列於作家其他創作品的附屬地位，是故，一位創作者，想以一本原始日記在文學史上佔一席之地是相當困難的。

（二）日記體散文

日記體散文，乃是借用日記的形式，以「日」爲敍述的章節，用日記體獨白的方式行筆。但大量刪芟原始日記中較無意義的雜事。日記體散文不但記錄作家的生活經驗，也記錄其心靈活動。作者不但對外在的人事物觀察仔細，感覺敏銳，且自省力強，對現實生活特具玩味力及表現力。

在創作心態上，日記體散文與眞實日記最大的差異，乃在前者是寫作時就準備公開發表的，而眞實日記卻絕不想公開，這種心態影響日記內容的差距極大。郁達夫是最早提倡日記體散文的人，他收在「閑書」中有五篇日記體散文⑭，分別名爲「梅雨日記」「秋霖日記」「多餘日記」「閩遊日記」及「濃春日記」，在命題上已是相當用心。在內容上，也稍稍與眞實日記之蕪雜有異，而且每篇日記都有與題目呼應的內容，例如「梅雨日記」，起於一九三五年六月二十四日，共收十七天的日記，每天所記諸事雖未必有關聯，但「梅雨」卻一直

⑫ 見「讀『夏濟安日記』」，「中國時報」人間副刊一九七四年十一月二十日。

⑬ 參見徐進夫譯「文學欣賞與批評」五頁。

⑭ 見「閑書」一八四頁起。

貫串全篇。其梅雨實不僅是雨天而已，竟至造成水災，例如六月二十六日記「雨聲不絕，頗爲鄉下農民憂，聞密陽已發大水，中午出去吃飯，衣服全淋濕了。」「一直到夜半回寓，雨尚未停。」六月二十九日記「終日雨」，三十日記「出去上吳山看大水，錢塘江兩岸，都成澤國了，可傷可痛。」七月二日也記去看大水，七月三日則「各地報水災之函電，已迭見，想今年浙省，又將變作凶年。」雨成爲本篇的主要主題，七月二日云「久雨之後，見太陽如見故人。」「梅雨日記」不僅僅記錄了浙省因久雨成災的事實，也表現久雨盼晴的人類心理，更重要的是，作者確然流露了他愛國愛民的情懷，全篇的第一日（六月二十四日）第一段就是個引子，作者看見農民本來憂旱災，現在又憂水災，作者僅在車中見田間男女農民勞作，便有深切的感慨：「農村覆滅，國脈也斷了，敵國外患，還不算在內；世界上的百姓，恐怕沒有一個比中國人更吃苦的。」這種關懷之意，通篇都有。作者若非關心民瘼，則他大可欣賞雨中特別的景緻，六月二十五日云「終夜大雨，臥小樓上，如在舟中」便是非常優美的情調，但作者並未把心情止於自己超然的處境，這是「梅雨日記」最可貴的地方。

做爲日記體散文，「梅雨日記」還記載了許多其他的事情，例如六月二十四日有讀書心得的記錄，這是我國傳統日記文學的主要內容，白話散文中它是很值得發展的題材。此外，郁達夫也記錄了一些生活瑣事，例如吃飯、打牌、睡覺之類原始日記的「材料」。

日記體散文更進一步的發展，則是極力刪芟缺乏意義的瑣事，建立中心主題，因此，它若除去日記的形式，實與小品文並無二致。這也是日記體散文家應該努力的目標。因此，目前雖然有許多公開心態寫作並發表的「日記散文」，但嚴格的說，仍然不是標準的日記體散文⑮。陳冠學「田園之秋」⑯則是較典型的日記體散文，它從九月一日起逐日記載田園中的生活，最末一篇止於十一月三十日，把整個秋天收攏於筆下，以「日」爲明確的分節單元，而內容又專注於「田園生活」及作者在生活中感發出來的哲學思想，足爲日記體文學形式上的典範。

另有一種極端排斥眞實日記的日記體散文，則有日記之實，而幾乎泯除日記的形式，胡品清「歐菲麗亞的日記」⑰。共收五則日記，其第一則第一段云：

> 日曜日，凌晨，風和日麗，高樹巔上不時有小鳥嚶嚶而鳴。
>
> 今日，西曆一九七四年四月之朔，開始得很愁慘，很悽厲，很陰森，濃濃的雲、低低的天幾乎把白晝做成黑夜的樣子，而且一夜之間凜冽的氣溫把春季變成了冬天。

第三則第一段云：

⑮ 例如顏元叔「離臺百日」雖然使用日記體，但與其說是日記體散文還不如說是公開的眞實日記恰當些。

⑯ 書共三冊，分爲初秋篇、仲秋篇、晚秋篇。

⑰ 見「歐菲麗亞的日記」一頁。

上引文最大的特色是，它把日記體僵滯的日期、天氣等記載，化入散文中。其次是，全篇日記的內容屬於純粹的心靈活動。沒有摻雜一點生活記實。這是日記體散文排斥眞實日記較極端的例子。

眞實日記原不是爲文學目標而創作，後人定要用散文的尺度來衡量它，自然會有許多方枘圓鑿之處。就文章而言，它定然缺乏剪裁。有濃厚的意識流傾向，有許多作者慣用的暗語。它的文學趣味，有待讀者去披砂揀金，。至於日記體散文，如果寫作力求符合日記的眞實性，則趨近眞實日記，不但具有眞實日記先天的缺陷，且又不及眞實日記之眞誠。但若日記體散文過於排斥眞實日記的形式，則又脫離日記此一文類，變成小品散文，又無法凸顯日記文學的特色。是以日記散文與後敍的書信文學是散文類型中發展上限度較狹窄的兩種。

第二節　書信

書信體裁在我國可以遠溯至尙書。姚鼐「古文辭類纂」序目云：

> 書說類者，昔周公之告召公，有君奭之篇，春秋之世，列國士大夫，或面相告語，或為書相遺，其義一也。（五頁）

春秋戰國期間，名作已多，漢魏以降，作者尤夥，後人纂輯名人尺牘之類的選集也非常多。在中國文學中，它實是一個相當重要的應用文類。

劉勰「文心雕龍」書記篇中記：「書者，舒也。舒布其言，陳之簡牘。取象於夬，貴在明決而已。」（卷五，四一頁）已解釋出書信體的本質。書信與日記都是散文類型中體製最單純的，兩者都與作者有密切的關係。日記可以說是作者的「獨白」，書信則是寫給第二個人看的，可以說是「告白」，其對象一個是自己，一個是作者的親友。因此它們都是極具親和力的文類。

在現代散文的書信範疇中，自然捨棄純應用的書信文字。具有文學價值的書信，不僅僅在於傳達意旨，且傳達感情、思想。要讓讀者感動省思，書信散文必須保持書信的形式、風格。書信面對一位特別對象說話，則眞摯誠懇，質樸自然是它必然的風格。而書信除了談論事理，又多會牽涉到情感，在表情達意上，也必然要能深厚雋永。至於書信的文字，跟日記一樣，必須是親切的、溫馨的，娓語體性質的語言最爲恰當。

書信在文學上受到重視後，還有一些文人，借用書信的體式，強化書信的旨意，美化書信的形式，講究修辭技巧與章法結構。因此，除了原始書信，又有書信體文學。

(一) 原始性書信

所謂原始書信，乃是眞正的書信，只不過因它具有文學的素質，而被列入文學的作品。此又分爲兩種。一種是作者寫信時，除了受信人，完全沒有公開的意思，也沒想到日後會被披露出版，這是最原始的書信。另一種是，作者寫作書信當時，已自覺到將來會公開，或者寫作對象雖然是私人，但卻同時公開發表。

最原始的書信，常常是距離寫信時間相當長久之後，寫信或受信的人當中有一人大有文名，於是其片言隻字都視爲瑰寶，書信自然是重要的一個部門。這樣的書信集，有的由作者自己編定，有的由後人收集編印。例如周樹人、許廣平的「兩地書」就是周氏生前自己編好給出版社印的❶，徐志摩與陸小曼的「愛眉小札」則是陸小曼在徐志摩四十誕辰時編印的❷，這是當事人自願公諸於世。還有一種是當事人去世，其親朋友好爲紀念他而廣爲搜羅，把他生前書信出版，例如楊喚的書簡，由歸人編輯而成❸；朱湘去世後，他的朋友爲他編印了「海外寄霓君」及「朱湘書信集」❹；林肅意編「郁達夫情書」❺等等都是較著名的例子。

原始書信，都具有書信體的基本格式，有上款稱謂，問候語、正文、結尾、信末祝頌詞、下款署名及日期等。其最重要的部分僅在「正文」。在書信中，正文的內容也是無所不包的，小品文中所有的內涵都可以被書簡所吸收。本篇以朱湘「海外寄霓君」爲抽樣，論述原始書信的意義。

霓君是朱湘的妻子，一九二七年八月朱氏至美國留學，三十年春回國，「海外寄霓君」便是他在美期間寫給妻子的信。由於受信人霓君的教育程度、思想、觀念與朱湘都有極大的差距，因此書信的內容並不涉及較高層次的思想學問等，僅止於夫妻間的感情與溝通，因此，是典型的家書及情書。家書是給自己親人看的，尤其對象是一個普通的妻子，作者當然

❶ 該書編印於一九三三年，北新出版社。

❷ 按，「愛眉小札」所收包括徐、陸二人合寫的日記及徐氏在一九二五年寫給陸氏的信，合編而成，一九三五年，上海良友圖書公司出版。今收入「徐志摩全集」第四輯中。

❸ 「楊喚詩簡集」，收楊喚詩及書簡，原普天出版社於一九六九年印行，一九八五年收入洪範書店「楊喚全集」第二冊中。

❹ 「海外寄霓君」一九三四年北新書局出版，一九七七年洪範書店重印。「朱湘書信集」，一九三六年大公報社出版。

❺ 該書爲郁氏給王映霞的情書，一九八三年遠景出版公司出版。

絕不曾想在辭藻上刻意求華美、在表意上求曲折；甚且，朱湘之妻讀書既不多，又患有小女人的疑心病，是以朱湘在文字上特別講究明白、曉暢、顯豁。其次，這一對夫妻感情很深，迢迢千里隔絕，思念之情溢於言表，也是典型的情書。

本書在書信上所顯現的特色有幾點：

作者寫信態度眞誠，絕非一般敷衍性的應酬信件。朱湘留學期間，沒有任何娛樂，唯一的精神寄託便在寫信給妻子，以及讀妻子的信件。他把每一封信都編號，登記收信發信的日期，其愼重可想而知。

本書共收朱湘一個人的家書九十封，每封對象都是霓君，其上下款人物雖然不變，但是用語卻時常變化，例如上款常是「霓妹，我的愛妻」「霓君，我的愛妻」「我愛的霓妹」「霓君，我親愛的」等是最通常的，有時竟至是「霓妹呀！」（十三封）、「妹妹，最親愛的妹妹」（二十封），而下款通常是「沅」「你愛的沅」，有時則是「就是霓妹妹一個人的，沅」「永遠是你的恩愛丈夫，沅」，甚至有時爲「沅達達」「霓妹妹一個人的達達丈夫，沅」「你的蘇武沅」等等，隨信中的心情變化而有各種不同親暱的稱呼。第三十三封信，上款稱「親妹愛妹」，信中則一再直呼「妹妹」或「妹妹，妹妹」全信竟達十六次之多。有這種上下款，其信中用語都相當露骨就不會令人意外了。例如他時常一再強調一天比一天「更加愛你，更加敬你」，用「我親滴滴的愛人呀」等詞句，彷彿不如此強調，他的妻子便沒有安全感。至於朱湘自己，也想妻子想得厲害。時常想得哭了起來，或見妻子的信而落淚，或夢中與妻子相會等等，總之，他的感情是不做絲毫保留的。

在文字上，本書也完全是眞實書信的原始風貌，它絮絮叨叨，把一件事情再三解釋，不嫌辭費，他靈感來了想起「自伯之東，首如飛蓬；豈無膏沐，誰適爲容？」怕妻子看不懂，又仔細用更口語的文字細細解釋一遍。他討論妻子居住的問題，在第六封信中花了將近一千字的篇幅重三倒四的只講一個重點，可以寄居親戚家，但必須對方收受房租飯錢，否則就眞是寄人籬下了。他幾乎每封信都一再叮嚀妻子多吃營養食品，勸解她不要疑心，不要太吃苦等等，每封信的內容都大同小異在重複這些話，顯然他的妻子也是相當嘮叨的，因此使得丈夫必須在信中一再的做許多保證承諾。

原始書信另一特色是，信中有許多雙方心領神會的知心話，此所謂「心領神會」，往往透過只有雙方才能解讀的特殊「暗號」「密碼」來互通款曲。有些是甜蜜的，作者似乎只要稍稍點逗一二，對方便能心領神會。有些是雙方談論家事，互相都了解背景，但讀者不清楚，又欠缺雙方的信件互相參酌，因此有些「事件」他們在信中處理的過程卻使讀者如在霧中。例如二十二封信，霓君寫了一個笑話給丈夫看，笑話內容讀者沒見到，只看見丈夫的回應說：「你聽到的那個笑話很有趣。那個父親太荒唐了，寫『忙』字寫少了一個半邊『心』字，寫成了個『亡』字，這人眞是忙得心都掉落了……」讀者實在感覺不出那笑話有何趣味。

原始書信還有一大特色是意到筆隨，漫無章法，例如四十封信他向妻子介紹美國希奇古怪之事時說，美國人正把中國人六十年前穿的老古董衣服式樣當成睡衣，且大爲流行，接著：

這是我在報上看見廣告，可見十分時行。說著廣告，我又想起了來。他們美國廣告，越來越離奇。比如賣太太們汗衫的廣告，就畫一個女人，光了身子，只穿著一件汗衫。妹妹，我已經十二天不曾接到你的信了，我不放心得很……（七十九頁）

從外國睡衣跳到廣告，由廣告聯想到汗衫，尙有文理可尋，但從汗衫跳接到妻子久未來信，就實在沒有脈絡可說了。

眞實書信的格式如此，至其內容呢，則是天南地北之瑣屑，無所不包，這不僅是朱湘書信如此，周樹人「兩地書」序言中說：

……這一本書，在我們自己，一時是有意思的，但對於別人，卻並不如此。其中旣沒有死呀活呀的熱情，也沒有花呀月呀的佳句；文辭呢，我們都未曾研究過「尺牘精華」或「書信作法」，只是信筆寫來，大背文律，法該進「文章病院」的居多。所講的又不外乎學校風潮，本身情況，飯菜好壞，天氣陰晴。……（七頁）

由此可知，眞實書信，尤其寫給較親近的人，只是信筆揮灑，對材料不加選擇。因此，不僅一束信箋難以找出較統一的主題，連一封信裏，也時常缺乏重點。內容瑣屑，無所不包，該是眞實書簡的常例。「海外寄霓君」所籠罩的內容正是家庭瑣事，身邊記實，且有些事幾乎是每信必談，談而又無結論的，例如朱湘想在照相館照一張留學相片，霓君尤其盼望他的照片，在第二封信裏就決定「無論如何，在美國總要照一次作紀念的」。但是在美國照一組六張六寸的要二十塊美金，朱湘一直省不出這筆款子，終於決定三個月後照（九封），大概因此霓君覆信便催他，他回說「要我寄相片，我何嘗不想寄呢？但是如今那有錢照相？」（十封）後來湊巧遇見一位打折的照相師只要六塊美金，朱湘很高興，跟妻說等天涼就去照（三十三封），「準下禮拜上街照相去」（三十四封），似乎大事已定，不料三十八封信中說本想上街配眼鏡（才好去照相），但因衣衫破舊所以先買了襯衫等物，花了十幾塊，「如今是照相也照不了，配眼鏡也配不了」，只好請妻子再等等。三十九封信中，他告訴妻子，在美國理髮很貴，別人每週一次，他總是半月一次，外加洗頭費，頗感辛苦，乾脆剪個陸軍頭，自己洗，省錢省事又省髮油費。後來因爲頭髮太短，要等留長了才能去照相（四十六封），他雖然一再解釋得一清二楚，可是似乎妻子仍在催他，「照相一事我久已放在心中」（四十七封），直到第五十八封信仍未照，因爲「並非別故，實在因爲我這一直沒有一件合適的襯衫同一條合適的軟領。」照相要六塊美金起價，去年他已買了一張一塊美金的廉價票，但一直找不出那剩下的五塊錢來。但這許多眞實的理由似乎得不到霓君的諒解，因此在六十四封信中頗爲憤懣：「我照相是不喜歡照相，並且錢一時也難籌……我相貌並沒有什麼好，我所以不願意照相。所以從前在北京，不是你覇蠻要去，我是再也不肯照相的……唉，好罷，好罷，不管怎樣，我這個月去照一張相好了……」六十七封信上說「照相太花錢，等陽曆年底半價時候再照罷。」七十封說「我照相事也說不定一個月之內可能照成」，到七十一、七十二封信時，還是同學用照相機替他拍了生活照。直到全書最後一封信，都不見他提去照相館照相之事，可見此事終成畫餅。像照相之類的事件，在他們來往的信件中，長期討論爭議不休的還有好多件，例如霓君一心想進學堂，朱湘始而贊成，後又大力反對，最後又妥協。再如爲小女兒雇奶媽之事，朱湘再三叮嚀，但妻子似乎都不肯，她顯然有重男輕女的觀念，所以不想爲女兒雇奶媽，這使得朱湘花費不少筆墨灌輸妻子男女平等的觀念。

眞實書信在文學上的價值當然不是因作者留下上述瑣屑的家庭事件。眞實書信在文學上具有價值，必須作者本身是文學家，他具有創作的能力，是以雖然只是抒寫家書，但在驅遣文字中，已自然流露了文學的素質。其次，眞實書信可以做爲作者傳記資料的一部分。對於進一步理解作者的個性、情感、抱負，都是最直接的資料。

從傳記資料的角度來看本書，這九十封單向的書信，透露許多作者重要的訊息。朱湘二十三歲出國留學，當時已育有一子一女，完全靠他留學的公費來養家，是他生活最大的壓力。他幾乎每封信都跟妻子談到錢，一再承諾要按時寄錢回家，但有時還是會有拖延，因爲偶而總有一些不時之需，例如買襯衫、皮帶之類。他很想買一部打字機（四封），但似乎一直沒有如願。他的用度極省，從不出門，因爲坐車要錢，從不看電影，唯一的休閒就是散步，唯一的娛樂就是看家書，唯一的工作就是讀書，其次是自己做飯。他的生活簡單到只維持「活著」的標準而已，例如十九封信中提及隔壁可作飯的房間出了一個缺，他想搬過去可以再省出一點錢來，但「（那間）睡房中多少有點臭蟲，不過我現在這間房裏有時有臭蟲，只要他們房中臭蟲不太多，我等幾天就搬去和那張先生同住。」可見朱湘是多麼屈就現實。九十封信中，幾乎每封都談到錢，並不是他愛錢，而是他太窮，被窮所折磨，所追逐，終於放棄他想拿的碩士、博士。一九三〇年回到中國，在最後幾封信中，他一直寄厚望在武漢大學能謀得教職，從趙景深「朱湘」❻一文知他回來是到安慶安徽大學任外文系主任之職。但安大時常欠薪，他在這裏又生了一個孩子，不到一歲，因爲沒有奶吃，哭了七天七夜，活活餓死。他在安大才兩年，因校方把他的「英文文學系」擅自改名「英文學系」，他竟憤而辭職，從此失業，一年半後，終於投江自殺。從他的書信，我們知道他可以承受貧窮的百般折磨，但是，他的自尊心卻不能受到挫折。貧窮只是長期的導火線，傲骨才是他的致命傷。

從朱湘書信中看他的性格，比從他的詩文要來得清楚❼。他在「我的童年」中不願記錄生活情形，因爲「至於我的一般的生活，那只是一個失敗，一個笑話。」結語只是「我眞是一個畸零的人，既不曾作成一個書獃子，又不能作爲一個懂世故的人」❽。只有在書信中，我們可以看見他的性格如何走向悲劇。他好強自負，孤傲不羣。雖然窮極，卻不願意妻子寄

❻見收於「朱湘文選」附錄中（二一三頁）。

❼趙景深「朱湘」文中記敍朱湘死的那一年春天，朱湘衣衫襤褸，形容憔悴不堪，曾帶著輪船上的茶房，因爲沒錢付船票，乃乞助於趙氏，並說：「這一次所受的侮辱，可謂至矣盡矣，我簡直不好意思寫成文章。」趙氏並說這一段經過後來很隱約的寫了一篇「徒步旅行者」等，今「朱湘文選」中所收「徒」（三七頁）文接近雜文，完全脫去作者的影子，可見朱湘在散文中不輕易流露自己的寒酸。

❽見「朱湘文選」八八頁。按，文中自言是一個「三十開外的人」，可見本文寫於朱氏逝世那一年左右，是對他自己生活的一個總評。

人籬下，堅持要付食宿費用。他出洋留學，一心想掙個碩士博士學位，甚至想念最好的哈佛大學。他在信中一再安慰妻子，「決不半路回家」（二十一封），「考個博士回去，教你面上光榮」（二十七封），他極愛讀書，在第二封信中就極滿意芝加哥大學的圖書館，「我要看的這種書大半都有，你想我是多麼快活」。他對物質生活所求只是最低限度，但竟不能在哥大修完學士，連換兩個學校，仍未得學士學位⑨。這原因有二，一是他的夫人不十分支持他久滯國外，使他歸心似箭；一是他經常與「教習」「有仇」。這是緣於他的個性極自負，他的人格不容外人汚辱，他的國家也一樣。他是一位極端愛國的文人，在三十七封信中他與妻子大談「我生也是中國人，死也是中國人」，要妻子用國貨。他在班上成績非常好，很出風頭（四十五封），非常高興，「因爲這是替我們中國占面子的事情」，他的文章在班上被教授拿來宣讀，也引以爲榮。無非都是爲國爭光的想法。反之，若有教授對中國語帶譏刺，立刻就會使他與教習「結仇」，乃至憤而退選、退學。他以他文人的方式來愛國，其情可感，卻不免以卵擊石了。

對自己的才學，朱湘是相當自負的。當妻子以自己無學問而自卑，怕不能匹配丈夫時，他說：

> 我對你只要愛情，不要別的。那斑白鬍鬚的老先生學問最好，我假如要學問，我去找那些老頭子好了。我自己也有學問，很夠用了，我為什麼還要學問呢？我只要愛情！（十六封）

在三十三封信中，他已放棄念博士，說：「老實一句話，博士什麼人多考得，像我這詩卻很少人能作出來。」第六十七封信中說：「我作詩是爲中國作事」。作爲詩人，他的才華抱負、胸襟情操是絕對可觀的，他也應該自負。可惜性格耿直，他也屢次說自己「吃虧在眼睛太高，對人太不客氣」，因此在中國「結的讎人太多」。趙景深說的好，他是一個性情孤高的詩人，一個純粹的詩人，「生無媚骨」，自不容於斯世。

從情書的角度來看「海外寄霓君」，無疑的，它實有其珍貴可喜的一面。夫妻之間情深義重。愛情是他們倆生存下去唯一的精神力量，他不停的在信中描繪將來會面時的藍圖，生活的美景。那美景，也不過是夫妻子女團圓，布衣粗食⑩，但是他「要做個一百分好的丈夫，要做個一百分好的父親」（七封），他的信中一再用直接露骨、熱情無比的語言來表達對妻子的思念、對她的忠貞。她妻子的回信，我們雖然看不見，但從朱湘的信中，總可以揣摩出一二。她也非常愛他，似乎更承受不了分離之苦，她一定不停的有這種表示，使朱湘由博士而碩士而學士，一個個理想逐漸放棄，終於隻身回國投奔他的愛妻。他原冀望的武漢大

⑨ 見「文學閒談」柳無忌序，五頁。按，朱湘給妻子的信中，開始時對爭取學位非常熱心，且想念哈佛（五十七封），但不久就因顧及念哈佛生活費高而不能寄錢回家，終於放棄此念（六十一封）。

⑩ 第十九封信朱湘對未來所畫的藍圖是：「日裏我出去教書，或是在家作文，吃早飯是拏醃的白菜、蘿蔔、豇豆扁豆（還有幾個紅辣椒）下飯，中飯是拏豆腐，紅燒肉丸作菜。你在家裏主持家務，那時小沅小東都大了，我們夫妻兩個教他們書，偷到了空工夫，我就坐在你身旁，挨在一起，你的熱氣飄到我身上來，我的熱氣飄到你身上去……」又第六十四封也有類似的文字。

學落了空，但卻在安徽大學落了腳，後來又爲了系名更改憤而辭職，這固是朱湘文人脾性造成的過失，使他在死前一年半都處於失業狀態。顯然，他在美國時所寫的九十封情書，所開出來的支票並未兌現。這時他的妻子必然並沒有站在他一邊，跟他一同支撐這個難關，甚至還可能給他一些壓力，終於使他走投無路。

從朱湘的情書不難看出，他是個充滿浪漫情懷的文人，在最寂寞的時候，想像著愛情的慰藉，把過去與未來都美化了。他常常掉進過去兩人旖旎的回憶中，不能自拔，也落入未來想像的繾綣裏，給他奮鬥的無比力量。實際上，他們初婚時兩人關係就「不甚完善，有時要鬧氣」⓫。這在朱湘書信中並不難尋出蛛絲馬跡。霓君自卑心、懷疑心都很重，前者朱湘一再諄諄教誨，使她體認自己在家庭中寶貴的地位。疑心症則很難醫治，她一再懷疑丈夫與某小姐或女房東有染，或以爲他將來會納妾等等，把朱湘弄得又急又氣不得不賭咒發誓。第六十三封信中，朱湘爲妻子的懷疑正大不高興時，恰好也是他「又退出學校」的時候，內外夾攻，其心情惡劣是可想而知的。第五十八封信前後他們顯然吵了架。朱湘說出相當重的話：「或者是前世寃家，你今生註定了要同我扯皮的。」「自從還不曾結婚以前你就疑心我是惡人，所以從此以後，每逢有了什麼意外事情，你不先問淸楚根由，就一籠統往我身上一推。這教我怎麼不傷心！」朱湘很少這麼抱怨妻子不夠體諒。顯然二人老早就有隔閡，只是離別後朱湘一廂情願的想像其美好罷了。七十三封信，他還向妻子請求「我們以後永遠不要再吵架了罷。」朱湘自然是個無可救藥的浪漫而又率性的文人，那妻子霓君，則是個落實的小女人，而且個性倔強，有許多事，例如搬家、僱奶媽、湘繡、寄枕頭等都花了朱湘好久力氣都未必能說服她。尤其是朱湘出國前，爲了經濟拮据，曾經請求妻子回武寧寄居（五十八封），顯然霓君沒有答應，後來朱湘想念哈佛，又提此議，但最後朱湘再放棄此想，可見是妻子一直不願意。他們之間固然有愛情，但只有感情是不夠的，缺乏眞正的了解，就沒有默契，就容易齟齬。朱湘在美國受到洋人的歧視，物質生活極惡劣，但他仍然有希望，盼望著回國與親人團聚，因此再大的壓力也撐過來了。但是回國之後，他沒有能力給妻兒更好的安頓，「家庭失和」⓬乃是必然。朱湘曾經在詩人「（劉）夢葦之死」文中說：「咳，薄命的詩人！你對生有何可戀呢？牠不曾給你名，牠不曾給你愛，牠不曾給你任何什麼！」⓭那正像是寫給自己的讖語罷！

朱湘的書信中，所透露出來個人的訊息是那麼多，這是絕對無法在他的詩文中所能找到的。做爲作家傳記資料而言，此實是最直接的上好資料。

「海外寄霓君」寫作時，朱湘一再強調兩人信件切不可讓旁人看去，他一生都不曾想到信件會公開於世人。因此，做爲眞實書信，它自然是典型作品。然而從文學的角度來看，由於朱氏才華洋溢，信筆揮灑，已然金玉滿目，何況朱氏寫信當時，懷抱的虔誠之意並不亞於創作詩文。因此，本書中有著文學作品最重要的素質：眞誠，它流露出來的感情極爲動人心

⓫ 見柳無忌「我所認識的子沅」，「朱湘文選」二二八頁。

⓬ 見同上註二三四頁。

⓭ 見「夢葦的死」，「朱湘文選」三二頁。

弦。詩人面對妻子，開緘論心，絮絮娓語，實際上最接近西洋的娓語體小品文。朱湘對妻子作書所用的語言雖然通體比較直接露骨，但也常有不少含蓄婉轉之處，例如第四十七封，他回憶夫婦私處時，妻子的「手忙腳亂」使丈夫更增加一分「吃心」，意思不但婉曲，文句也有創意。在丈夫的回憶裏，他們夫妻間諸如此類極富情趣的段落相當多，都是雋永可讀的小品文⑭。

公開的書信，寫作的對象仍是以個人為主。私人傳遞消息、感情、思想，原沒有公開的必要，其所以願意公開，必然基於「公開」有它積極的意義。例如寫信與受信人之間交情惡化，出諸信件，表諸於世，以求公道。反之，兩人感情綢繆，作者深覺得天獨厚，願意把這份私人的快樂公諸於世，讓大家分享。公開的書信，一般而言，款式較工整，有時省略上下款。內容較單純，圍繞著一個主題。例如羅門「記憶的快鏡頭」⑮是一封給妻子（蓉子）的信，在他們結婚二十五週年，共同度過四分之一個世紀時，丈夫回溯二十五年來的相處，他用「快鏡頭」掃瞄逝去的記憶，得到的結論是「永難忘懷的憶念與生命的回音」。在第一段，丈夫就已經把信的結論先說出來，結褵二十五年，他是滿足而欣慰的。因此，這也是一封情書。由於作者刪去了上下款，且除了「前言」之外，又分為七段，是故，它除了內容上針對妻子，且是單獨的訴說方式外，與一般告白式抒情小品並無不同。

第一段是回憶他們的相遇，引發他的追求，第二段愛的箭已射進她「青鳥」的心房，第三段已進入婚禮，第四段蜜月旅行，第五段記婚後，第六記夫妻相處，全在妻子的忍讓遷就，維繫了生活的美滿，使丈夫內疚，第七段是對妻子的感念。做為一封情書，在內容上本文並無高山深海特別驚人心目之處。但是，作者確然把它處理得非常文學化，行文走筆，詩意盎然。例如他們初識時，蓉子早已是以「青鳥集」聞名的女詩人了。而丈夫認爲她那時也像一隻年輕美麗的「青鳥」，「飛在邱比特四面射來的追箭下」，他能搶灘成功，是因爲他用了比限時信更快的快信，自己當郵差，密集投射，信中都是「海浪般波湧向妳的眞摯的話」。全文都是類似這樣文學性的語言。除此之外，本篇又充滿許多雅趣，例如他們選擇四十四年四月十四日星期四下午四時舉行婚禮。他們沒有鑽石戒指，只能「送給妳日月相親的目光」，因此蜜月旅途便朝向日月潭走，後來合出英文版詩集也命名爲「日月集」。這些，顯然都是生活上的雅趣自然反映在文字上的。

在第六段，作者有較落實的文字敍述二十五年相處之融洽，全賴妻子長期的溫和、忍讓與接納，丈夫在反省中，在愧疚中，發現妻子的完美是無懈可擊的。這一段告白，敍寫眞實而誠懇，全無造作痕跡，所以能令受信人，包括讀者欣然接受。

全篇雖爲書信，但結構卻是相當完密的，全文開始說：「相處了二十五年，我該向妳說些什麼？」經過以下數段的回憶與反省，結尾一段開頭又說：「我該向妳說些什麼？」作者用一首詩「春日之歌」悠然收束，非常輕盈可愛。如果眞落實說了些什麼——那些話已在第

⑭ 楊牧在「留學生朱湘」（「海外寄霓君」序）中特別指出第十一封信中朱湘把「紅胸」鳥改名爲「抱紅鳥」的遐想，認爲他「信筆抒寫的情書，轉折間竟被他寫成一首深具玄學派神髓的詩」了，因而「不得不讚嘆他的詩才」。

⑮ 本文原刊「中華日報」，後收入「紫色小札」七〇頁。

六段中說過了——反而使全文清雅的風格破壞無遺。這樣的書信，實際上就是優美的散文小品。

楊牧有一系列「給青年詩人的信」是典型的私人書簡而公開發表者。「給青年詩人的信」大體上雙方都無深識，所以便絕沒有師生、朋友等閒話家常，論交談情等文字。作者純粹從年輕詩人的詩作中，發掘論題，每篇的主題都不同，但必然與詩的創作原理或詩的理論有關。這樣的內容，具有普遍性，因此適合公開發表。試以第二篇「記憶」[16]爲抽樣來看。

「記憶」跟他一系列「給青年詩人的信」一樣都是「回信」，體例完全一樣，它省去上下款，信中也不明白點示出受信人是誰，看起來似乎是一封非特定對象的書簡，其實不然。每篇都有蛛絲馬跡可追尋出它的受信人。「記憶」的受信人是一九六二年生的年輕女詩人曾淑美。文中有幾處可以證明，楊牧引對方來信中文字有「我現在二十一歲，唸哲學系。」「家住在草屯鎭附近……」正符合曾氏的年齡、輔大哲學系、南投縣草屯鎭人等背景。最重要的是，「記憶」中引了受信人的一截詩：「當我思索何種姿勢最適生存／一隻白鳥／一隻白鳥來自遙遠的青天而停落我掌中／以陽光之翅展示／美麗」，此段摘自曾淑美早期詩作「生之三帖」[17]中的第二帖，足可確定受信人的身份。

「記憶」的主題源自曾淑美給楊牧的信中說：「小時候我們常帶著削鉛筆的小刀，到泉水旁邊割回大束的野薑花。」曾氏是個不會丟棄記憶的人，這是詩人創作的原動力，她才能夠成爲一位詩人。楊牧從這個觸發點來跟女詩人談記憶對創作的重要性，它「是充滿力量，充滿了使詩發生，形成，擴大，感動，並且變成普遍甚至永恆的力量。」記憶一旦由詩人的巧手幻成文字「詩」，便可以不朽，不會隨著「記憶」而流逝。「生之三帖」正是楊牧所認爲「對往事的回想，把握，和詮釋」的作品，他不但激賞且愛惜，其鼓勵之意是相當明顯的。

其次是，楊牧把曾淑美信中的兩句話，稍爲刪芟重新排列，變成「兩行充滿 nostalgia 的詩」，則是作者直接指導年輕詩人如何把記憶的動力，從容不迫的轉化爲詩的語言。全篇就「指導」的立場而言，楊牧對曾氏所提供詩的批評太少，就書信對談立場而言，稍爲欠缺。

「記憶」一文，實際上是在論說，由於作者用飽含抒情的筆調，又具有對談的誠懇，使這篇以議論爲內涵的書信，具有相當的文學素質。例如它的結尾便寫得十分優美：

> ……我們認識純粹的記憶是隨時提示著詩，因為它來自完美的過去，遂堅決地為現代撐起一把希望的巨傘，擋開一些風雨，嗤笑，橫逆，讓我們貫通未知的命運以展望未來。
>
> 你的信就這樣使我感到喜悅，堅強。

它是純粹的散文語言。在結構上，上引文也使全篇的主題：記憶對詩的功效，做一個收束。

---

⑯ 文見「聯合文學」第四期一六〇頁。

⑰ 原詩發表於「草原」詩刊第二卷第二期，一九八五年七月三十一日。

同時，又照顧到書信體的結尾。

(二) 書信體散文

散文的所有文類中，書信是最能拉近作者與寫作對象之間的距離，而更有效地傳遞思想、感情。基於此，作家乃有藉書信的型製來創作散文，是爲書信體文學。這種散文又可分爲兩種，一種是有特定對象的，一種是非特定對象的。

書信本來就是具有特定對象的文字。是故，眞實書信毋庸考慮到有非特定的情形。文學作品彈性極高，是以能從既定的模式中逸出新的格局。

特定對象的書信，寫信者直接把訊息投射給受信人，讀者站在旁觀的角度，既觀察了寫信者，又觀察了受信人，以及授、受之間的微妙關係。但是，非特定對象的書信則不然。讀者經常成爲感覺上的受信人，書信的訊息會直接投射到讀者身上。

特定對象的文學書簡，其對象如果是眞實存在的人物，則仍然歸入原始書信中。在書信體文學中，特定對象往往缺乏眞實存在的受信人，例如朱自清「給亡婦」、歐陽子「一封無法投遞的信」、莊因「焚寄父親」⓲等，其受信人都已經去世，他當然無法收到訊息。然而作者所努力的，乃是表現與去世者生前死後的關係，讀者居於旁觀立場。這種悼亡之作，最接近家常生活，因此文學性時常相對降低，上舉三文都有「祭猶在」的心態，把信寫得太落實了，固然眞誠飽滿，但欠缺含蓄婉轉，尤其大小諸事並呈，枝蔓蕪雜，實需大加刪芟。

還有一種是寄給非人類的，例如寄給秋天，寄給嫦娥，寄給童年等等所在多有。許達然「春與我」⑲第一帖對象便是春天。寄給「春天」，首先自然要把「春天」擬人化，她像人一樣，招搖的來，又飄然的走，她使人精神又叫人喪氣。她撩撥著人的心，因爲人那麼喜歡她。種種對春天複雜的心情，都是因「春天」像人一樣複雜。作者對她直接的傾訴，比對讀者絮語更有眞實感。

非特定對象的書信文學，受信對象不是某一個人，但也不是所有的人，乃泛指某一部分人，閱讀它的人，往往就遞位爲受信人，書信體中寫信、受信及讀者的三角關係中，受信人與讀者合一，變成直線的對等關係。例如冰心「寄小讀者」⑳，其受信者自然不是某一個小孩，但也不是一般的兒童，雖然當初發表於兒童刊物，但那些通訊並不是兒童讀物，作者所談論的事物，表現的哲理雖然家常淺顯，但仍非一般兒童所能理解，最主要是它的表達方式不論面對兒童或家人，都是一個模式，實際上只是假借書信體的格式來作文罷了。再如朱光潛「給青年的十二封信」㉑其寫作對象自然是青年。當讀者閱讀時，自然由讀者而易位爲受

⑱ 以上三文分別見「朱自清集」「你我」二七五頁、「歐陽子自選集」九頁、「山路風來草木香」一九九頁。

⑲ 見「感人的信」二二九頁。

⑳ 該書原一九二七年上海北新書局出版，今坊間多翻印本。按，「寄小讀者」收通訊二十九則，內含家書數則。

㉑ 該書原爲一九三一年開明書店出版。今坊間翻印本亦多，本文採自朱氏「我與文學」書一三一頁。

信人，在那兒聆聽教誨呢。該書每封信的上款爲「朋友」，下款爲「你的朋友」。寫作內容則以青年們所應關心或應該關心的事爲主，此書出版後，曾風行一時。十年後，（一九四一年）作者受邀再度寫了二十幾篇談修養做人的文章，以「談修養」㉒爲書名，行文口氣，表達方式與「十二封信」無何差異，唯去掉上下款，但其第一篇「一番語重心長的話」的子題爲「給現代中國青年」。作者自序也說：

……我生來口齒鈍，可談的朋友又不常在身邊，情感和思想需要發洩，於是就請讀者做想像的朋友，和他作筆談。

足見其體例仍沿襲「十二封信」。不論是冰心的「寄小讀者」或朱光潛「給青年十二封信」「談修養」，它們不論具不具書信款式，都屬於書信體散文。因爲它表達方式是面對著想像中的收信人而傾訴，這種表達方式拉近了作者與讀者之間的距離，冰心與朱光潛寫作態度又眞誠，冰心以感情眞摯，文筆清麗取勝，朱氏則談微言中，切合青年需要，是以能長久以來廣受讀者歡迎。如果抽除其中書信的特質，則「寄小讀者」屬於情趣小品，朱光潛的作品則是哲理與雜文的範疇了。

㉒ 該書原一九四六年中周出版社出版，本文採大漢出版社翻印本。

第三節　序　跋

序跋在中國起源極早，姚鼐在「古文辭類纂」序目中說：

序跋類者，昔前聖作易，孔子為作繫辭、說卦、文言、序卦、雜卦之傳，以推論本原，廣大其義。詩、書皆有序，而禮儀篇後有記，皆儒者所為。其餘諸子，或自序其意，或弟子作之。莊子天下篇、荀子末篇皆是也。（二頁）

序跋之源起，乃是古人讀前人著作，抉其精義，列於卷首或卷後，稱之爲序爲跋。後來漸有在自己著作前後，「自序其意」者。在現代文學中的序跋，是爲了介紹特定著作而放置在書前或書後的特殊散文類型，書首稱序，書末稱跋。它所描述的對象都環繞著作以及作者爲核心的各種問題，或以上二者與撰寫序跋人的關係上，含有濃厚的應用性質，此點與日記、書信極爲類似。序跋的上品，其文學價值與功能可與小品等量齊觀。序跋另一重大的特色在於其後設性質，序跋作者涉及原書的討論時，多少會和文學理論以及實際批評發生關係。

林紓曾討論過序跋之異，不但在於形式，其內涵則是「序貴精實，跋貴嚴潔」❶，在現代文學中出現的序跋，已打破了古典序跋的嚴格界限。中國傳統的序跋體中，有純粹應用性的贈序、壽序、賀序等體例，這類序體純屬酬酢之用，並無文學價值；此外有詩序，詩序在現代詩中並不流行，如出現時常可視爲詩結構的一個部分❷，有若干詩作也附有詩人自撰的後記，其體例均十分精短，功能侷限在題解和說明的範圍，只能算是詩的註解❸，故本書中所謂序跋仍以詩文集之序跋爲討論重心。在傳統的觀點中，序跋貴在精簡峭拔。序跋體裁發展到晚明，已漸漸擺脫了純粹應用的性質而滲雜了更濃厚的文學趣味，不拘體格以通達爲尚。而現代文學中的序跋尤其突破了體裁的拘限，常常動輒萬言，其中也包含了許多人生境界、時事感評❹。

序跋依作者的不同，可分爲自序跋與他序跋，而除自序跋與他序跋兩類型之外，又有一

❶ 林紓「畏廬論文」流別論云：「序古書，序府縣志，序詩文集，序政書，序奏議、族譜、年譜，序人唱和之詩，則歸入『序』之一門。辨某子，讀某書，書某文後，及傳後論，題某人卷後，則歸入『跋』之一門……綜言之，序貴精實，跋貴嚴潔，去其贅言，出以至理。要在平日沈酣於經史，折衷以聖賢之言，則吐詞無不名貴也。」（二一——二二頁）

❷ 如羅門序「死亡之塔」：

透過死對生命認知，本是上帝的工作。詩人子豪之死，不知是誰推我去當上帝的助手。的確，死亡帶來時間的壓力與空間的漠遠感是強大的。逼使詩人里爾克說出：「死亡是生命的成熟」；也迫使我說出：「生命最大的迴聲，是碰上死亡才響的」。站在「死亡之塔」上，

我更看清了生命。

❸ 這段說明有助於讀者對於全詩的理解，同時成爲全詩結構中的一環。見「羅門詩選」六三頁。

如彭邦楨「冬興四首後記」：

一、住在紐約，我常驚異美國的環境，人不一樣，物不一樣，景不一樣。尤其我必須住在美國，配合我的美國妻子，我的整個世界和宇宙就都因而改變了。不是說我對美國有所不滿，而是對美國的事事物物總覺得有些不能適應，因而處處便常使我想到過去，於是便會陷入迷惘。冬天來了，這是最令我感興的時節，美國有雪有松，因之便使我想到中國的雪和松，兩相比較，我就覺得美國的雪並不是中國的，它們不同究竟在哪裏？不同它們的背景，所以感覺也就不一樣，尤其美國無竹無梅，怎麼叫「歲寒三友」？美國人是領略不到中國的滋味的。過去在臺灣我不曾有這種聯想和感受，雖說我已有二十七年不曾見雪見梅，但總覺得它們就在那裏，現在人到了美國，彷彿已動搖了根本，所以就感觸起來了。因之賦「冬興四首」，以明心境，並鑒愚忱，是爲記。

二、這四首詩，自在「聯合報」副刊發表之後，曾獲許多好評，後於一九八二年六月選入「聯副三十年文學大系，詩卷之二」，復於一九八三年十二月由香港三聯書店，選入「海外華人作家詩選」。還另有其他的選載。玆恕不贅述。

在短短二段文字中交待了創作的緣起，以及作品引起的反應與出處，已具備了跋文的規模，可說是較爲特殊的例子。

❹ 陳少棠「晚明小品論析」云：

其實晚明的「小品」作家，無論其品格高下，都喜歡講求超脫的境界，在文學理論方面如是，在人生觀方面亦如是。其中一些虛浮誇誕的文人，更樂於借超脫來掩飾自己的空疏，所以晚明的題跋中，許多都變了質，當作隨筆方式去寫。

特殊類型：代序跋，玆分述之。

(一)自序跋

自序跋顧名思義，係作者爲自著書籍所作的序跋。自序跋既爲作者自撰，多半會有謙抑之辭，交待自我著書之經歷尤爲重點所在。優秀的自序跋要能達到不亢不卑的境界，對於自己的著作，或以輕微的自嘲以解夫子自道的困窘，或以報導的語言交待淵源，或以輕盈的筆法暢抒著書時的所思所感，或以嚴肅的口氣闡明自己的文學理念，都是常見的內容。

鄭振鐸爲「𢱢中得書記」❺所撰的新序，交待自己蒐羅藏書之坎坷歷史，又說明了收藏的興趣和原則所在。娓娓道來，明白練達，又兼具抒情感傷的喟嘆，是一篇相當成功的序文，不僅對於全書有勾玄提要之功，讓讀者略識全貌，也使得一個藏書家爲書而喜而悲的形象在字裏行間呼之欲出。

序文開頭，先交待了「𢱢」書出版的緣起，其中尤以述及翻看校樣的心情十分生動：

> 我仔細地把這個校樣翻讀了幾遍，並校改了少數的「句子」和錯字。像翻開了一本古老的照相簿子，惹起了不少酸辛的和歡愉的回憶。

這兩句話充滿了文學的趣味，校樣被比喻爲「古老的照相簿子」，道盡了當下心情。也藉此

「酸辛的和歡愉的回憶」爲話頭，引帶出他一生愛書蒐書的起伏：

> 我曾經想刻兩塊圖章，一塊是「狂臚文獻耗中年」，一塊是「不薄今人愛古人」。雖然不曾刻成，實際上，我的確是，對於古人、今人的著作，凡稍有可取、或可用的，都是「兼收博愛」的。而在我的中年時代，對於文獻的確是十分熱中於搜羅、保護的。有時，常常做些「舉鼎絕臏」的事。雖力所不及，也奮起為之，究竟存十一於千百，未必全無補也。我不是一個藏書家。我從來沒有想到為藏書而藏書。我之所以收藏一些古書，完全是為了自己的研究方便和手頭應用所需的。有時，連類而及，未免旁騖；也有時，興之所及，便熱中於某一類的書的搜集。總之，是為了自己當時的和將來的研究工作和研究計劃所需的。因之，常常有「人棄我取」之舉。

鄭氏陳述自己隨興所之的「兼收博愛」，常常「舉鼎絕臏」，也坦承自己不是一個嚴格的藏書家——因爲他「從來沒有想到爲藏書而藏書」，這自然是謙抑之辭，不爲藏書而藏書，反過來說就是他收藏的對象具有特定的方向與目的，他的興趣在古典小說、戲曲等通俗文學。在研究進行的同時也成爲此類書籍的關切者和蒐集者，這種藏書的企圖是研究的附屬行爲而非專以版本的搜羅爲目的，因此常有「藏書家們所必取的，我則望望然去而之他」，對此鄭

❺ 見「刼中得書記」一至六頁。

氏舉了一個生動的例子：

像某年在上海中國書店，見到有一部明代藍印本的清明集和一部清代梁廷枏的小四夢同時放在桌上，其價相同。清明集是古代的一部重要的有關法律的書，「四庫」存目，外間流傳極少，但我則毅然捨去之，而取了小四夢。以小四夢是我研究戲劇史所必須的資料，而清明集則非我的研究範圍所及也。像這樣捨熊掌而取魚的例子還有不少。常與亡友馬隅卿先生相見，他是在北方搜集小說、戲曲和彈詞、鼓詞等書的，取書共賞，相視而笑，莫逆於心，頗有「空谷足音」之感。

棄「清明集」而取「小四夢」，充分說明他藏書的方針和目的，由於當時對於蒐集小說戲曲的風氣尚不普及，因而他述及與同好馬隅卿「取書共賞，相視而笑」的情境，的確饒富情趣。

鄭氏又在序文中提及自己「有一個壞癖氣，用圖書館的書，總覺得不太痛快」：

一來不能圈圈點點，塗塗抹抹，或者折角劃線做記號；二來不能及時使用，「急中風遇到慢郎中」，碰巧那部書由別人借走了，就只好等待著，還有其他等等原因。寧可自己去買。不知別的人有沒有和我有這個同樣的癖習？我還以為，專家們除了手頭必備的專門、專業的大量的參考書籍之外，如有購買的癖好，卻也是一個很好的癖好。有的人玩郵票，有的人收碎磁片，有的人愛打球，有的人好聽戲，好拉拉小提琴或者胡琴。有的人就不該逛逛書攤麼？夕陽將下，微颸吹衣，訪得久覓方得之書，挾之而歸，是人生一樂也！我知道，有這樣癖好的人很不少。我這部得書記的出版，對於有訪書的癖好的人，可能會有些「會心」之處。

從自己為何不愛使用圖書館藏書論起，一則不好圈點破壞，二則常須等待，這是以一己的脾性為出發點，接著提起藏書之好，足供推薦為興趣，談到「夕陽將下……挾之而歸，是人生一樂也」，已將藏書與人生的境界相扣合，餘韻無窮，是得自切膚的經驗談。本篇雖為一本硬書的序文，卻能以閒適筆調出之，序跋的應用性與行文的文學趣味兼備，如果結尾不拉雜地談論版本，就顯得更為成功。

瘂弦序「瘂弦詩集」❻一文，交待是書幾度出版的變遷，也歷數了青年期的悲喜，所愛所憎，而其中尤其可愛之處，在於對自己停筆多年的省思，他提及：

> 校畢全書，對自己十多年來離棄謬思的空白，不知道該不該再陳述、解釋或企求什麼。……思想鈍了、筆銹了，時代更迭、風潮止息，再鼓起勇氣寫詩，恐怕也抓不回什麼了。想到這裏，不禁被一種靜默和恐懼籠罩著。
>
> 然而，彷彿是詩並不全然棄絕我，在長女景苹出生十年後的今天，二女景縈（現在才八個月大）翩然來臨，家裏充滿著新生嬰兒的啼聲，似乎又預示著生命全新的歷程。

❻見「瘂弦詩集」一—六頁。

看著她在搖籃裏的笑渦，寫詩的愛念是那樣細細地、溫柔地觸動而激盪；也許，生活裏的詩可以使我重賦新詞，回答自己日復一日的質詢與探索，或者，就在努力嘗試體認生命的本質之餘，我自甘於另一種形式的、心靈的淡泊，承認並安於生活卽是詩的眞理。

在重新出版舊作的時機，引起他心中對自己的猶豫，擔怕在時代中脫隊落伍，但是他在結尾時能夠自我振奮，看到次女的來臨，超越了自棄與悲愁，對於自己的未來，開展出希望，他期許自己能夠再賦新詞，或者在生活中體會「詩的眞理」「自甘於另一種形式、心靈的淡泊」，這是一種滄桑的境界，無異是中年詩人停筆多年後的自我速寫。在這篇序中，可以令讀者感悟到，詩人儘管停筆，他的心中仍牽繫著舊志業。

自跋在現代人多用「後記」一詞，極少以跋爲名。近人寫跋，多只交待出書的緣由、經過，常常是因爲要說的話比較簡短，意思比較單純，因此就由序而挪爲跋。因此，二者實無特殊的差異。但是能把跋寫得較序精彩的則極爲少見。

林彧的詩集「單身日記」前有作者「我心目中的詩人」做爲代序，由於不是正式的序，於是書後有一篇「后記」，它的題目是「我是一本尚未裝釘好的書」[7]，是一篇具有文學素質的後記。文內不僅交待了著作出版的經過，更重要的是，作者並不純粹只爲交待而寫後記，他把它寫成一篇精緻的散文。出書對許多作者而言，是興奮的事，但對他卻充滿了惶惑。因爲前此出的兩本書：「從封面設計到內文編排，這兩本書我都很喜歡，但也很不滿意

——我不滿意於自己的表現！無論就文字技巧、章法結構、題材選擇，諸般種種，我都無法對自己點頭。」這正是作者自序自跋所表現誠懇的謙抑之辭。他對自己創作有較高的理想，因此並不會滿意眼前的成績。他把自己譬喻成一個倉促上臺的演員：「表情不自然，動作僵硬，揣摩得不夠深入，臺詞也不夠流利」，當他如此懊惱遲疑時，又把自己譬喻成一本書。一本正在揀字、上盤、覆墨、打樣、校對、裁切、裝釘……以至出版發行的書。現階段，他只不過「仍在人生的撿字屋中，盡心撿排鉛字才是目前的要務。」因此目前應該只注意撿出的鉛字是否歪斜、倒置、錯植，作者的結語是「我是一本尚未裝釘好的書，還有更多的鉛字尚未撿出……」回拍到題目上。通篇簡約精緻，既做到了序跋交待出版緣起的任務，也表明自己創作的態度，裏邊有自謙之辭，但也有自我鼓舞的地方，因爲他期許自己繼續走長遠的路，讓如人生般漫長的書完成排版、印刷、裝釘以及發行的工作。作者寫來不卑不亢，又能有散文的情趣與韻味。

　　自序跋貴在眞誠坦率而不浮誇羅織，不以記錄成書背景爲足，更須加以著者的文學省思和人生觀照，才算成功。

❼ 見「單身日記」二二〇頁。

(二) 他序跋

他序跋是原書作者外第三者所撰之序跋。他序跋之有別於自序跋，不僅在於寫作主體的不同，更有本質上的差異，他序跋作者站在超然的立場撰述，已隱含實際批評的底蘊，有時評文、有時論原作者，以客觀代主觀，與自序跋有所不同。

張曉風序汪啓疆散文集「攤開胸膛的疆域」體裁玲瓏，文雖短小而刻劃精緻，不過數百言，如快筆寫生，思維飛躍又似兔起鶻落㊽：

啓疆那人，我搞他不懂。

他是一清見底的小河，卻又是鬱鬱勃勃的黑森林。他愉悅輕揚，分明是快樂高舉的風箏，卻又哽咽淒苦，像千針萬線密密納成的厚鞋底。

在可愛的小妻子身邊，他是一個更小的小男孩，但一轉身，你發現他正悄悄的將跌傷的世界一把抱起，放在他的膝頭，溫柔的說著一個故事。

說著，說著，你會覺得他昇起來了，他在雲端，他向我們俯下他的臉——但略一定神，你又看見他原來還在，並且定定地像根橛子似的站在這塊土地上，並且徐緩有力地佈下他的根。

啓疆那人，我真的搞他不懂。

前後以「小河」「黑森林」「風箏」「厚鞋底」「小男孩」明喻作者，同時也暗喻作者在散文中透露的多重面貌，又以出入時空的說法來描寫作者想像與現實交相疊襯的風格，全文雖首尾重複提及：「啓疆那人，我眞的搞他不懂」，但這是反訓，張曉風其實已在序中以輕盈而佈滿象徵的手法交待了汪啓疆其人其文。本篇不僅是一篇精緻可喜的序文，也是一篇絕佳的人物小品。

廢名序梁遇春撰「淚與笑」❾，完成於作者梁遇春（字秋心）死後，論其人，亦論其文，行文沈悒，下斷嚴謹中肯，他寫梁遇春其人：

秋心這位朋友，正好比一個春光，綠暗紅嫣，什麼都在那裏拼命，我們見面的時候，他總是燕語呢喃，翩翩風度，而卻又一口氣要把世上的話說盡的樣子，我就不免於想到辛稼軒的一句詞，「倩誰喚流鶯聲住」，我說不出所以然來暗地嘆息。我愛惜如此人才。世上的春天無可悼惜，只有人才之間，這樣的一個春天，那才是一去不復返，能不感到摧殘。最可憐，這一個春的懷抱，洪水要來淹沒他，他一定還把著生命的

❽見「攤開胸膛的疆域」首頁。
❾見「梁遇春散文集」附錄三〇五頁。

榮，更作一個春的掙扎，因為他知道他的美麗。他確確切切有他的懷抱，到了最後一刻，他自然也最是慷慨，這叫做「無可奈何花落去」。

成功的散文作者，必須有冷筆寫熱血的功力，廢名寫梁遇春便以冷筆制約哀慟之情，他寫梁遇春「一口氣要把世上的話說盡」，正暗暗貼合了梁氏的早殤，一語雙關，其中含蘊著飽滿的語言張力；他又寫梁氏最後一刻的自我慷慨，一句「倩誰喚流鶯聲住」、一句「無可奈何花落去」都道盡哀悼的心意。

廢名不忘爲梁氏作品定位，儘管愛才惜友，他絲毫無悔，依舊直陳「他並沒有多大的成績」，但這是就量的觀點來看；就質的觀點則指出了：

我說秋心的散文是我們新文學當中的六朝文，這是一個自然的生長，我們所欣羨不來學不來的，在他寫給朋友的書簡裏，或者更見他的特色，瑤瓏多態，繁華足媚，其蕪雜亦相當，其深厚也正是六朝文章所特有，秋心年齡尚青，所以容易有喜巧之處，幼稚亦自所不免，如今都只是為我們對他的英靈被以光輝。

以「新文學中的六朝文」定讞梁文，其理由肯綮，而梁遇春得此友亦足以稍慰早殤未稠之心了。廢名以悼亡的心情總結其序：

他死後兩週，我們大家開會追悼，我有輓他一聯，文曰：「此人只好彩筆成夢，為君應是曇招華魂」，卽今思之尚不失為我所獻於秋心之死一份美麗的禮物，我不能畫花，不然我可以將這一冊小小的遺著為我的朋友畫一幅美麗的封面，那畫題卻好像是潦草的墳這一個意思而已。

想像以「潦草的墳」爲遺著封面，其哀戚的情境可見一斑。廢名的序既在序書論人，更是一篇絕佳的悼亡文字，也可說是以序跋爲形式的人情小品。

周作人跋俞平伯「雜拌几」「燕知草」二書⑩，以雜文文體出之，可謂序跋如其雜文，保持著他行文一貫廣議古今、旁徵博引的特色，但是也不忘中肯地形容俞氏著作。他在「雜拌几」跋中論及：

> 現代的文學——現在只就散文說——與明代的有些相像。正是不足怪的，雖然並沒有去模仿，或者也還很少有人去讀明文，又因時代的關係在文字上很有歐化的地方，思想上也自然要比四百年前有了明顯的改變。現代的散文好像是一條湮沒在沙土下的河水，多少年後又在下流被掘了出來；這是一條古河，卻又是新的。

⑩見「永日集」，「周作人全集」四九八頁。

這段文字又何嘗不能適用在周氏自己的風格呢，周、俞二氏的作品中都有「一條古河，卻又是新的」的趣味，讀之令人莞爾。而在「燕知草」跋中，周氏除了閒談之餘再論及俞氏散文和晚明小品相近之處，又提及他對中國現代散文的觀點以及俞氏文詞應求變化的建議，並以張宗子與俞平伯類比，這裏多少是有鼓勵性質的。

由以上的例舉，可見人物小品、人情小品、雜文的文體都滲透在他序跋體裁之中，但這仍然是散文類型間的交融，他序跋還可以和更嚴謹的文學批評相結合。楊牧作詩集序跋就喜以詩評做爲縱貫全篇的主幹，詩評的種類甚夥[11]，但是以序跋體裁結合詩評，將論旨化入纖麗感性的文字中，無疑是使詩評本身由純粹的論文轉化變身爲文學化的散文內容。

楊牧序楊澤詩集「薔薇學派的誕生」的「我們只擁有一個地球」[12]一文，是他衆多此類序跋中的代表作之一[13]，他在楊澤的詩中發現了「一份純潔的愛」，發現了他詩中重要的主題：

> 楊澤詩裏最重要的主題之一，其實，卽是源頭的追尋。愛是源頭，詩是源頭，還有許多別的形象也是源頭。「荒煙」裏有一聲籲請，一唱三嘆的要求「讓我們離開課室去追尋」，追尋問題的發凡，成形，與消滅。這問題可以是時間的奧義，生命的歸宿，宇宙的形狀，也可以落實為愛——離開課室去追尋吧，正如花一個冬天無所事事，與瑪麗安在一起讀書以及作愛。楊澤又借助亞當的角色抒寫生命的神話；「亞當之歌」顯然是葉慈詩的變奏，在語意背景上產生變化，描寫一個神話中註定必須淪落的男性

⑪ 張漢良在「評詩的範疇與功能」一文中曾提出詩評家的「工作範疇廣袤，功能不一」，而概略提出十三種詩評活動的權向：

(1)詩評家研究的對象，(2)研究的目的與性質、引發的問題，以及(3)他本人所用語言的性質與功能，區分詩評的類型。因此，詩評至少包括以下數類：(1)客體研究，以獨立自主的作品爲客體（物）的研究；(2)主體研究，以創作現象（作品完成前）或閱讀現象（作品完成後），即作者與讀者爲對象的主體（人）的研究；(3)本體論的，詩的本質爲何？存在模式爲何？(4)認識論的，我們如何知道這是詩？詩的認知內涵如何？詩所載眞理如何？(5)目的論的，詩的功能與目的爲何？(6)考古學的，詩的起源如何？(7)描述性的，詩內在的語言成分與彼此的關係可得而言者爲何？(8)詮釋性的，作品與外在世界的關係如何？詩的素材、主題如何？(9)演出性的，讀者如何再現作品？他與作品的認同情況如何？(10)規範性的，如何根據內在與外在的標準（如統一性、多樣性、獨創性等內在條件，道德價值等外在條件）來判斷詩的優劣？這正是首段所述的一般看法。(11)歷史性的，作品與其他作品的關係如何？如商禽的「遙遠的催眠」與管管的「繾綣經」的有無淵源可溯？「靈河」時代的洛夫與「魔歌」時代的洛夫有無脈絡可尋？(12)心理學的，作品與作者或讀者心理、情緒、思想等的關係如何？這問題可能與上述(2)主體研究掛鈎，譬如：詩人創作時的心智活動如何？讀者如何受作品感動？季紅與羅門爲此派詩評健將。(13)後設批評的，作品如何呈現某些文學批評的觀點？

這些類型也可適用在其他文類的批評活動上。文見「創世紀」詩刊第六十四期九六頁。

⑫ 見楊澤「薔薇學派的誕生」一頁。

⑬ 楊牧先後曾爲鄭愁予、楊澤、林泠、羅智成、陳義芝、林燿德等多位詩人之詩集撰序。

的心理。

楊牧摳搜著詩人的弦外之音，已非單純而嚴肅的文學批評，而是如同再創作一般地追尋作品中某種超越的指涉，對於作品以柔美的語言進行詮釋，例如他在末段歸結楊澤的詩爲「愛的哲學」，回拍全篇一再提示的詩人之愛：

他要求你「努力讀我」，一個小寫的瘦瘦的i，一個人，一個存在；這種對於所有的自我都加以肯定的勇氣，已經不只是知識的勇氣，而是與生俱來的詩心，宣揚著愛的哲學，去設身處地為別人想，因為那人可能正是你的孿生兄弟，如「給H.T.」裏所說，分擔著你的苦難。詩心本來應該是博大的心，敦厚的心；攻訐和嘰刺不能建設這個難得還有些溫暖的地球，卻可能毀滅它，而楊澤發現「我們只擁有一個地球」。

他所做的已不限於分析、歸納等思維，而是詩人心態和精神的闡揚。楊牧爲詩人們所做的序跋，都可視爲優美的散文，雖然也會因爲追求文字的活絡靈動而失卻了學術的焦距，時而失之於鋪陳，時而不無主觀強解之辭，但是他的序跋已找到連結散文和評論的方法，兼具文學與學術的功能。

在幾種他序跋的例舉中，我們可以發現序跋有其固有的應用性，萬變不離其宗，總要回拍到著作者及作品之上，但是在另一方面，卻擁有融合各種散文體裁的能力，也因此，這種突破了傳統序跋僵滯樣態的現代序跋，可以確立其獨特的地位。

(三)代序跋

前述自序跋、他序跋，都是配合著作出版，針對詩文及作者進行探索追究或速描簡介的散文類型。而代序跋，往往因發表的目的及內容原非針對專著出發，或不合於序跋的固有體裁，但是由於和著作有若干相關性，因而置於書前或書末以爲代序或代跋、或逕名之爲附錄。如葉以羣的論文「抗戰以來的報告文學」，因爲探索的內容和抗戰期間報告文學密切相關，因此「戰鬥的素繪」和「南京的虐殺」⑭兩部報告文學集均以該文爲代序，以增進讀者對於著作的背景有梗概的了解。又如羅門以長文「我的詩觀——兼談我的創作歷程」爲「羅門詩選」之代序⑮，以該文體例爲非文學性之論述，雖與詩人成長歷程密切相關，得以印證全書，而仍以代序方式擺置書首。由於代序跋的情況甚多，且常缺乏文學趣味，是一種序跋邊緣的體裁，而其富有文學價值者，又和自序跋和他序跋相似，惟因其情況特殊，仍於散文類型中存目，但不予深入探討。

現代序跋在中國現代散文類型化的大體系中，沒有受到應有的重視，不但無專書討論，一般學者也很少把它擺置在學術範疇中探討，殊不知序跋有古典的沿革，有現代的變通，其間變化多端，趣味可翫，藉之可辨識著作、論評作家，又可回拍撰序跋者的感思體悟，已具備多向性的功能，不失爲值得經營與研究的一項類型。

⑭見「中國現代散文理論」四七七頁。

⑮見「羅門詩選」一頁。

第四節 遊 記

遊記是以記遊寫景爲主要內容的散文類型。它通常是作者遊歷陌生地域的主觀記敍，有明顯的敍事秩序；而且作者脫離了日常生活固有的生存空間，屬於一種特殊體驗，它的篇幅可寬可窄，有的可有組織地擴展至數萬言以上。因以上種種特性，所以遊記雖不乏小品中以人格美和藝術造境爲訴求的特質，但是它的發展，已儼然獨立於小品之外，別豎一幟。

中國的山水遊記散文，可以遠溯至南北朝時酈道元的「水經注」，而奠基於唐代的柳宗元，且論者以爲柳氏山水遊記乃深受水經注影響❶。柳氏的「永州八記」也成爲中國遊記文學的重要範本，遊記至宋代而現規範，如范成大、王質、陸游諸家已雜揉敍述、描寫、解說與議論於一身，終至明末而大放異彩，公安、竟陵諸君，乃至王思任、李流芳、張岱、錢謙益等俱有名作外❷，徐霞客之遊記尤兼規模、精緻於一身，楊名時序：

……念其平生，胼胝蹻蹶，歷數萬里，衝風雨觸寒暑者垂三十年，其所自記遊蹟，計日按程，鑿鑿有稽，文詞繁委，要為道所親歷，不失質實詳密之體，而形容物態，摹繪情景時，復雅麗自賞，足移人情，既可自怡悅，復堪供持贈者也❸。

在幾句提要中，已道出徐氏遊記的幾個特色，一是三十年的切身經驗，二是「鑿鑿有稽」的實證精神，三是其模山範水的描寫能力。徐氏遊記還有一大特色，它實含有物趣小品、日

❶ 見游國恩編「中國文學史」第二冊十一章三二一頁。

❷ 余光中「杖底煙霞——山水遊記的藝術」（一九八二年十一月三、四日「中華日報」）中說：

散文遊記要到宋代才有恢弘的規模，不但議論縱橫，而且在寫景、狀物、敍事各方面感性十足，表現出更爲持續而且精細的觀察力和想像力。例如范成大在「吳船錄」中記述峨眉山之遊的文字，娓娓道來，詳盡而又生動；其中形容「佛現」的一段，前後近五百字，交代光影之輪替，色彩之更迭，有條不紊，那種繁富的視覺經驗，在宋以前的遊記裏實在罕見。他如王質的「遊東林山水記」，感性也極濃，不但寫景如詩，而且敍事如小說，眞是傑作。至於陸游的六卷「入蜀記」，逐日記敍他從山陰到夔州的旅途見聞，夾敍夾議，兼具感性與知性，其分量與規模，遙遙啓迪了徐宏祖一類的日記體遊記。

遊記到了明末，大放異彩，不僅提高了遊記本身的成就，更增加了一般散文的光輝。從大手筆的鉅製「徐霞客遊記」到眞性情的山水小品，遊記的天地愈益廣闊，作者的陣容，除了徐宏祖（徐霞客本名）和公安的三袁、竟陵的鍾惺、譚元春之外，還包括王思任、李流芳、張岱、錢謙益等。袁宏道的「虎丘記」「滿井遊記」、王思任的「小洋」「剡溪」，張岱的「西湖七月半」「湖心亭看雪」等篇，早已成爲遊記小品的經典之作。王思任和張岱的文體，尤其一反擬古的陋習和道學的酸氣，在遣詞和語法上的獨創簡直暗合現代的散文。

❸ 見「徐霞客遊記」一頁。

記、報導、以及傳記文學中回憶錄的性質。試看徐氏遊記中「粵西遊記」四月二十四日至閏四月初二日各段：

二十四日，歸陽驛。

二十五日，小河口。

二十六日，觀音灘。

二十七日祁陽縣，予乃同靜聞出祁陽，東北一里，憩甘泉寺，泉一方，當寺前坡下，味極淡冽，似惠泉，殿前有吾郡宋鄒浩甘泉銘碑。張南軒從郡中蔣氏得之，跋而鐫此，鄒大書，張小楷，可稱二絕。寺前山第二層之東，盤成一窩，則九蓮菴也，邑人陳尚書重建藏經閣。中供高皇帝像，唐包巾，丹窄衣，眉如臥蠶，中不斷，疏鬚傑張，陳氏得之內府供此者。九蓮菴山南盡，前有大池，乃甘泉南下，東遶注於湘，入湘處為瀟湘橋，橋北一峯突起，奇石靈幻，湘江從南至此東折去。祁江從北至此，南向入湘，乃三水交會中也，峯頂曰瀟湘廟，廟後亭裂辮簇，石態多奇。

二十八日，水漲舟艙，竟不成行。

二十九日，昧爽放舟，曉色蒸霞，層嵐開藻，旣而火輪湧起，騰燄飛芒，直從舟屋射予枕隙，泰岳日觀，不謂得之臥遊也，過二十四磯，泊黃楊鋪。

閏四月初一，冷水灣。

初二日，湘口關，自冷水灣來，山開天曠，目界大騁，江兩岸瞰水之石，出沒屢變。

> 但有所遇，靡不齋心綴目，蓋入祁陽境，石質奇，石色潤，過祁陽，突兀之勢，以次漸露，至此隨地湧立，及入湘口，則聳突盤亘者，變為峭豎迴翔矣。

徐氏此文含有數種類型的特色，我們正可藉此釐清諸種散文類型之間的區別。徐氏遊記採用日記體，但在此，日記僅僅是一種記錄的體裁，全篇內容的重點仍在遊歷。純粹的日記多與家常生活瑣事相結合。但遊記是一種非日常體驗，日記的形式應用在遊記上所產生的效果，乃在結構上得到方便，不需重組安排，僅須依序登錄記事。因此，以日記體裁出之而實爲遊記的作品仍應置入遊記類型中。

至於物趣小品和遊記，物趣小品的描摹手法必然也是後述景觀式遊記的表現方式，但是物趣小品重在單純的景物，不必有周延的敘事結構，而遊記必然是動態而系列性的景物描寫，描寫外又必要有敘事結構的串連，因此，遊記的結構中必然存有許多可以獨立爲物趣小品的單元，但物趣小品卻不可能包容遊記的結構，否則就喪失物趣小品的本質而變身爲遊記了。再次論遊記與回憶錄之間的關係，遊記的內容必然是作者的經驗與回憶，但是回憶錄中所著重的是作者本身，亦即回憶錄的終極目的在於自傳，而遊記雖以第一人稱出之，卻以著者與遊歷地之間的關係爲主。

報導文學是本章各種類型裏，在中國傳統文學中較缺乏歷史淵源的一種，但並不表示決然絕跡，上舉徐霞客遊記仍然不乏報導文學的特質。報導文學原是一種目的文學，因此報導文學雖然常有報告者縱橫的行止，但報告者的遊歷只是一種爲驗證預設目的的手段，而遊記乃以遊歷本身的感與體悟爲主旨，因此依作者在文章中所表現的目的，也可較爲清晰地釐清「有遊記情節的報導文學」（通常屬於考證式報導文學）和「具備報導功能的遊記」（後述劃分的景觀式遊記和人文式遊記都不可避免地出現報導語言和含蘊報導功能）之間的異同。

「徐霞客遊記」雖然是用文言寫就，但其結構章法以及各種描寫敍事手法，實已開現代遊記體裁之先機，各種遊記的要素燦然大備，因此可藉以說明遊記與其他有歷史成因的現代散文類型間的異同。

遊記的要件有三：

㈠眞實的經驗：遊記必須出自作者親履，否則只是虛構的遊記體小說。

㈡以記遊爲終極目的：許多散文類型都可能出現遊歷的情節。例如報導文學、回憶錄等，皆非以記遊爲目的，在這種情況下，遊歷的事件只是背景，故無法以遊記的類型來看待。

㈢必須呈現心靈活動：如果完全隱晦作者的心靈活動，而純粹以解說旅途中的客觀現象，則只是應用性的旅遊指南，如果只是知識報導如人文、水文、地理等，充其量只可以歸入傳知散文的範疇中而不成爲遊記。

遊記的特色也可歸納出兩大項：

㈠敍事重時空結構：遊必有方，行必有止，因此時空的敍述結構在遊記中較其他散文類型佔有更重要的地位，如玉山春夏秋冬四季皆有不同的景觀，而隨著行進路線的不同也會發現不同層次的景觀，因之作者活動的時空序列性是遊記結構上的一大特色。

㈡分散的主題：遊記必然出現許多不同的場景，否則就無所謂「遊」了，不同的場景也構成個別的焦點，因此遊記固然可以劃定範疇，如朱自清的「歐遊雜記」❹以歐洲爲範圍，袁昌英「成都、灌縣、青城山記遊」❺以成都、灌縣、青城山三地爲範圍，朱自清「滂卑古城」❻以滂卑古都爲範圍，但或大或小，都將作者的注意力分散到或大（都市、山脈）或小（林木、樓臺）的個別景觀中，在各種散文類型中，除了日記、書信較可能出現繁瑣的主題外，遊記無疑是主題相當駁雜的一種類型，但是這種分散本身又有其統一性，其統一性建立在不變的作者本身以及遊歷本身的串連性上。

遊記的分類，歷來皆採取寫作對象爲標準，如描寫山水者稱山水遊記、描寫亭園者稱亭園記，以記錄風俗習慣及人文背景爲要者稱爲風土記。這種視描寫客體爲分類基準的方法，可以依題材無限制的分割下去，卻無法說明遊記作者的兩大風格取向，筆者在此僅提出下列二項做爲分類的基礎。

㈠景觀式遊記：這種遊記著重在景觀的敍寫和鋪陳上，用種種妙喻巧譬狀物摹景，尋幽訪勝，以求透過文字將旅遊的現場帶到讀者面前，此一類型的遊記常以感性的筆調吟嘆感興。

㈡人文式遊記：本類型較不注重景觀的雕鏤刻劃，而著重在知識的人文思考上，往往深

❹見朱自清「歐遊雜記」，黎明文化公司出版。
❺見「袁昌英文選」六三頁。
❻見同註❶七六頁。

入旅遊的歷史文化背景中思索人羣的活動，觀察社會生活方式，或是藉景發揮，在鑑賞風物之外，引帶出人生的哲理或是時代的批判來。

上二項，前者又有人稱爲「文學家的旅行」，後者又稱爲「哲學家的旅行」❼。

(一) 景觀式遊記

景觀式遊記是中國遊記的主要體裁，包括了山水遊記、亭園記等等傳統因襲的類型，用繪畫來比喻，短途的小景觀如立軸，長途的大景觀如手卷，而現代遊記的作者尤能善用文字代替墨彩，朱自清「溫州的蹤跡」第二篇「綠」❽，其中寫景狀物的妙處直承晚明小品，他寫觀梅雨亭的畫面：

> 我們先到梅雨亭。梅雨亭正對著那條瀑布；坐在亭邊，不必仰頭，便可見牠的全體了。亭下深深的便是梅雨潭。這個亭踞在突出的一角的岩石上，上下都空空兒的；彷彿一隻蒼鷹展著翼翅浮在天空中一般。三面都是山，像半個環兒擁著；人如在井底了。

此處沒有介紹梅雨亭的來歷，重要的是梅雨亭的位置，換言之，也就是作者和亭子之間的相對位置構成了巧妙的構圖。他先寫人在亭中，又將鏡頭拉遠，呈現出大遠景來，這時亭子在空濛的懸崖上被生動地形容爲一隻蒼鷹，如此灑脫卻不失自然地交換著觀察的角度，巨觀與微觀相映襯，手法相當別緻。而作者的重心立即轉換，從亭子側移至相對的瀑布：

> 這是一個秋季的薄陰的天氣。微微的雲在我們頂上流著；岩面與草叢都從濕潤中透出幾分油油的綠意。而瀑布也似乎分外響了。那瀑布從上而沖下，彷彿已被扯成大小的幾綹；不復是一幅整齊而平滑的布。岩上有許多稜角；瀑流經過時，作急劇的撞擊，便飛花碎玉般亂濺著了。那濺著的水花，晶瑩而多芒；遠望去，像一朵朵小小的白梅，微雨似的紛紛落著。據說，這就是梅雨潭之所以得名了。但我覺得像楊花，格外確切些。輕風起來時，點點隨風飄散，那更是楊花了。——這時偶然有幾點送入我們溫暖的懷裏，便倏的鑽了進去，再也尋牠不著。

寫瀑布的瀑流，動靜互參，已極生動，水花如白梅落入潭面，作者順筆一翻，以爲水花更像楊花，「輕風起來時，點點隨風飄散」，是寫入化境了。接着他的筆勢再轉，自瀑布下移至潭水，焦點再落實潭面：

---

❼ 章衣萍「作文講話」第八講云：

> 但遊記的性質也因作遊記人的趣味而不同。有的人旅行爲著鑑賞風物，這是文學家的旅行。有的人旅行爲著觀察社會，這是哲學家的旅行。（一五六頁）

❽ 見「朱自清集」「蹤跡」一三八頁。

但我心中已沒有瀑布了。我的心隨潭水的綠而搖蕩。

他自此再緊緊扣住潭的綠，作者的心神轉入全然抒情的陶醉裏，物我相融：

可愛的，我將什麼來比擬你呢？我怎樣比擬得出呢？大約潭是很深的，故能蘊蓄著這樣奇異的綠；彷彿蔚藍的天融了一塊在裏面似的，這才這般的鮮潤呀，——那醉人的綠呀！我若能裁你以為帶，我將贈給那輕盈的舞女；她必能臨風飄舉了。我若能挹你以為眼，我將贈給那善歌的盲妹；她必明眸善睞了。我捨不得你！我怎捨得你呢？我用手拍著你，撫摩著你，如同一個十二三歲的小姑娘。我又掬你入口，便是吻著你了。我送你一個名字，我從此叫你「女兒綠」，好麼？

我第二次到仙岩的時候，我不禁驚詫於梅雨潭的綠了。

作者將潭喻爲「十二三歲的小姑娘」，喜愛至於親狎，而以驚詫「梅雨潭的綠」刹筆。全文一波三折，自亭至瀑布，自瀑布至潭，至於潭之綠，轉圜靈巧，可謂佳作。

朱氏另一篇景觀式遊記「萊茵河」[9]，寫在德國遨遊萊茵河畔，其中寫兩岸舊堡壘一節尤其可人：

……尤其是馬思斯與考勃倫兹（Coblenz）之間，兩岸山上佈滿了舊時的堡壘，高高下下的，錯錯落落的，班班駁駁的：有些已經殘破，有些還完好無恙。這中間住過英雄，住過盜賊，或據險自豪，或縱橫馳驟，也曾熱鬧過一番。現在卻無精打彩，任憑日晒風吹，一聲兒不響。坐在輪船上兩邊看，那些古色古香各種各樣的堡壘歷歷的從眼前過去；彷彿自己已經跳出了這個時代而在那些堡壘裏過著無拘無束的日子。遊這一段兒，火車卻不如輪船；朝日不如殘陽，晴天不如陰天，陰天不如月夜—月夜，再加上幾點螢火，一閃一閃的在尋覓荒草裏的幽靈似的。最好還得爬上山去，在堡壘內外徘徊徘徊。

自岸上荒涼的堡壘追懷歷史的憂傷，筆調穩健，平實中有深刻的洞察，尤其「朝日不如殘陽，……在堡壘內外徘徊徘徊」一段，幾度置換光影，遞嬗時空，殘夜古堡，悠柔沉悒的氣息流宕紙間。

由此可見景觀式的遊記，其成敗在於描寫修辭的精緻與敘事結構的靈巧調度，如何適切地勾勒出風土景觀，正確而活絡地帶領讀者神遊字裏行間，正是本類型的功力所在，還必須注意的是，景觀式遊記的作者往往透過文字的移情作用來打動讀者，具有強烈的感性素質。

❾見同註❶一〇六頁。

(二) 人文式遊記

人文式遊記往往依托在作者深刻的思維觀照上，吸引讀者的是作者如何在旅途中藉題發揮，進行各種人文的精神活動和反省。胡適在漫遊的感想「東西文化的界限」❿中，大論東西文明的界線，顯現出他傾慕西洋文明的心態，這時他忘了哈爾濱的景色，而將道裏道外人力車、摩托車之間的象徵做著比照，可見胡君醉翁之意，原非美景佳辰。胡適的「東西文化的界線」一文，涵育著濃厚的雜文色彩，行文最後完全脫離了遊記體裁。孫伏園的中篇遊記「長安道上」⓫則是一個成功的典型，全篇的正文⓬以七月七日自北京動身沿黃河考察水文地理，迄身歸京漢線上，娓娓道來，每見人文的省思躍出，評議自然肯綮，其覩物之深刻，值得重視。

全文依時序行進，火車出直隸南境，再沿黃河入潼關。人文式的遊記，其間亦不乏景觀描寫，孫氏的狀景不在渲染景物，反而建立在印象式的比較，基本上一個人文式遊記作者所採取的觀物角度遠異於景觀式遊記作者，這和他們之間的思辨方式不同有絕對的關係。人文式遊記的作者是不會滿足於簡單的印象素描，他必要將自然景觀和人文現象相扣合，於是孫氏把陝西貧瘠的原因追溯到歷朝的戰亂上，戰亂不僅帶來了窮苦和寥落，也深深影響到此一區域人民的性情：

自然所給與他們的並不甚薄，而陝西人因為連年兵荒，弄得活動的能力幾乎極微了。原因不但在民國後的戰爭，歷史上從五胡亂華起一直到清末回匪之亂，幾乎每代都有大戰，一次一次的斲喪陝西人的元氣，所以陝西人多是安靜，沉默，和順的；這在智識階級，或者一部分是關中的累代理學所助成的也未可知：不過勞動階級也是如此：洋車夫，騾車夫等，在街上互相衝撞，繼起的大抵是一陣客氣的質問，沒有見過惡聲相向的。說句笑話，陝西不但人們如此，連狗們也如此。我因為怕中國西部地方太偏僻，特別預備兩套中國衣服帶去，後來知道陝西的狗如此客氣，終於連衣包也沒有打開，並深悔當時以小人之心度君子之腹。（北京嘗有目我為日本人者，見陝西之狗應當愧死。）陝西人以此種態度與人相處，當然減少許多爭鬥，但用來對付自然，是絕對的吃虧的。我們赴陝西的時候，火車只能由北京乘至河南陝州，從陝州到潼關，尚有一百八十里黃河水道，可笑我們一共走了足足四天。在南邊，出門時常聞人說「順

⑩ 見「胡適文存」第三集卷一第二四頁。

⑪ 見「中國新文藝大系」散文卷第二集三九五頁。

⑫ 本篇爲孫氏「伏園遊記」的一篇，在第一段加了一個套子，以給「啓孟先生」的信函起手交待了一下，便「撇開」了「啓孟先生」，逕自敍述自北京赴長安道中所見，直至全文末尾四十一字才回拍：「生平不善爲文，而先生卻以秦遊記見勗，乃用偷懶的方法，將沿途見聞及感想，拉雜書之如右，敬請教正。」嚴格的說，這篇文章並不能放置在書信的類型裏觀察，因爲首段不過藉此爲引而已。

風」！這句話我們聽了都當作過耳春風，誰也不去理會話中的意義；到了這種地方，才頓時覺悟所謂「順風」者有如此大的價值，平常我們無非託了洋鬼子的宏福，來往於火車輪船能達之處，不把順風逆風放在眼裏而已。

以狗的溫馴明喻人之溫馴，已具雜文的諷諭性質，但也能藉此描畫出陝人的個性，呼應了作者所觀察到的「安靜、沉默、和順」的調子，這一段寫陝地險惡、陝人和善，融議論與觀察於一爐，繼而下段寫黃河上游兩岸的水土保持，據作者分析，黃河河床高出地面的危局，「完全是上游沒有森林的緣故」，至於如何大計劃開發黃河兩岸的森林事業，又和沿岸的人文現象——迷信相拍合：

我們同行的人，於是在黃河船中，彷彿「上墳船裏造祠堂」一般，大計劃黃河兩岸的森林事業。公家組織，絕無希望，故只得先借助於迷信之說，云能種樹一株者增壽一紀，伐樹一株者減壽如之，使河岸居民踴躍種植。從沿河種起，一直往裏種去，以三里為最低限度。造林的目的，本有兩方面：其一是養成木材，其二是造成森林。在黃河兩岸造林，既是困難事業，灌溉一定不能周到的，所以選材只能取那易於長成而不需灌溉的種類，即白楊，洋槐，柳樹等等是也。這不但能使黃河下游永無水患，簡直能使黃河流域盡成膏腴，使古文明發源之地再長新芽，使中國頓受一個推陳出新的局面，數千年來夢想不到的「黃河清」也可以立時實現。河中行駛汽船，兩岸各設碼

> 頭，山上建築美麗的房屋，以石階達到河邊，那時坐在汽船中憑眺兩岸景色，我想比現在裝在白蓮帆船中時，必將另有一副樣子。古來文人大抵有治河計畫，見於小說者如老殘遊記與鏡花緣中，各有洋洋灑灑的大文。而實際上治河官吏，到現在還墨守著「搶堵」兩個字。上面所說也無非是廢話，看作「上墳船裏造祠堂」可也。

果然是要「黃河清」的大計畫，然而治河官吏至今墨守「搶堵」——這又是一人文現象——的陳規，作者也不免自嘲宏圖爲「廢話」。談造林一節，有傳知散文的特性在其中，作者以自然而不生硬的筆調引入文中，反有助於探源究底，幫助讀者對黃河的理解，在此作者能將極爲瑣碎的思索規畫、知識以及旅遊本身有條不紊的串連起來，以自然景觀爲楔，而緊緊扣住時弊。

繼而寫甘肅，當時作者筆下的甘肅物質之貧乏遠較陝西爲甚，而「理學的空氣還要嚴重」——這句話是雙寫，陝西的「理學空氣」必然亦頗嚴重，雖未在前文發揮，顯然也是觀察後的一項結論——其貧如「一般苦人的孩子，十幾歲還衣不蔽體」，其「理學空氣」如「十幾歲的寡婦也得遵守」夫死守節的道德規範。但是這些未受文明恩惠的甘肅人民，也未受文明污染，作者將甘肅人的頭髮與腳拿來和「東邊人」（甘肅人稱中國東方富庶區的同胞）的相較，果然以小見大，道出了渾然天成的可愛：

> 但是「穿衣服」這句話，我卻不敢用來勸告黃河船上的船夫。你且猜想，替我們搖黃

河船的，是怎麼樣的一種人。我告訴你，他們是赤裸裸一絲不掛的。他們紫黑色的皮膚之下，裝著健全的而又美滿的骨肉。頭髮是剪了的，他們只知道自己的舒適，決不計較「和尚吃洋砲，沙彌戳一刀，留辮子的有功勞」這種利害。他們不屑效法辜湯生先生，但也不屑效法我們。什麼平頭，分頭，陸軍式，海軍式，法國式，美國式，於他們全無意義。他們只知道頭髮長了應該剪下，並不想到剪剩了的頭髮上還可以翻騰種種花樣。鞋子是不穿的，所以他們的五個腳趾全是直伸，不像我們從小穿過京式鞋子，這個腳趾壓在那個腳趾上，那個腳趾又壓在別個腳趾上。在中國，畫家要找一雙腳的模特兒就甚不容易，吳新吾先生遺作「健」的一幅，雖在「健」的美名之下，而腳趾尚是架床疊屋式的，為世詬病，良非無因。而我們竟於困苦旅行中無意得之，真是「不亦快哉」之一。

不僅止於遊歷中景觀和人物觸發的探討，對於文物、古蹟乃至旅遊地所發生的時事，都成為作者關切所在。前面孫伏園談及「理學空氣」，後面又不忘一提陝西的「藝術空氣」，從門上所貼著的詩畫到當地文藝社團，甚至他又一躍而論起當地人的口音，也分析出長安和渭南口音之不同肇因於「交通的不便」。尤其饒富趣味的是他以報導的口吻寫回程中洛陽城裏的「西藏王爺」和妓女：

隴海路經過洛陽，我們特為下來住了一天。早就知道，洛陽的旅居以「洛陽大旅館」

為最好，但一進去就失望，洛陽大旅館並不是我想像中的洛陽大旅館。放下行李以後，出到街上去玩，民政上看不出若何成績，只覺得跑來跑去的都是妓女。古董舖也有幾家，但貨物不及長安的多，假古董也所在多有。我們在外面吃完晚飯以後匆匆回館。館中的一夜更難受了。先是東拉胡琴，西唱大鼓，同院中一起有三四組，鬧得天翻地覆。十一時餘，「西藏王爺」，將要來館的消息傳到了。這大概是班禪喇嘛的先驅，洛陽人叫做「到吳大帥裏來進貢的西藏王爺」的。從此人來人往，鬧到十二點多，「西藏王爺」才穿了棗紅寧綢紅裏子的夾袍翩然蒞止。帶來的翻譯，似乎中國語也不甚高明，所以主客兩面，並沒有多少話。過了一會，我到窗外去偷望，見紅裏紅外的袍子已經脫下，「西藏王爺」卻御了土布小褂褲，在床上懶懶的躺著，腳上穿的並不是怎麼樣的佛鞋，卻是與郁達夫君所穿的時下流行的深梁鞋子一模一樣。大概是夾袍子裏得太熱了，外傳有小病，我可證明是的確的。後來出去小便，還是由兩個人扶了走的。妓女的局面靜下去，王爺的局面鬧了；王爺的局面剛靜下，妓女的局面又鬧了。這樣一直到天明，簡直沒有睡好覺。次早匆匆的離開洛陽了，洛陽給我的印象，最深刻的只有「王爺」與妓女。

透過「西藏王爺」和妓女，孫氏又以冷筆寫下了他對洛陽人文現象的批判。

從本篇幅度頗鉅的「長安道上」，可以發現自然的景觀並非全篇唯一的重點；甚至可說並非重點所在，他所關注的是這段遊歷途中，社會的動態，歷史的滄桑，人民的生活型態，孫氏是我國提倡平民文學的先驅之一⑬，其重視人文現象可謂其來有自，他的遊記也自然有生動的社會觀察和批判隱現其間。

孫氏在他的遊記中雜用了許多散文類型的特質，如雜文、小品、傳知散文、報導文學等，這一類作品的結構稍一不愼卽易流於零亂無章，可見成功的人文式遊記也必備兩項要件：

㈠作者必須在繁瑣的感思和印象中剪裁出統一精純的結構。

㈡作者必須在景觀的現象表面和人文的深層結構之間尋找出微妙的關聯，並予以詮釋。史敦（Laurence Scerne）曾把旅客分成許多類：遊閒的旅客、探奇的旅客、哄騙的旅客、驕傲的旅客、虛榮的旅客、惱怒的旅客，其他如有正經事務的旅客、曠職與犯罪的旅客、簡單的旅客（此指一般爲節省開支，遷地營居之輩），他又叫自己是一個感傷的旅客⑭。這種劃分方式無疑是文學而非科學的，但是世間的旅客確實是如此形形色色，甚至更有無窮的情緒會造出無窮類型的旅客，作家當然不見得只是一個「感傷的旅客」，他也可能成爲任何一種旅客。在遊記裏，我們不僅僅看到了景觀，或是得到了作家感受省思的拷貝，更可以藉以深入作者的旅途，摸索出他們的心靈活動。

⑬ 一九三一年孫氏應晏陽初主持的「中華平民教育促進會」之請出任文學部主任，從事推動平民文學教育工作，並曾與瞿蘭農主編「民間」雜誌。見「中國現代六百作家小傳」二九八頁。

⑭ 見邵洵美「著作家的旅行」，「人間世」第九期四〇頁。

第五節　傳知散文

傳知(informative)散文的名稱乃由外國而來❶，但是不論在西洋或在中國，傳知散文都是最原始，最古老的一種類型，但它在文學上卻從來不曾佔有「類型」的地位。這種散文是以傳授知識爲主要目的的散文。在我國，自有典籍開始❷，就無不是以傳授知識爲主，雖無「傳知」之名，卻有傳知之實。經書、史書以及諸子百家的學說，都是以傳知爲首要目的，它們同時具有文學素質，因此歷來許多文學選家，從這些傳知文章中，挑出許多具有文學素質的文章來，它們就是傳知散文。在現代散文中，傳知散文幾乎泯除了小品文中「自我」的色彩，它可以說是一種單純處理資訊和記錄的散文體裁。後述的報導文學，尤其是考證式報導文學，常隱含了傳知散文的手法，但報導文學更加入了作者行動的介入，而傳知散文則僅限於作者思維的介入。本來，文學作品的直接、或主要目的並不是傳授知識，眞正傳授知

❶ 見董崇選「西洋散文的面貌」第六章九八頁。

❷ 劉大杰認爲「尚書」商書中的「盤庚」：「裏面有技巧很高思想很繁雜的句子」「是中國最古的散文」，已稱得上是傳知散文。（「中國文學發展史」第一章二五頁）

識的自有各學門教科書、或各種專門論著等，可謂傳知論文。可是有些專門學科學者，其本身同時具有文學的素養，把學問也處理得兼具文學之美。在古今中外的歷史上，有許多這種例子，因此時常被節選入文學選集中❸，這些例子，給後人以相當的啓發，於是在撰述專門學術時，也運用文學技巧，能增加其可讀性，而加速知識的傳佈。新文學運動後，胡適、章衣萍等人特別推崇吳稚暉的「上下古今談」一書，就因爲它是「十分有趣味的談科學常識的作品」❹，當時推行目的乃是想把專業知識平易化、通俗化。蓋專門知識本身已很難入門，研究或介紹的專書又都是連篇累牘的硬體文字，自難討人歡喜。如果改用文學的語言，優美的表達方式，讀者便容易吸收消化。

一般而言，傳播知識，都以論文寫就。論文寫得有內容、深刻，專家學者很容易做到，但是要把論文寫得漂亮易讀，則不簡單。傳知散文是專門知識與文學素質的整合作用，其內容務求專業化學識，富於理性的滲透性，其包裝則求感性的渲染力，使讀者閱讀時，不但知識得到灌溉、理性受到啓發，且心靈受到牽引。

由於現代學識進步發達，知識領域無限擴展。因此傳知散文的內容幾乎無所不包，不僅文學、史學、哲學，甚至如自然科學、社會科學、應用科學等等，都是傳知散文的素材。由於傳知散文的內容皆由作者對於專業知識領域的理解和思維出發，而不可能有作者的行動參與，無法如本章第六節的報導文學，可依作者的經驗層次再予以細分，只能以作者所面對的專業領域做爲劃分標準。人類的知識可劃分爲三大領域：人文學、社會科學與自然科學。因此傳知散文亦可依此分爲三類。

（一）人文知識

有關人文知識的傳知散文，做得最有成績的，要屬文藝理論；這一方面是因爲其他學科的學者無心，或心有餘而力不足，不能寫出文藝性的傳知散文。另方面，寫作文藝理論的學者，長年寖饋文學，其下筆時自然成文，不勞特別費心。值得注意的是，在這一羣傳播文學理論的學者中，有許多有心人特意把專門知識家常化，幾乎是小說化，讓人物在文章中對談，輕鬆而平易的把學理引介出來，那確實是文藝性傳知散文的一大試驗。早期夏丏尊的「文心」，蔣伯潛的「章與句」，乃至近年王鼎鈞的「講理」都是典型例子。蔣氏「章與句」以幾個重要人物貫串全書，兼敍他們的生活瑣事，而重點自然集中談論文學創作中「章」與「句」所應注意和推敲的理論，其實就是一本寫作指南的書籍，但不用生硬的理論直接論述，使青年讀者較容易接受。王鼎鈞「講理」是專門討論「怎樣寫論說文」的書，寫作對象是中學生。他們面對論說文，大部分都感到頭痛，作者便想出「可以寫得很輕鬆、淺近，跟學生的生活聯接起來」❺的寫法。以上二書的寫法都排除了作者自說自話的體例，採家常的

❸ 例如我國先秦諸子的專著、司馬遷「史記」，西洋如笛卡爾的「方法論」、黑爾德的「人類歷史哲學觀」等具是。

❹ 見「作文講話」一〇一頁。

❺ 見「講理」一頁「作者的話」。

對話方式，娓娓道來，讓學生接觸理論時不會產生排斥感。類似這樣的書籍，雖然通篇用相同的人物串連起來，但並沒有必然的關聯性，每一節都可以獨立成篇。這類著作，是文藝理論家，存心爲初入門者所做的傳知散文，其用心與成果都值得尊敬與推崇。

另外一種文藝理論的傳知散文，作者原本是文學家，或者是具有文藝修養的學者，當他下筆爲文時，並未存心要寫成傳知散文。文藝理論家會因寫作對象，而做文字上的調整。至於文學家，則是很單純的發表他個人的文學見解而已，例如周作人不論抒情、記事、論說，都一概用他的散文方式來處理，而其中「談論文藝」部分，被李素伯評爲他散文中「寫得最多而也是最好的文字」⑥：「對於文藝研究的認眞，態度的忠實，見解的透闢，不苟……最難能可貴的是作者以謹嚴而又生動的筆調，極眞實極簡明的表現著自己的意見，讀者所感到的是流暢、乾脆，覃然的深味，永不會覺得散漫，或是粗陋而生厭的。」例如「美文」⑦就是典型文學知識的傳知散文。它屬於「知」的部分條理清晰，層層闡釋；首先是他要提倡藝術論文，先舉外國已有現成例子可爲參考，一種是嚴肅的學術論文，一種是藝術的論文，常有敍事或抒情性質。在文中周氏鼓吹後者，因爲「讀好的論文，如讀散文詩，因爲他實在是詩與散文中間的橋。」這種文字，中國古已有之，但白話文學尚未出現，値得提倡。其次，他提出本文第二個論點：文學因內容的不同，其所訴求表達的形式也會不一樣，故「有許多思想，既不能做爲小說，又不適於做詩，便可以用論文式去表達他。」再其次，作者提出美文的條件：「同一切文學作品一樣，只是眞實簡明便好。」其見解與梁實秋論散文，「最高的理想也不過是『簡單』二字而已」⑧如出一轍。再其次，他提出外國的榜樣，但並不鼓勵國人一味模倣：「我們可以看了外國的模範做去，但是須用自己的文句與思想，」再進一步批評當時的文壇：「晨報上的浪漫談，以前有幾篇倒有點相近，但是後來（恕我直說）落了窠臼，用上多少自然現象的字面，衰弱的感傷的口氣，不大有生命了。」

「美文」不過五百字，而它包容的文學意見卻眞不少，而且層層解說，如抽絲剝繭，把美文應當努力發展的意義闡述得相當深刻，此是就內容而言。在形式上，「美文」則是娓語體式散文：「惟其是文字而兼談話之長，所以說來逼眞，如聞其語，如見其人。」「寓眼光見解，人情物理於談話之中。」❾「美文」的開頭沒有開場白，單刀直入，彷彿聽者已就坐恭聽。其次作者在文中發表的卻指明是「我」的意見，且向讀者提出意見：「治新文學的人爲什麼不去試試呢？」結尾更具對談性質：「我希望大家捲土重來，給新文學開闢出一塊新的土地來，豈不好麼？」這樣的語氣、筆調，使讀者感到溫和、親切、舒暢。跟扳起臉孔談道理的學術論文自然大異其趣。

朱光潛是一位美學研究者，他要把研究心得介紹給一般人，使人「懂得像什麼樣的經驗才是美感的，然後再以美感的態度推到人生世相方面去，」❿作者的目的只是引導一般俗人

❻見「小品文研究」第四編九二頁。
❼見「談虎集」，「周作人全集」二〇一頁。
❽見梁實秋「論散文」，「中國現代散文理論」三七頁。
❾見「娓語體小品文釋例」，「人間世」二十八期一五頁。
❿見朱光潛「談美」第三頁。

「免俗」，因此他在撰寫「談美」「談文學」等書時，就用散文的語言來傳達，使他的論文就成爲具有文學特質的傳知散文。例如「談美」一書每則標題都充滿文藝氣息。至其內文，例如第二則「當局者迷，旁觀者清」，是談論藝術和實際人生的距離問題，全篇開頭說：

> 有幾件事實我覺得很有趣味，不知道你有同感沒有？
> 我的寓所後面有一條小河通來因河。我在晚間常到那裏散步一次，走成了習慣，總是沿東岸去，過橋沿西岸回來。走東岸時我覺得西岸的景物比東岸的美；走西岸時適得其反，東岸的景物又比西岸的美。對岸的草木房屋固然比較這邊的美，但是牠們又不如河裏的倒影。同是一棵樹，看牠的正身本極平凡，看牠的倒影卻帶有幾分另一世界的色彩。我平時又歡喜看煙霧朦朧的遠樹，大雪籠蓋的世界，和深更夜靜的月景。本來是習見不以為奇的東西，讓霧、雪、月蓋上一層白紗，便見得很美麗。（十二頁）

作者開頭說「有幾件事」，接著用了五段文字來舉例細述，完全是敘事抒情的文字。接著才由「事」銜接至「理」上，即令在說理時，作者的文字仍然充滿抒情的媚力，堪稱傳知散文的典範之一。

在文學批評上，王崑崙（太愚）的「紅樓夢人物論」[11]爲曹聚仁推崇備至，謂其「從內容說，這都是傳世之作，從形式說，也可說是有了蒙旦散文的風格。」在學術研究上則是：「王崑崙的紅樓夢人物論出來，紅學研究才進入新的階段，可以稱之爲『新紅學』，這既不是王夢阮、蔡元培的猜謎式的紅學，也不是胡適之、顧頡剛式的紅樓夢考據，而是從新的社會觀點來批判那一羣人物的意識型態的『新紅學』」⑫。

就學術立場而言，王崑崙的「紅樓夢人物論」是紅學研究歷程中能脫離索隱、考證兩大派，而從文學角度來評價紅樓夢的發軔者之一。雖然有人把它歸入膚淺的「右黛左釵」人物論中⑬——且是意識批評的再建者，它的成就實爲學林所重視，同時，它也是一本長期的暢銷書，其原因便是作者運用文學的語言，感性的表達方式，由淺入深的詮釋，把嚴肅的課題化解爲輕鬆、活潑的漫談方式來傳達，而其內容仍然具有嚴密的邏輯性。

（二）社會科學

有關社會科學的傳知散文，可以歷史小品爲代表。在一九三五年，散文大盛於文壇時，其他各種文類也得到重視與提倡。例如周樹人、瞿秋白等人大力提倡雜文，郁達夫提倡日記

⑪ 此書原以散篇發表於重慶「現代婦女」，一九四八年由「國際文化服務社」出版，今臺灣有許多書店翻印，如新興、長安、里仁、天華等出版社。

⑫ 以上引文分別見曹聚仁「文壇五十年」二四九頁及曹氏「書林新語」一五九頁。

⑬ 見陳炳良「近年的紅學評述」，「紅樓夢研究文獻目錄」（宋隆發編）三九〇頁。陳氏把王作與梅苑「紅樓夢的重要女性」、陳修武「讀紅樓夢雜記」並比，頗爲不倫。

體及傳記文學。而曹聚仁、陳望道、夏祖璋等人則提倡歷史小品及科學小品⓮。其中「幽默」「歷史」「科學」等三項被認爲是當時三條不同的大路⓯。「幽默」原與「歷史」「科學」不能類比，不過三者並舉，足見後二者受到相當重視。它們實際是有關社會科學的傳知散文。

儘管歷史學是社會科學的一個部門，但是三十年代提倡的「歷史小品」並非道地的傳知散文，它實是發揮作者的「疑古精神」⓰，曹聚仁在「故事新編」中說：

> 拿歷史上的故事重新渲染一過，使他具有現代性，我們寫歷史小品的大概都這樣做。古今人的性格，因為環境不同，自有其差別，我們把人物放在本來環境中去觀察，看他的個性是怎樣形成。但人類亦有其共通的性格，某一類人物，我們可以借鏡於現代的某一種人，用某一種人作底子，再來著筆，大致不會很差的⓱。

曹氏在「怎樣寫歷史小品」中說：

> 我們寫歷史小品……採取歷史上的人物，把他放在原來的圈子裏去，看他怎樣過活？怎樣組織他自己的思想？和那些人往來？在那些事件上處怎樣的地位？一一鈎沉稽玄，還他本來的真實，客觀地描寫起來，絕不加以否定的解繹，也不塗上現代的色澤，這是我們寫作的基點⓲。

由曹氏的詮釋，可知他提倡的歷史小品實與再現古人古事的歷史小說性質相同。作者注重歷史的眞實度，經過細心的考證過程，用文學的手法使歷史活生生的再現出來。

然而就當時創作出來的歷史小品看來，這種努力依附於史實的創作畢竟不多，反而是借古諷今，竄改史實，借用古代的表相而來諷刺作者當代人事的作品極多，與借古人古事而重新創造的歷史小說本質上並無不同。總結而言，不論遵守歷史眞實度或竄改歷史事件的再創作⑲，都是中國古人早已習用的創作手法之一，周振甫稱之爲「假設」⑳，它並未肩負傳佈歷史知識的功用。雖然它也被某些人列入現代散文史中，有人且名之爲「歷史小品」㉑，但

---

⑭ 參見「中國現代散文理論」前言，七頁。

⑮ 見洪爲法「我對於小品文的偏見」，「小品文和漫畫」一〇六頁。

⑯ 語見鄭伯奇「小品文問答」，「小品文和漫畫」二一二頁。

⑰ 見曹氏「書林新語」一四四頁。

⑱ 見「小品文和漫畫」一七〇頁。

⑲ 當時還有一些等而下之的「歷史小品」則只是在歷史堆中尋覓可驚可愕之事，把古文翻成白話，以博讀者一粲者，則不值得列入討論。又，對當時所謂的「歷史小品」是否須採用歷史家的態度，各作家在當時也有不同的看法。參見洪爲法「我對於小品文的偏見」，「小品文和漫畫」一〇七頁。及茅盾「科學和歷史的小品」，「中國現代散文理論」四〇一頁。

⑳ 見「文章例話」二一〇頁。

㉑ 見王瑤「中國新文學史稿」下冊一九四頁等。按，此類以歷史題材寫成的小品宜歸入變體散文「寓言」類中；所謂變體散文，乃指內容結構脫逸出本書第二、三章中兩組類型的散文體裁，筆者將之列入下一次的研究中，不在本書中討論。

並非本篇中所謂社會科學的傳知散文。

介紹歷史知識的傳知散文，乃是以記敍或介紹歷史事實，或討論歷史問題，甚至研究歷史爲其內容，在我國早期，左傳、史記等書中可以節錄出許多雋永的歷史小品。而在現代，有許多歷史學家，常常右手撰寫嚴肅的史論，左手則書寫一些輕鬆的歷史小品，產量也相當豐富。

胡適「說史」㉒是一篇典型的社會科學傳知散文。它針對「史」一字，追究它在古代與現代具有不同的意義。按，「史」字，說文云：「記事者也，從又持中。中，正也。」注云：「玉藻動則左史書之，言則右史書之，不云記言者，以記事包之也。」一般人對「史」的觀念也必然如此。「史」字的創始意義乃是秉持中正，做不偏不倚、最眞實的記錄。歷史，就是人類過去活動的情形，和已經成就的遺跡。在遠古時代，靠口頭傳記，代代傳下來，內容自然非常不符眞實，五、六千年前，發明了文字；可以用文字記載歷史時，也發明了「史」字，就要求史官記錄純正客觀的歷史，把人類所發生的眞實事件做忠實的記錄，研究前代歷史的人，也必須憑藉過去所留下的遺蹟與記錄，去考察體認，追究眞實的成分。現在的人對「史」基本上也有這種認識。

然而，就「歷史」本身的發展過程而言，它有三個階段緩慢的在進行。初期，人們把「歷史」視爲消遣品，因此當做故事來聽，「歷史」對人類尚不具有特別的意義和作用。歷史學家稱之爲「故事的歷史」。到了第二個階段，人類文化進步後，覺得歷史除了故事性的娛樂價值外，它還可以有「資治通鑑」的作用，使善人好事流芳百世，惡人醜事遺臭萬年，歷史乃變成「教訓的歷史」。到了第三階段，人類開始正視歷史的意義，認爲歷史是人類活動過程的眞實記錄，可以指導人類社會前進的學問，乃成爲「演進的歷史」。胡適「說史」，實際上是要詮釋「故事的歷史」期，但他不從歷史演進的角度來論述，他採閒話方式，先選擇中國人最信任的一本書：「論語」，從裏邊找出三則有關「史」的討論文字，其中兩則爲孔子所說，另一則爲子貢所說。三則資料互相發明，再引春秋時流傳下來的「史料」爲旁證，歸結出全文的結論是：「史」在春秋時代所包含的意義乃是後代所指的講史平話小說，就是「故事的歷史」。作者在詮釋時，有些獨特的個人見解，例如他認爲孔子所說「吾猶及史之闕文也，有馬者借人乘之。今亡矣夫！」其中「文」字應作「文采」「文飾」解。是故「吾猶及史之闕文也」是說「我還看見過那沒有文藻塗飾的史文。現在大概沒有了吧？」由此引申出「現在流行的『史』，都是那華文多過於事實的故事小說了。」接著介紹一連串被後人當成正史的「平話小說」，作者稱之爲「史話」—乃孔子所說的「文勝質則史」的眞義。

作者另一項個人見解是，他推測古代說故事的「史」，編唱「史詩」的「史」同後世說平話講史的「負瞽盲翁」一樣，也往往是瞎子。以上所提諸點，在傳知散文中，便是作者「獨抒己見」的地方。

再就本文的形式而言，在文字上，作者使用閒話式的筆調，介紹性的敍說，而不是嚴肅

㉒原刊「大陸雜誌」十七卷十一期，，後收入「史學通論」（六三頁）中。

的考證文字。因此，當在介紹一串歷史故事時，是極具趣味性的，在文中已能把故事的梗概做具體的介紹。文內作者已提到「闕文」的史，就是那乾燥無味的太史記錄，絕沒有文采的藻飾，也沒有添枝加葉的細膩情節。作者在本篇的行文，正是有文采的文字，也是所謂「歷史小品」所欠缺的。

在結構上，本文也相當嚴整，不是考據文章的嚴整，而是文學式的廻環。全文開頭以論語三則起，看似考證的嚴肅文字，但緊接著用了三大段文字閒談平話故事，以轉圜前邊的乾燥氣氛，其次引經據典，也以故事性的口氣說之。而全文的結論，則歸結於「古代流傳的『史』，都是講故事的瞽史編演出來的故事，東方西方都是這樣。」這結論來自前述人類三階段歷史演進的通則，但作者不加細述解釋，竟急轉直下，突然把中西歷史牽扯在一起，驟下斷語，快速收筆，這是感性散文的寫法，絕非論文的正統。全文僅三千餘字，亦是散文小品的體式。

(三) 自然科學

科學小品在一九三四年開始實驗性的被提倡與創作，是三十年代在傳知散文上最具開拓性的成就之一。所謂科學小品，雖有小品二字，但是並無小品的特性，根本上是一種屬於自然科學的傳知散文。但在文學史中已出現「科學小品」一詞，因此在討論中，也延用這名詞。提倡科學小品，實是基於傳播科學知識之必要，柳湜「論科學小品文」中說：

科學小品文是科學與小品文在大衆的實踐生活的關聯中去聯姻的。目前大衆需要科學知識，科學要求大衆化，而大衆實踐的生活不許可有長閒的時間去從事科學研究，去讀大本頭的科學書。

可見當時提倡科學小品實是爲了普及科學教育。柳湜主張小品文與科學「結婚」：「不僅小品文吸取了有生命的內容，同時科學也取得了藝術的表達手段，藝術的大衆科學作品於是才能誕生」㉓。

周作人也詮釋過科學小品㉔：

所謂科學小品……是內容說科學而有文章之美者，若本是寫文章而用了自然史的題材或以科學的人生觀寫文章，那似乎還只是文章罷了，別的頭銜可以不必加上也。

當時所指的科學，大致包括自然科學與社會科學㉕，不過當時的科學小品多半以自然科學爲

㉓以上見「中國現代散文理論」三九四頁。
㉔見「科學小品」，「苦茶隨筆」，「周作人全集」三冊三四頁。
㉕其範圍的廣狹當時並不很一致，且有相當的爭議。參見柳湜「我對科學小品的一點淺薄的認識」，「小品文和漫畫」一七七頁。

介紹重點，因此本節中所討論的對象限於自然科學的傳知散文。科學小品取材時，除了從科學書上找材料，也可以由作者親身觀察自然現象而寫。一般而言，一位非專家，憑肉眼去觀察自然現象，是無法掌握其科學的、眞實的內涵，寫出來的小品只能算是詠物小品。因此，仍要憑藉直接接觸與間接的文字資料，也就是作品的內容絕對要具有專業的準確性。其次，在選擇題材上，既要通俗化——爲一般人所習知的事物，又要新穎性——爲一般人所有興趣，在寫作手法上，必須生動化，具有魅力，使讀者有閱讀下去的興趣。

賈祖璋是早期致力於科學小品的少數學者之一，他在「我寫科學小品的經過」㉖中說：「……用淺明的文字，並採取文學的材料來寫初步的科學書，一定可以引起初學者研究的興趣，」這是他寫作的動機，他原來就對生物學極有興趣，因此廣泛收集各種鳥類資料，撰成「鳥與文學」㉗一書，有心要兼顧文學的趣味與科學的知識，他說：

這本書內各篇文字的內容：在文學方面包括歷來的詩歌，故事和現在的民間傳說等；在科學方面包括形態、習性、種類和與人的關係的說明；除外還有關於名稱的考證和迷信的辨正等，這是想用較有趣味的文字來寫科學書的第二回嘗試……。

……在寫鳥與文學的時候，雖然以趣味為重，但一方面還含著作系統研究的野心：以為在純正科學的立場上，選擇關於各種鳥類有價值的新舊記載作一有系統的整理，對於中國研究鳥類學的人，或許可以有相當的貢獻。但從現在看來，雖然這樣一個小小的志願，實在有些近於夢想了。所以只能以提供一些科學常識為目的，對於各種生物不加修飾地作一回「輕描淡寫」，這才叫做「生物素描」。又為避免文字的過分枯燥，使不致與「小品」的意義相距過遠起見，行文時常攙雜一些題外的閒話。（一六一、一六二頁）

「鳥與文學」共收十一種有關鳥的文章，都直接以鳥名爲題。由於資料的多寡不等，因此每篇的長短不一，但體例大致統一。其文章內容有原始資料的搜集、名稱的考證，鳥類在民間的傳說以及文人墨客各種以鳥爲主題的詩詞賦，有時也牽涉到外國鳥類在其傳統中的意義。在科學知識方面，則介紹鳥類的名稱、形態、種類、習性，甚至飼養的方法等。大體而言，其全書傳知的成分高過文學的素質。例如「畫眉」一文；全篇分三節：⑴文學上的畫眉，⑵科學上的畫眉，⑶飼養法。全篇一開頭便引張潮「畫眉筆談題辭」一段文字，接著又引歐陽修等八位古代作家詠畫眉的詩，結尾只有一句：

這些詩，都是簡短清快，風韻悠然，正如此鳥是一種可愛的小鳥。（四七頁）

屬於「文學上的畫眉」一節，只舉出古代文學家以畫眉爲題材的創作，卻缺少作者自己文字

㉖ 見「小品文和漫畫」一六〇頁。

㉗ 原書上海開明書店出版，一九六八年三月臺灣開明書店再版。

的渲染。此段實不及「杜鵑」篇的首節「望帝春心託杜鵑」，其開頭云：

春暮夏初的時候，我們經過了活潑美麗的春光，踏入一個日見陰密的境地。我們是眼見絢爛的春花，飄零於泥塗，婆娑的翠柳，迷混於綠蔭；芳草萋萋，樹木沉沉，鮮明顯豁的大地，漸漸著上了一重稠密的新裝。蝶舞也為之隱匿了，鳥鳴也為之隔離了；只有深林中的杜鵑，她開始來哀訴狂鳴。於是，我們聽著她彷彿深怨幽鬱的鳴聲，我們不禁要憶起了一時遺忘，不知誰氏所作的那一句悲涼哀婉的詩句：「望帝春心託杜鵑」。杜鵑在中國文學上，已成為一個主要的題材；無論誰，只要稍微涉獵一些中國文學書籍，就可發見這個望帝化為杜鵑的故事。

這種文學的語言，在一篇開頭就具有吸引讀者的力量，才能繼續閱讀下邊所列舉出來有關杜鵑的傳說以及詩人的詠物詩。

「畫眉」第二、三節「科學上的畫眉」「飼養法」卻是非常純粹的知識介紹，很容易流於乾燥枯澀。尤其飼養方法，全部錄自陳均「畫眉筆談」，文尾作者也不加一點文字稍作收束，對一般讀者而言，這一節完全依賴古人一段文字，未嘗申述解說未免太生硬了些。

科學知識要寫成文章，大多須用說明文，而散文內容要與科學知識結合，則必須加入抒情的成份，在處理上，其分寸相當不容易掌握。因為科學知識的傳達，必須用較嚴謹的語言來說明現象、解釋過程、分析原理，而且時常牽涉到一些學術名詞，作者如何淡化其學術性，則似乎宜多用譬喻、比較等較婉轉的方式來表達。總之，科學小品需要科學家的專業知識，又需要文學家的生花妙筆，對於一位作者，這正是兩難命題，也因此，它雖經提倡，也經過少數人的努力，但在散文中一直是最不發達的類型。

傳知散文在體製上，並不純以短篇的姿態出現，常可演繹成長篇巨著。

第六節　報導文學

報導文學，原稱報告文學（Reportage），是以力求客觀的報導性文字，針對特定時空下的歷史問題、社會結構，乃至人種與生態環境的發展、變異、衝突的過程，搜集與體驗各種見聞與紙上資料，而加以記錄報導的散文體裁，而執筆報導文學的散文作者，也可稱爲「報告者」。報導文學所報導的客體必須綜合了「文學的眞實」與「歷史的眞實」。所謂「文學的眞實」就是透過報告者的心靈提出的詮釋與批判所構成的價値體系，「歷史的眞實」則是報告者所掌握的資料與個人體驗的眞實性。因爲報導文學的本質必須兼容這兩種「眞實」，失去「文學的眞實」，它便淪爲純粹的報導，失去「歷史的眞實」，則缺乏客觀的特性。爲了兼顧兩者，不僅僅在於主題和資料雙方面的信實度，報告者也必須將報導語言和文學語言加以平衡、融滙。換言之，報導文學作品有其特殊的語構規則，有別於其他類型化的散文體裁，必須以客觀而不失文學趣味的語言來進行陳述，此點和後述的傳記有共通之處。至於僅就知識、觀念、學問做報導分析，而不涉及實際行動及事件者，則歸入傳知散文中。

報導文學在中國正式出現遠在二十世紀之後❶，它在西方才能追溯到較早的文學史中，例如海涅的「旅行記」❷。報導文學在中國的出現是經過移植而來，固無疑問，捷克報導文

學家基希（E.E. Kisch）被三、四十年代的報告文學工作者視爲圭臬❸斷非偶然。報導文

---

❶袁殊「報告文學論」云：

「報告文學」，這一名詞在中國還是很新的。但在向著未來努力的現在，是從事於文學的或新聞學的人要予以注視的，由於工場與農村勞動新聞的發達，勞動通訊將來到它權威的時代，從那許多眞正工人或農人親手寫的通訊稿裏，一個編輯者是可以獲得許多寶貴的感情與樸素美麗（雄壯的）的詞句。這種實驗，現在正在世界各國流行著，例如在俄國曾說：「在勞動農民通訊員中，要產生出勞動者、農民作家的預備隊。」在德國，貝黑爾在「左翼曲線」第二卷第一號的卷頭語上說：「新興的文學形式在產生……從勞動通訊員與工場新聞的制作者和編輯者裏產出我們的後繼者。」（雖然在勞動通訊的主要任務上，這是附屬的事項。）普通，把勞動通訊與報告文學，都以爲是同義的。其實兩者是有差異的。——勞動通訊，只是工場新聞或農村新聞製稿的主要的一種，而報告文學卻是純然的文學：這名詞，有時也稱爲「通訊文學」，是從"Reportage"的譯語；而這"Reportage"是從"Report"(報告)這字變化出來的新名。這文學的形式，自然不會是自古已有的；它是一種近代工業社會的產物。

又胡仲持「論報告文學」云：「就是照世界範圍來說，報告文學也實在是本世紀剛才出現的新的文學形式。」（以上見「中國現代散文理論」二九九、三七〇頁）

❷立波「談談報告文學」云：「報告文學（Reportage）是近代文學的一種新的形式。它的發跡，有人追溯到散文的發生，更回顧到德國詩人海涅的『旅行記』上去。」（同上註三〇七頁）

❸見同上註，云：「直到德國基希諸人的作品出來，報告文學才成了一種不能被人輕視的獨特的形式。」（三〇七頁）

學在西方的發展，可分爲兩大源流，一是社會主義報導文學，一是美式報導文學，前者以社會主義理念規範下的寫實主義爲基礎，視報導文學爲一種鬥爭工具，後者則係自由經濟與民主政治環境下，因新聞寫作發達而衍生出來的一種文體。報導文學這一名詞到達中國以及初步的影響，據一九四九年胡仲持的說法：

> 報告文學這一名詞是俄國大革命期間，隨同一些列寧主義作品從日本傳到中國。這是德語 reportague 的譯名……大家便把這種新興的文學形式叫做 reportaue（報告文學），和一般出於虛構的所謂「小說」並列起來。這個新名詞在法語和英語裏似乎也有了一個相應的同義字，就是 reportage。然而近年英美一般關於文學史和文學批評的正統派的文章卻都似乎没有採用這新名詞，來指這麼一種新的文學形式。在富於保守性的一般英語詞典裏，甚至 reportage 這個字也找不出來。可見這一新名詞在英美不十分流行的。
>
> 近二十年的我國是在歷史的變革時代。生活在這一時代的文學青年對於報告文學可就似乎有著特別的喜愛。這個新名詞一出現在上海，在上海的文藝的雜誌上立卽有不少相應的優秀作品刊載出來。比如夏衍所作的「包身工」就是發生過熱烈的反應的一篇。在抗戰初期，一般優秀的新聞記者往往採取了報告文學的形式，報導前線和後方的事實，得到一般的好評。有一位批評家甚至說，在抗戰初期，中國的新文學作品最有成績的，應當算是報告文學了。就翻譯方面來說，這些年來，各國作家的報告文學

的作品往往比小說和劇本更受中國讀者的歡迎。

包括胡氏，更多的報導文學理論家引述了基希提出的報導文學三項必要條件：(1)嚴格地忠實於事實；(2)強烈的社會的感情；(3)對被壓迫大衆的密切的聯繫。並且強調只有通過了切身的體驗，才可以具備這三項條件❹。在抗戰初期，由於國人憤怒日本的侵略，報導文學的特性自然成爲以文藝進行戰爭的最佳文體。早在一九三〇年中國左翼作家聯盟成立，即正式號召「工農兵通信運動」，提倡「創造我們的報告文學」❺，因爲中國全面抗日戰爭的展開，才使得報導文學成爲狂熾的文學運動。

抗日戰爭期間報導文學所以興盛，固然受到社會主義報告文學的影響，但是眞正刺激多數報導文學工作者的是根深蒂固的民族情感。至於一九七〇年代臺灣興盛的報導文學，爲有別於三、四十年代的報告文學，提倡者高信疆一開始就把它稱爲報導文學。臺灣的報導文學理論建立在新聞學影響下產生的報導文學潮流，這是由新聞報導的進展而衍生的文學類型，新聞報導進展的軌跡是新聞報導（News Reporting）、綜合報導（Collective Reporting）、解釋報導（Interpretative Reporting）、深入報導（Depth Reporting）、調查報導（Investigative Reporting）❻，終於新聞寫作的理論不能被「客觀報導」的原則所左右，出現了

❹ 以上見胡氏「論報告文學」，「中國現代散文理論」三七一、三七三頁。

❺ 見藍海「中國抗戰文藝史」一二一頁。

❻ 參見荊溪人「泛論報導文學」，「現實的探索」七—一三頁。

「新新聞學」，容納了一切可能的形式：時空跳接的手法、第三人稱的敍述、對話體、細部描寫、心理刻劃、個人感覺……❼，產生了臺灣報導文學的理論根基。臺灣七〇年代報導文學的興起，首先透過報紙副刋媒體力量的推動，其內容也不限於「此時此地」的新聞性，而將範疇擴及歷史民俗各階層和角落，無疑是較三、四十年代報告文學具有更寬濶的主題內涵，也擺脫了特定意識型態的束縛。

報導文學和遊記、傳記有相當密切的關係，旅行式的報導文學和遊記最大的區別，在於報導文學必須縝密地蒐集、分析報告者所見所聞的各項客觀資料，而遊記著重在個人主觀的印象和感受；傳記可以說是報導文學一種極端的表現，傳記作者將自己對於傳記人物所有主、客觀的資料蒐集、彙編爲文，其目的在於凸顯個別人物的人生形象、報導其生命的完整過程，因此遊記可說是極端主觀化的旅行報導文學，而傳記則是以個別人物爲報導焦點的人物報導文學。

如果自報告者參與報導客體的狀況來看，報導文學可以劃分爲兩類，即直接經驗的報導文學與間接經驗的報導文學，前者可稱之爲經驗式報導文學，後者可稱之爲考證式報導文學，兩者都需透過客觀資料的剪裁處理和佐證，但直接經驗的報導文學，加入了報告者切身的經驗，如荆有麟「火焰下的一天」❽以煉鋼工人切身的經驗第一人稱寫出，而間接經驗的報導文學，其報導的事物並沒有報告人直接的經驗參與，報告人處於彙整資料及查訪考證的立場，在這種意義下，田野考察報告、口述文學與通訊稿的彙編也都可以歸納入報導文學的範疇，以下試就二者分別探討。

（一）經驗式報導文學

在抗戰初期興盛起來的報導文學，多半以戰爭下的人事地物爲關注的核心，羅蓀「談報告文學」❾中曾經仔細地分析過于逢在一九三八年完成的「潰退」❿，他將「潰退」的情節分析出來：

一、在廣增公路上的行軍。

1.在隆隆的炮轟聲中，向增城前線增援的一支夜行軍。

2.用田塍小徑的田野行軍的回憶作對比，表現公路行軍的舒適。

3.插入一段退卻下來的炮兵作為伏筆，並表現了前線的戰況不明。

二、在蓮塘鄉駐防。

1.初駐防時的軍民間的隔膜。（反映了抗戰以前的軍民關係）

2.農民對駐軍的懷疑逐漸沖淡，乃至於發生親切之感。

---

❼參見高信疆「永恒與博大——報導文學的歷史線索」，「現實的探索」四三、四五—四七頁。

❽見「戰鬥的素繪」一一一頁。

❾見「中國現代散文理論」三三五頁。

❿于逢文見「戰鬥的素繪」八八頁。

3. 駐防時沉悶景況。（反映了軍事上的不協調）

三、退卻。

1. 部隊正在前進增援中，突然的惡化——退卻。
2. 飛機低飛偵察，追擊，掃射。
3. 無可如何的退卻了。

四、途中。

1. 被轟炸的小城。
2. 零落的逃難的百姓。（反映了動員工作的不夠）
3. 在珠江上探索著進路，準備展開著一個新的戰鬥的心境。

在第二和第三兩節中穿插了四段插話，羅蓀認爲：

> 在第二和第三兩節中，補入了四段插話，這插話加強了駐防時和潰退時候的情景。比如插話一，描寫了一個戰鬥的輪廓，作者在這人物的結語上寫道：「我沉默地瞧著他慢慢地啜著酒，嚙咬著鷄骨，覺得悲苦而且寂寞，想著一個給人歌頌的戰士，活著的時候，背負著多麼凄楚，哀愁，苦難的重擔，卻是沒有人知道的。」插話二，寫了一個散兵，從這質樸的散兵問答中，表現了廣州失陷的戰爭是怎樣打法的。這兩段插話都是相當的輔助了這支兵隊在駐防時候的實景。插話三，作者從一個炮兵連的特務長

的落隊，寫出了潰散的情景。插話四，作者選取了一個貪吝而老於行伍的軍醫主任的脫逃，反映了潰散的隊伍所存在的另一些因素。

在這篇報告中，並沒有正面的描摩戰爭的場面，然而卻相當的表現了廣州之戰的某一面的真實的情況。這就是由於作者能夠適當的選裁了這一部特別凸出的題材，而且能夠從這一事件的發展中，看見了與廣州之戰的整個發展。

這四段插話，確實使得整篇顯得更加活絡，作者不僅以切身的體驗鋪陳爲文，掌握住軍隊潰散的實況，又能適度地穿插入個別的特寫，這些特寫以凸出整體的各個部分——以典型的人物來反襯出主題，已經運用小說的技巧在內，插話一的主角是行伍出身的王排長，表面上爽直豪邁，「時常哈哈地張開嘴巴大笑」，但是他的內心卻充滿了被自我壓抑的鄉思的苦痛，他時常對報告者表白：

「我離開惠陽十多年了，始終沒有回去一次，雖然我很想回去看一看。」他低聲地說。「我時常想請長假回鄉，不再當這差事了，做做生意還好些。軍隊的生活，你知道好像鳥籠一樣；望得見外間的東西，但自己飛不出去，真是苦煞。是的，要是上級不准長假的話，那就開小差……不過，我想，國家現在受別人欺負，國難時期，為了國家，我要好好地打一場仗，把日本仔打倒，一切才有話說。所以，我常常想：『為了國家，為了國家。』這樣，我便在這裏歎下去了。」

爲了抗戰，爲了民族主義所激昂的情緒，王排長苦撐下來，堅守崗位，但是在廣州淪陷前夕，他終於決定捨命，也有著自己將死的絕望感，大吃大喝，將手頭的金錢揮霍殆盡，他說：「不錯，我們現在婆婆媽媽留著錢，有什麼用場呢！……我知道我一定會死，可是死便死吧，死是並不可怕的。不過要是帶了花，半死不活，嘴巴會吃，手卻不會幹活，那才糟呢！……」在豪氣之外，這段話也充分點明了王排長雖然只不過是一個充滿無力感的小人物而已，卻必須承擔時代的苦果，在崩潰的邊緣，只有藉著揮霍無度來卸脫心理的壓力。

揷話二出現的主角有二，一個是脫隊的新兵，一個是投軍的廣東師範學校學生，恰好成爲一組強烈的對比，他們之間也產生了尖銳的衝突。學生質問著小兵，爲什麼不犧牲在前線，而臨陣脫逃，作者以客觀的手法記錄下他們之間的對話：

「那麼，你知道我們這次打仗是為了什麼？為了誰？」他再追問著。「這次抗戰是為了整個中華民族，也是為了你自己呀！你應該抵抗到底，不應該逃！」

小兵沉默著。

「這次打仗，」學生把話說得通俗一點，「是給國家打仗，給你自己打仗的呀！」

小兵不作聲。

「那時候你有槍沒有？」

「為什麼沒有？」大聲的回答。

「你怕死不怕？」

「誰是不怕死的，你說？」士兵理直氣壯地反問，彷彿已經忘記自己肚子餓了。「可是到那個時候，怕也沒有辦法！」

「不錯，」學生高興地叫，「因為你怕死，所以不敢衝鋒，但是，這很對不起國家的，你怕犧牲。」

「怎麼衝法呢？我問你！」士兵顯然抑制著憤怒，粗野地發問了。「那時候滿天都是大礮炸彈，都是火，又看不見敵人，怎麼衝法？你真是懵懵懂懂，好像在打瞌睡，什麼都不清楚！」

小兵原本是一個不了解爲誰而戰、爲何而戰的百姓，他不知人事的被送上戰場，淪爲一個散兵游勇；學生是空有滿腔熱血，卻毫無戰爭經驗的書生，只知道應當殺敵報國而不了解戰場的恐怖，所以他無法諒解脫隊又失去了槍枝的小兵，根本沒有考慮到一個缺乏正規軍事訓練的小兵，在「滿天都是大礮炸彈」「又看不見敵人」的情況下，如何能夠衝鋒殺敵？小兵沒有中心思想，學生空有不著邊際的正義感，在戰場上，他們都是殘缺者。

另兩則「插話」安排在第三、四節間，一則寫一個步砲連特務長在潰散時途中所見，他反覆地說「眞是莫名其妙」，根本弄不清楚這一場戰爭是如何潰敗的：

「這次打仗，真打得出奇，」他譏誚地說，「又沒有看見敵人，又沒有放過槍，便急忙忙地逃走了，好像一條狗，真是莫名其妙！」

「是的，」我附和著，「莫名其妙！」

他又把軍衣穿好，張起衣襟，迎著南風，跑得擺頭擺腦的，他是一個愚直的傢伙，不會說笑，時常受騙，不能判別一個人是好是壞，沒有出發之前，我和他時常到小茶店喝茶，談天，是好朋友。

「真是莫名其妙」，他說，「我也不知道自己為什麼要逃走！我們底砲連開拔了，我在後頭押行李子彈，我們跑著跑著，敵機來了。丟那媽，它飛得多麼低啊，真是可以用步槍把它打下來，於是我一直穿進狹小的田塍，躺倒在禾田中間，用長長的稻掩蔽自己。我是仰躺著的，把眼角瞄著它，看它底動靜，一批去了接著另一批又來了，實在不能動一動，要是給它發現目標才糟呢！它底炸彈一籮籮倒下來，並不是一個個扔的，它飛來飛去，在公路那邊轟轟隆隆地扔炸彈，丟那媽，我那時昏頭昏腦一大陣，忘掉了老子姓什麼！……敵機來來往往的，我不能動，不知不覺間竟睡著了。……」

他睡著了，甚至「也不知道自己爲什麼會睡著」，莫名其妙的潰敗，就武裝部隊心理學的觀點來看，這正是恐慌所造成的結果，恐慌有如暴衆一樣是有感染性的，恐慌傳佈開了，一個士兵就會參加到一個無組織的逃亡士兵羣中，也不停下來問明爲什麼要逃，不論逃亡是對是錯，是否有必要[11]。報告者在這段「插話」的結尾中提及：

「真是莫名其妙，真是荒唐」我覺得在這兩句樸素而平凡的話中，包含著某種真理。

的確，逃亡的情節是荒唐而莫名其妙的，逃亡的士兵是無理性無判斷能力的，忘了榮譽及紀律，已非任何說服的方法可以克制。

最後一則「插話」報導一個醫務所的少校主任，如何以狡猾的手段混跡在潰退的途中，作者以生動的筆法對他做了速寫：

> 但他底不慌不忙的潤滑的聲調和舒適而安閒的神態，證明他在這裏休息了很久很久了。在雜亂的閃灼不定的手電筒底光線中，我們看見他已經化裝為一個士兵，——他的圓圓的腦袋，倒戴著沒有徽章的鋼盔，穿著褪色的骯髒的軍衣和士兵的短褲，沒有風紀帶，鈕子也不扣全，穿著一雙黑膠鞋，沒有打綁腿，不尷不尬的，是一個典型的「爛兵哥」，他在軍隊混了五六個年頭，完全明白軍隊中的習氣。在軍隊潰散退走的時候，一個服裝漂亮，掛著武裝帶的軍官，時常成為散兵射擊的對象，因為在「軍官們」底身上，多少可以有點拿走的東西。他完全明白這點，現在，他改除了少校主任所應當保持的雍容，文雅，和尊嚴，變成粗粗魯魯的。他坐在條櫈上，和兩個親信，一個中尉司藥，一個嬌小的麻面的中士看護，在剝著香蕉。

他叫做葉活民，是一個功利主義者，認為「名義和品級都是沒用的東西，而錢是最實際的。

⓫ 參見「武裝部隊心理學」G.E. Boring 著，路君約譯，下冊二五一—二五二頁。

要是支給我中校階級的薪餉，叫我當一個二等兵也願意。這有什麼關係呢」，這是一個內心沒有國家觀念、沒有責任感榮譽心的軍官，只以自己的利益爲優先而且是唯一的考慮，他平日卽尅扣屬下擔架排的薪餉，一手遮天，在「插話」的結尾，他甚至捲走了兩個親信軍官的薪餉，搭渡船潛逃不知去向。

透過這四則特寫，報告者提出了幾種典型人物在潰退中的反應，使得整篇報導不致淪爲平泛的陳述記錄，乍看之下似嫌突兀的「插話」，因爲選取的人物以及報導的切入角度均深具特色，不僅未分散全文敍述的主題，反而更凝聚了全篇的焦點議題——怎樣潰退，又爲什麼潰退。在四節主文中，我們也可以發現許多文學性的描寫，卻有科學性的功能，準確地寫出戰爭的冷酷無情，與民間的淒涼蕭條，以第一節中的片斷爲例：

> 五六輛卡車底眼睛又在前面的綿密的黑暗中出現了。有兩輛越來越近，把空間照成一片乳白色的霧氣，強烈的雪白的光塊，在凹凸不平的公路上痙攣地跳動著。我們前頭部隊和退卻下來的砲兵和騾馬底輪廓，清清楚楚在霧氣中湧出來，可以看見木似的槍桿底黑影，鋼盔底黑影，和龐大的騾馬羣底黑影在跳躍著，蠕動著。這些黑影，給予人們以一種濃烈的戰爭底氣息。

在此，報告者用事物小品的筆調寫下行軍途中所見，「濃烈的戰爭底氣息」也瀰漫在讀者的心中，尤其是寫來車逼近，車燈把空間照成一片乳白色的霧氣，描摹如在現場。如果只以新聞報導的方式，這一段可能只是寫成簡單的一句話：「五、六輛卡車在前方出現，逐漸和我方部隊接近」，如此僅能夠客觀地交待情節，在讀者心中卻無從激起臨場感，形成紙上的二度經驗，這也就是報導文學的特色，一方面必須掌握經驗的事實與確切的資料，一方面又必須以文學的功能傳輸感動給讀者。「潰退」不正面描寫戰爭，但能夠將戰爭的情境以反襯手法呈現。劉溢川的「憶九二料羅灣海戰」⑫則以正面描寫實戰來呈現戰爭的情境。

「憶九二料羅灣海戰」是描寫一九五八年九月二日，金門料羅灣外海國共海戰的情形，作者劉溢川是當時國軍沱江艦艦長，九二當日創下單艦擊沉共軍快艇五艘的戰績，他以第一人稱的觀點，回憶當時海戰的種種情況。由於敍述完備，整個戰役經過，清晰而完整的記錄出來，不僅可視為回憶錄式的傳記文體，並有報導文學的價值。作者甚至準確地將時刻、船位都羅縷備載，時間、方位，如果記載在航泊日記上，則只是一些限閱的報告資料，但是化入報導文學中，便可加強內容的信實度，避免印象化的陳述。劉溢川描寫戰鬥實況，十分翔實逼人，在兩小時海戰中，沱江艦的艙面由於傷亡甚多，「砲位人員幾乎無存」，而艦橋（包括「戰情中心」「舵房」等指揮部門）的情況亦慘烈十分：

> 副長袁炳瑞上尉於接敵之初，坐鎮戰情中心，研判敵情，協助指揮，間偶適雷達手有所質疑，側身審視雷達之際，一彈飛入，擦肩而過，裂衣破膚，幸未重傷，時適發現

---

⑫見「中國海軍之締造與發展」一六七—一七〇頁。

匪快艇向我艦迫近施放魚雷攻擊，余一面應戰一面廻避，旋發現艦身未能隨令轉動，副長趕往察看，但見舵房亦已中彈，舵手章海鳴，俥鐘手邱易明均已中彈重傷，倒臥室中，航海兵溫成灝，支依一側，血流滿地，但仍手握舵輪，聞得舵令，雖答令如故，而無力操舵矣！袁副長當卽取代，親自操舵。

其中寫重傷的航海兵代替舵手掌舵，雖然血流滿地、無力操舵，仍然答令如故⑬，此段感人尤深。

在戰鬥的最後階段，雙方艦艇不斷接近，幾乎等於「白刃戰」：

此時，距離已近至一千碼、八百碼、五百碼，以至最後的情況幾等於白刃戰了，眼見匪艦艇一條一條的中彈爆炸，一艘一艘的沉沒，越打越激烈，敵我都是在從事一場生死存亡的決鬥，滿天是彈火，滿艦是破彈片，匪砲打穿了艦舷，擊中了指揮臺，纜繩一根根的被擊斷了，傷亡在增加，到處有人躺下，到處有人陣亡，但死神並非只光顧我們軍艦上，匪艇上死的更多，東一堆火沉下海底，永久熄滅了，西一聲爆炸，匪艇匪屍滿天飛，血蓋滿了一〇四號艦的甲板艙壁，但是艦上的砲聲響得更猛烈了，打！打！我們只有一個想法，打勝仗才有生存，只有殲滅了匪艇，自己才能生存。

艦面上官兵傷亡枕藉，艙裏面進水不已，各砲或遭擊毀，或則彈藥殆盡，火力幾告全失，復目覩側方尚存匪艇兩艘，相距僅及百碼，余忽起撞船之念，決心與敵同歸於盡，當卽下令機艙作最後之撐持，全速衝進，以艦體為最後之武器，下令副長對正匪艇衝擊，惜以艦體負傷沉重，操縱不靈，竟被匪艇擦舷而過，相距不過咫尺，月色之下，但見匪艇艙面亦闃無一人，是亦傷亡殆盡矣！時匪艇幾已全部就殲，乃下令棄離戰場，回航歸隊。

「月色之下，但見匪艇艙面亦闃無一人」，這段敍述不但說明了戰役的結果，也說明了報告者身爲艦長，在整場戰役中一直將自己暴露在指揮臺上，堅守崗位，毫不退避，才能目睹百碼之距的敵艇艙面情況。

「憶九二料羅灣海戰」一文的報告者，並非作家，而以素人身份執筆，報告性仍較文學性爲濃厚，但是卻更具原始逼眞的氣息，和「潰退」一文比較起來，前者正面描繪戰爭依時序羅縷畢載，以冷筆寫熱戰，後者則旁敲側擊，以熱筆寫冷戰（事實與心理上雙方面的「潰退」）；「憶」文將焦點集中在官兵團結一致，同仇敵愾的勇氣和意志方面；「潰」文則旨在呈現軍隊渙散崩析的集體焦慮和恐懼，可以視爲戰爭報導文學的兩個典型，而戰爭報導文學又是直接經驗報導文學的主要類型之一。

直接經驗的報導文學，在報導文學崛起之初，以記錄報告戰爭經驗者爲最夥，其原因和

⑬ 艦長於艦橋的指揮臺上下達舵令，經由傳聲筒通達指揮臺下的舵房，舵手聽令後須複誦舵令，並按指示操縱舵輪。故此處云「答令如故」。

抗日戰爭以降中國一連串戰火的蔓延有密切關係，不過直接經驗的報導文學也逐漸擴展出更爲豐富的主題和內容，以本身職業做爲報告客體的報導文學也逐漸出現。

(二) 考證式報導文學

考證式報導文學也就是間接經驗的報導文學，常常跨越了環繞著報告者的「此時此地性」，而將報導的主題擴充至新聞寫作的固有範圍之外，因此，資料的彙編，古蹟的考證，對特定對象的訪談都可以成爲間接經驗的報導文學。

「通訊」是間接經驗報導文學的原始來源之一，沈雁冰曾仿高爾基編「世界一日」的體例⑭，選定了一九三六年五月二十一日這天的生活實況或社會見聞，向全國的讀者、作者徵求稿件，在三千多篇通訊中挑選出四百九十篇約八十萬字的篇幅。對於這四百九十位報告者而言，他們完成了四百九十篇直接經驗的報導文學；但就沈氏主編「中國的一日」全書而言，卻係一部非直接經驗的報導文學。因爲沈氏並非參與四百九十位報告者的實際生活，他僅係以彙編者的身份整理出一套報告文學，但是在挑選稿件之時，沈氏便成爲一個總結的報告者，因爲他主觀的態度決定了稿件的取捨，所呈現出來的整體結果，也是總結報告者所欲報導於世人的訊息。因此我們可以就此得到一個看法，那就是直接經驗的報導文學，其藝術成就繫諸報告者如何客觀地呈現主觀經驗；而非直接經驗的報導文學，其成敗則在於報告者如何主觀地處理各種客觀的資訊。

訪談是間接經驗的報導文學在通訊外，另一項資訊來源，例如林淸玄的「過河卒子」⑮，他走訪各種電影幕後工作者，包括場務、燈光助理、場記、放映師四種身份的抽樣訪問，進而將訪談內容配合自己的觀點整理成篇章。然而這篇作品卻因報導者的濫情，而缺乏報導的眞實信，他無疑擁有預設的憐憫來看這些工作者，並且完全採信個別的陳述做爲一個報告者感傷和批判的唯一來源⑯。

「北京人」是另一個鮮明的例子⑰，本篇的資料來源和「過河的卒子」一樣來自訪談，但是處理手法毋寧更接近用通訊稿搜集而成的「中國的一日」。報告者張辛欣和桑曄計畫寫出一百位普通中國人的生活和想法，和「中國的一日」不同的是，他們並非被動地徵求通訊稿，而係主動遊歷各地，隨機挑選受訪者，然後把他們的口述內容整理出來。在文章中，報

---

⑭ 見林非「中國現代散文史稿」一六五頁。

⑮ 「現實的邊緣」一八七頁。

⑯ 「過河卒子」除了開場白一節外，共有五節，其每一節尾段都千篇一律用同情感傷話來結束，是造成濫情的原因。以下試舉第一節末尾一段爲例：

雖然他堅持留我吃晚飯，我還是起身告辭了，腦中卻一直響著他沒有矯飾的話，又老是想到——一個場務工作者的酬給爲什麼如此微薄？想想，現在有許多明星，動輒以十萬百萬爲基數進位，一次又可以軋好幾部戲，比之場務的工作辛苦，報酬微薄，實有天淵之別。我走出蔡銘飛的住處，天色已經暗了。天道難公，人世間本來就有許多不平的事呀！

⑰ 見「聯合文學」三卷四期一一二頁。

告者的問話全部省略，純將受訪者的回答登錄出來，甚至保留他們的口語習慣。例如「小青工」一節，記載著一個二十二歲未婚的鋼鐵廠的爐前工趙平光的發言：

談就談吧，可咱先說明白了：我根本不看雜誌，也不看報，一天累得賊死，看會兒電視就坐著睡著了。

最好是你們問，我來答，反正全是聊唄！

我爸是工人，我媽也是工人，我家哥們三人，全是工人，還有個姐姐，嫁到遠郊區去了，她是賣書的。

全家人頂數我有文化，高中畢業。倆哥哥全是初中畢業，老家兒（京俗，卽父母——作者注），不識字，領工資蓋手戳。他們那一輩兒不識字不吃虧，我們這一輩兒不成，我的文憑就比哥哥吃香，他們升三級工得先考高中知識，我就不用。可我才二級工，年頭還不到呢。對，主要憑年頭，年頭一到，多一半能升級，只要不是「混混」，全能長幾塊錢。

我小學唸的是錦什坊街小學，全是胡同串子；「好主兒」的小孩才不上那破學校呢。六九年上小學，才不唸書呢，鬧唄！那時我爸在清華大學當工人宣傳隊，一字不識，照樣把他們整得一怔一怔的，所以我打小就吃了「文化大革命」的虧，反正工人階級領導一切。頭些天我瞧了個電影，有句詞說：「有錢人不用讀書，有錢人雇讀書人。」要是換成「有權人」，簡直和那幾年的事實一樣。那電影是外國的：洋人是錢是命根子，咱們是權是命根子。那幾年白唸了，全是「有權就有一切」什麼的……

最頭痛的事是弄媳婦。工資四十多塊，加上獎金和補貼什麼的，一月好歹有七十來塊錢。可我長相不行，家裏也沒底兒，我瞧得上的，人家瞧不上我。工種又次，挺難辦的。得了吧，才不去婚姻介紹所呢？婚姻介紹所比什麼？比條件，按條件分類。就我這條件，誰吃飽了撐的找我。我有三千塊錢成了，彩電、沙發、冰箱，花好不愁蜂。可我偷三千塊去呀？

依我說你那是瞎掰。什麼愛情，還不是實力競賽？我師傅他們還不是全找的工人？工人瞧不上農民，幹部又看不上工人唄！我也一樣，總不能找個柴禾妞。甭看農村富，我還真看不上農村的。半城半鄉，生個兒子戶口隨媽，還是農民，「半鋼」可不行。「半鋼」還不懂？手表不是有「半鋼」「全鋼」嗎？「半鋼」就是半城半鄉。

業餘娛樂是打牌。冬天滑冰，夏天游泳。不看書，看電影。看書犯睏，看電視也犯睏。我就是當工人的命。我反正也給社會出力了，沒白活。

甭給我照相，別照，說不照就不照。我不夠登照片的操行。

順著受訪者的語氣，將他們的生活經驗用口語記錄下來，在此報告者（也是訪問者）被隱藏起來，但是讀者卻可以從受訪人的陳述追溯出報告者所提出，也即是報告者所關切的問題。表面上「北京人」是完全客觀的記錄，但是卻埋藏著報告者主觀企圖的導演，利用省略的問話來誘導受訪人的答案，這是一種雙重策略，第一層策略在於訪談時的誘導，第二層策略在於彙編全文時的删裁。就「北京人」各單篇來看，是非文學性的「口述歷史」，但這一百篇非文學性的「口述歷史」綜合起來，就結合成一篇龐大的間接經驗的報導文學。

在通訊、訪談之外，以史地資料、傳說考證爲主的篇章，也可以構成以歷史文化現象做爲主題的廣義間接經驗報導文學，馬以工的「尋找老臺灣」⑱是一個例子。他大量採擷臺灣各地的歷史資料並配合訪查工作，予以整編，再以近乎雜文的筆法娓娓道來，企圖以人文地理的角度摸索出臺灣早期的歷史面貌。雖然報告者也經過了這些地理環境，但是其重心在於報導已逝去的歷史人文現象，由於作者無法參與報告的主題——歷史，仍然是一種間接經驗。書中「憶昔舟師縱橫地——鹿耳門究竟在那裏」是典型的一篇，從明永歷十五年農曆四月初二鄭森拿著荷蘭通事何斌偷偷帶給他的一幅鹿耳門港道圖來到鹿耳門外開始，報告者進行了對鹿耳門的歷史報導，行文中運筆冷靜，帶著史家的知性，畢竟是資料的彙集；報告者也在當代沿途觀測昔日遺址，企圖找出蛛絲馬跡，在這一類報導文學中，文字精準的特性十分明顯，如：

整個安南區最值得一看的就是這裏的鎮海城。鎮海城在大衆廟的正前方，鎮海國小操場的旁邊，又叫做四草砲臺。依一般記載係建於清道光二十年（一八四〇），主要是鴉片戰爭以後，臺澎兵備道姚瑩爲了加強海防措施，在這裏建一道長達一百一十八點六公尺的城垣，每隔八公尺還設砲口一個，一共有十三個砲臺，城垣的厚度約有一公尺。面對著鎮海國小操場這一面，當在城廓之外，是一片浩瀚大海，這一面的城垣是用灰色的石塊砌成，另一面卻由卵石砌成，只是當年的城廟如今卻是一片荒塚，砲口呈圓形涵洞，是用清水紅磚所砌，整座鎮海城除了近海堡古蹟處補過一些石塊外，其他情況都十分完好。

城垣的厚度、長度、質料、色澤都在觀測之下，砲口的來歷、形狀、數量皆不放過，不過這一類報導文學，極易陷入一種歷史感的窠臼，報告者在精密仔細的考察後，往往會筆勢一翻，萌生出公式化、情緒化的喟嘆，就像「憶昔舟師縱橫地」一文的結尾：

登上國小的屋頂，可依稀看到安平古堡，想到當年共扼臺江口的雄風，曾幾何時，安平與北線尾都在一片悲壯的嘆息之中没落了。

天災人禍，也都是報導文學的主要對象，尤其是成長於臺灣七〇年代至八〇年代的報導文學工作者，他們所面對的是一個邁入後工業階段的社會，對於各種多元化的社會現象和工業文明所造成的困境，都有深刻的熱情和危機意識。古蒙仁的「臺灣社會檔案」⑲、楊憲宏的「走過傷心地」⑳等著作，都是典型的範例，他們充沛著浪漫主義的精神，作品中交雜著強

⑱ 時報文化公司，一九七九年十二月初版。
⑲ 九歌出版社，一九八六年六月四版。
⑳ 圓神出版社，一九八六年八月初版。

力的批判觀點和激烈的情緒反應。

報導文學是極爲特殊，也最爲年輕的一種散文類型，起源於左聯的推展，發達於抗戰前後，七〇年代之後，又和新聞媒體的發達，工業文明的躍昇都具有密切的互涉關係，是極有發展餘裕的一種文學形式。今後如果能發展出獨特的語言系統，並持續受到文學理論家的注意和作者的投入，必然能夠在特殊結構類型的散文中，佔有重要的地位。

第七節　傳記文學

傳記文學是以個人眞實歷史爲主題的散文類型❶。它兼具文學性與報導性，其貫時性與以特定個人生涯爲中心主題的特質，則與報導文學較偏重時空橫斷面，及以特定種族或生物集團的動向爲中心主題的特質有所不同。

傳記文學雖重事實，仍須著重其文學的素質❷，因此傳記文學在求眞與求美的雙重尺度下，兼有史學與文學雙重的性格❸。傳記在中國文學史中的線索曾被追溯至「晏子春秋」一書❹，不過「史記」中的本紀、世家、列傳，已建立了史學傳記的完整體例，也含有豐富的文學傳記素質，可視之爲優秀的傳記文學，早有定論。不過基本上，我們論述傳記文學仍應和史傳分開，清代姚鼐等人已有這種見識，他在「古文辭類纂」序目中說：

> 傳狀類者，雖原於史氏，而義不同。劉先生云：「古之為達官名人傳者，吏官職之。文士作傳，凡為圬者種樹之流而已，其人既稍顯，即不當為之傳，為下行狀，上史氏而已」。余謂先生之言是也。（八頁）

劉大櫆、姚鼐等人已認識史傳出自史官，專記達官貴人，爲史學中事，而文士作傳，則不據人物的品位，甚且以小人物爲主要對象。這種看法是肯定史傳多記表面或部分事件，而傳記則是記人物的眞實面貌，能深入其裏層，此已具備傳記文學的具體看法。胡適曾在「東方短傳之短處」❺一文提出：

---

❶王元在「傳記學」中曾例舉劉知幾、章學誠、何多源、鄭天挺、朱東潤、郭登峯、許君遠、鶴見祐輔八家對於傳記的定義，而歸納出「所謂『傳記』者，乃係文學家用其生花動人的文筆，去描寫某個人物的平生眞切事跡和性格，或是某個人物自敍其一生半生的眞切事蹟和性格的意思」。（七頁）

❷劉紹唐在「我們的想法與作法——傳記文學創刊詞」中提及傳記文學的定義：

傳記文學是以傳記爲領域的一種文學，任何與傳記有關的文字與資料都是傳記文學的作品。換句話說，任何有關個人的活動記錄與思想見解的材料，都屬於傳記文學的範疇。（「什麼是傳記文學」三頁）

但這種定義使得史傳也納入傳記文學的範疇中。

郁達夫「什麼是傳記文學」則謂：

傳記文學，本來是歷史文學之一支，中國自太史公（司馬子長生於漢景帝時，當在西曆紀元前一五四年前後）作「史記」後，纔有列傳的一體。釋文傳，傳世也；記載事迹，以傳於世。所以中國的傳記文學，要求其始祖只能推司馬遷氏爲之嚆矢。其後沿這系統一直下來經過了二千餘年，中國的傳記，非但沒有新樣的出現，並且還範圍日狹，終於變成了千篇一律，歌功頌德，死氣沉沉的照例文字；所以我們現在要求有一種新的解放的傳記文學出現，來代替這刻版的舊式的行傳之類。

新的傳記是在記述一個活潑潑的人的一生，記述他的思想與言行，記述他與時代的關係。他的美點，自然應當寫出，但他的缺點與特點，因爲要傳述一個活潑潑，而且整個的人，尤其不可不書。所以若要寫新的有文學價值的傳記，我們應當將他外面的起伏事實與內心的變革過程同時抒寫出來，長處短處，公生活與私生活，一顰一笑，一死一生，擇其要者，盡量來寫，纔可以見得眞，說得像。（「郁達夫散文集」二一四頁）

❸ 杜呈祥「傳記與傳記文學」曾指出寫作傳記文學的三項要求：

第一、我們要知道傳記文學是史學和文學的統一物。目前一般人所說的「歷史小說」，絕不是傳記文學作品。歷史小說可以憑自己的想像虛構一個歷史人物（如西遊記中的唐玄奘），但傳記文學作品中的人物是根據傳記資料雕塑而成的。所以創作傳記文學作品的第一步工作，是「上窮碧落下黃泉」地去搜集傳記資料，尤其要注意搜求傳記中人的手蹟、照片和談話紀錄等。

第二、要根據資料細心研究傳記中人的人格和思想等。一個好的傳記文學作家，應該是傳記中的眞正知己。對於一般過去或世俗的評論，尤其要屏除淨盡……一個優秀的傳記文學作家是要把傳記中人的整個人格呈現在讀者面前的，對於資料和事實不忠實，就是對於傳記中人不忠實，也就是對於傳記文學不忠實！

第三、千萬要注意文字的技巧。正如我們在上面所說，傳記文學是史學和文學的統一物。史學是求眞的，文學是求美的。好的傳記文學作品必須兼有眞和美的，不只是文字技巧；但文字技巧是應該極受重視的。一篇傳記文學作品在文字技巧的運用下，才會「引人入勝」，才會使傳記中人「栩栩如生」，才會發生無比的感人力量。（「什麼是傳記文學」二十二、二十三頁）

❹「四庫全書總目」將「晏子春秋」列入史部傳記類，並加案話：「晏子一書由後人摭其軼事為之，雖無傳記之名，實傳記之祖也。」王元卻認為「晏子春秋」一書並非完整的傳記：

書中的主人翁，在若干方面所表現的形迹，有時雖然隱隱約約可以看見，但是給人們的印象，卻很模糊和很零亂，有時簡直不像晏子，這因為其中的敍述，沒有一貫的計劃，整個的篇幅，所有的只是片段的文章、矛盾的記載。所以我們假如認定他是中國傳記文學的開山老祖，那麼，那位老祖也只是若隱若現的老祖了。因此，中國眞正傳記文學的開始，似乎是要首推「史記」了。毛子水在「我對於傳記文學的一些意見」一文中，否定「晏子春秋」為我國最早的傳記作品，將「論語」視為我國最古的傳記，「亦是世界傳記文學中最好的一部書」。（見「什麼是傳記文學」六頁）

王說係對傳記採取較嚴格的角度，要求傳記體應有周延的組織，因而他將我國傳記的眞正開始往後挪至「史記」，在未發現新史料前，就文學的類型觀點而言，王說較為穩妥。

毛說顯然繼承自胡適的觀點，胡氏曾於民國四十二年一月十二日在臺灣省立師範學院講演「傳記文學」，述及「論語」是「一部眞正純粹的白話言行錄」「應該把『論語』當作一部開山的傳記讀」（見「什麼是傳記文學」二三五頁），不過胡適所強調的應在於「論語」的紀實性，也就是傳記的眞實性。蓋「論語」像一缺乏完整系統的語錄體，缺乏完整的結構，對於孔子思想及言行均未做系統化的組織，毛說以「論語」為傳記起源，並炫之為世界傳記之最，可說是曲解了胡適的原意，並無任何足以自圓其說的有力理論架構。「論語」在中國文化史中佔有極重要的地位，但這與「論語」是否是傳記之祖完全無關，毛氏盲目訴求於儒家權威經典，其說完全脫離了學術的規範。

❺見「什麼是傳記文學」一五頁。

傳記大抵靜而不動。何謂「靜而不動」？（靜 Static，動 Dynamic）但寫某人為誰某，而不寫某人之何以得成誰某是也。

這段話大抵道出了中國傳記的特色，那就是偏於靜態的記實體例，而「動」「靜」之際，正是史傳與傳記文學之間的分野。傳記文學必須深入傳記人物的心理層面予以刻劃，不獨以鋪陳事功為足，傳記文學不僅僅在敍述一個人的履歷，而應呈現出傳記人物的完整人格，描繪出其人生形像，更要注意到整個時代背景❻。因此史傳是非文學性的史料，傳記文學則不僅以事實為基石，更必須有其文學的要素，換言之，傳記文學的範圍是跨越了文學與史學的統一物，求眞求美兩者俱不可偏頗。

介於史傳與傳記文學之間有所謂口述史（Oral History），口述史由提供史料者口述，再經記錄者整理，這是一種原始史料，如李宗仁口述、唐德剛撰寫之「李宗仁回憶錄」❼。唐德剛在序中稱本書係「合李公『傳記』與『自傳』於一書」❽，足徵口述史就口述人而言係自傳，而就撰寫人而言是傳記。不過口述史貴在眞實，撰寫人如將文學技巧摻雜其中以增添聲色，則其原始史料之意義亦喪失殆盡，故口述史和傳記的關係遠較傳記文學為密切。

❻ 見「什麼是傳記文學」二〇頁。

❼ 「李宗仁回憶錄」撰於一九八五年，臺灣翻印本列入「現代中國悲劇史料」。

❽ 見同上注引書第九頁。

傳記文學依寫作主體爲劃分標準可分爲自傳與他傳[9]，玆分述之。

（一）自　傳

自傳（Autobiography），包括了同義異名的自敘、自記、敍傳[10]。

現代中國有許多名人皆努力於自傳的撰寫，如宋敎仁「我之歷史」、蔡元培的「自述二章」、柳亞子的「自傳」、茅盾的「我的小傳」、王雲五的「自述一章」、馮玉祥的「我的生活」、胡適的「四十自述」，近代作家如冰心、郭沫若、廬隱、王獨清、張資平、沈從文、吳濁流……等皆有自傳傳世。

沈從文的「從文自傳」[11]允爲自傳中的代表，以冷靜的筆調，自他所生長的地方起手，他寫道：

> 一個好事人，若從一百年前某種較舊一點的地圖上去尋找，當可在黔北，川東湘西一處極偏僻的角隅上，發現了一個名為「鎮筸」的小點。那裏同別的小點一樣，事實上應當有一個城市，在那城市中安頓下三五千人口。不過一切城市的存在，大部分皆在交通，物產，經濟活動情形下面，成為那個城市枯榮的因緣，這一個地方，卻以另外一個意義無所依附而獨立存在。試將那個用粗糙而堅實巨大石頭砌成的圓城，作為中心，向四方展開，圍繞了這邊疆僻地的孤城，約有四千到五千左右的碉堡，五百以上

的營汛。碉堡各用大石塊堆成，位置在山頂頭，隨了山嶺脈絡蜿蜒各處走去，營汛各位置在驛路上，布置得極有秩序。這些東西在一百七十年前，是按照一種精密的計劃，各保持相當距離，在周圍數百里內，平均分配下來，解決了退守一隅常作蠢動的邊苗叛變的。兩世紀來滿清的暴政，以及因這暴政而引起的反抗，血染赤了每一條官路同每一個碉堡。到如今，一切完事了，碉堡多數業已毀掉了，營汛多數成為民房了，人民已大半同化了。落日黃昏時節，站到那個巍然獨在萬山環繞的孤城高處，眺望那些遠近殘毀碉堡，還可依稀想見當時角鼓火炬傳警告急的光景。這地方到今日，已因為變成另外一種軍事重心，一切皆用一種迅速的姿勢，在改變，在進步，同時這種進步，也就正消滅到過去一切。

❾ 傳記之傳統劃分法多依被傳之人物爲準，如依其社會成就及地位劃分爲思想家傳記、革命家傳記、科學家傳記、藝術家傳記，唯此劃分法極不周延，可依各種身分不斷區分，更易限定進行詮釋的廣度。

❿ 自傳之外，尙有「回憶錄」「托名自傳」。「回憶錄」的內容涵蓋甚廣，有的專記個人經驗之事件，有的則以個人生活爲重心，如係後者，亦爲自傳的一種。至於「托名自傳」，文中主人翁雖係自況而代以他名，然則矯飾已存，應視爲小說範疇中的自傳體小說。**此外**，日記也屬於廣義的自傳，但是它已獨立爲一散文類型，不在自傳中探討。

⓫ 新藝出版社，一九七八年四月出版。

他爲勾勒出故鄉的地理位置和歷史背景，使用了客觀的報導語言一一描繪，全篇娓娓道來，既不放過時代面貌的摹寫，也將所見所聞翔實登錄，這些內容極具眞實感，和他自己的行止切切相關，又隱隱和整個時代的悲劇性格相互呼應。卽使是一些細緻的末節，也能淸晰地傳達出他的切膚經驗。例如他隨軍入駐川東龍潭，由一個弁目帶領，親見一個被官兵關入欄柵中的女匪首王么妹，沈氏生動地描繪著這個鄉野間的傳奇人物：

婦人回過身來，因爲燈光黯淡了一點，只見著一張白白的臉兒，一對大大的眼睛。她見著我後，才站起身走過我們這邊來。逼近身時，隔了柵欄望去，那婦人身材才眞使我大吃一驚！婦人面目不算得是怎麽稀罕的美人，但那副眉眼，那副身段，那麽停匀合度，可眞不是常見的傢伙！她還上了腳鐐，但似乎已用布片包好，走動時並無聲音。

他觀察仔細，甚至在黑暗中能夠注意到她的腳鐐並沒有發出聲音，足見此姝予他印象之深刻，沈氏便是忠實地將生命中不可抹滅的印象一絲一縷地記錄下來，而他寫及王么妹因與弁目夜裏苟合而遭槍殺，心中充滿好奇與惋惜，卻不在紙間稍縱情感，只以冷筆交待：

一夜過去後，第二天當吃早飯時，一桌子人都說要我請他們喝酒。因爲那女匪率么妹已被殺，我要想看，等等到橋頭去就可看見了，有人親眼見到的，還說這婦人被殺時

> 一句話不說，神色自若的坐在自己那條大紅毛毯上，頭掉下地時屍身還並不倒下。消息嚇了我一跳，我以為昨晚上還看到她，她還約我今天去玩，今早怎麼就會被殺？吃完飯我就跑到橋頭上去，那死屍卻已有人用白木棺材裝殮，停擱在路旁，只地下剩一灘腥血以及一堆紙錢白灰了。我望著那個地面上凝結的血塊，我還不大相信，心裏亂亂的，忙匆匆的走回衙門去找尋那個弁目。只見他躺在床上，一句話不說。

依後文交待，王么妹實因與弁目苟合以致被殺，然此段謹述弁目「躺在床上，一句話不說」，先埋伏筆。凡此種種，沈從文皆以沉靜的冷眼予以記錄。

從文自傳不憚自己身世卑微，二十載光陰在他筆下如一道冷冽的流水，是時代使然，也是個性使然，他即忠於自己顛沛的歷史，也忠於時代紛擾的氣象，篇末，他在北京西河沿一家小客店的旅客簿上寫道：

> 沈從文年二十歲學生湖南鳳凰縣人

從此他告別了多年流離的生涯，進到一個使他「永遠無從畢業的學校，來學那課永遠學不盡的人生了。」少年的沈氏原本只是一個時代邊緣的小人物，在他清晰而條理的自傳中，以一己平凡的眼光看當時烽煙四起的時代，這種身在其中的記錄，本身就是極為珍貴的社會史料，同時可憑藉著這本自傳，來印證他日後寫作生涯的背景，尤其是在印象的記實外，他看似乎泛練達的筆下仍然噴薄著文學的氣質，堪稱近代自傳中的佳構。

(二)他　傳

傳記在近代以胡適、梁啓超推動最爲不遺餘力，梁氏且用語體文以及西方傳記結構寫了「李鴻章傳」、「康有爲傳」……等系列的傳記⓬。然而現代傳記文學仍待開拓，乃是有目共睹之事，有關現代傳記文學中的他傳，實缺乏重要著作以供佐證舉例，倒是層出不窮的各種史傳在民國史研究的昌盛下相繼推出。

傳統意義下的他傳，應包括本紀、世家、列傳、專傳、合傳、別傳、家傳、地方先賢傳……等⓭，唯現代之他傳，已受西洋觀念影響，注重結構，而放棄繁瑣的名目。別傳(外傳)原爲他傳的類型之一，卽爲以有關傳記人物之逸事集帙而成，但因現代別傳內容多誇誕不經，常應歸入歷史小說的類型中⓮。他傳如肖像畫⓯，一方面求肖，要正反兩面兼備，不偏不倚，才能完整規劃出傳記人物的面貌，一方面要追求藝術性，如果捨去眞實而添加情節，卽成爲傳記體小說或歷史小說；如不追求藝術性，則僅能視爲資料性的史傳。民國以來，重要政治人物的他傳，常常偏重於其公生活，突出其道德形象，一方面是做傳者心存英雄崇拜之心理，一方面也因爲中國人對於在朝者向有頌德及「諛墓」之習性，往往隱惡揚善，以致於並未出現完善的傳記文學作品，對於重要藝術家、科學家及社會賢達亦乏鮮明有力、取材評價皆公允又極富文學價值的作品。林梵的「楊逵畫像」、劉春城的「愛土地的人—黃春明前傳」是兩本有關當代作家生平的作品，雖然不無瑕疵，但作者們已跨越出嘗試的步伐。以「楊逵畫像」爲例，內容仍偏重於史料的彙整和記錄，並夾雜了許多作者的讚頌之辭；體例和資料俱十分完備，卻缺乏文學的經營，使得全書更像是一部嚴肅的史傳。劉春城的「愛土地的人」，透過整本書的前言後語，可以發現作者對於傳記、傳記文學以及歷史小說這三種文體並沒有清晰的辨識。此外，在時空秩序方面安排得相當零亂，無疑地他採用虛實交替的手法，將他和黃春明交往的情形、黃氏的生平資料以及作者刻意賦與黃氏的「文化角色」混融在一起。劉春城將黃春明塑造成一個浪漫的反英雄，黃春明雖在劉春城的筆下「粉墨」登場，其實全書透露出來的許多重要訊息，是脫離了黃春明本身、而繫諸於作者的意識型態的。譬如劉春城對於現代主義強烈的攻擊、醜化與否定，對於寫實主義的迷戀與傾倒，都透過黃春明而顯影，就這些方面而言，黃春明只是一個媒介而非傳記的主體；劉春城用了曖昧的「土地」等詞做爲重要象徵，但卻缺乏圓融的詮釋，加以過分的「作者介入」，使得該書仍有許多必須責全之處。另外有一些可喜的人物側寫，如梁實秋寫冰心、老向寫孫伏園⑯，

⑫ 參見「什麼是傳記文學」九五頁。
⑬ 參見「傳記學」三六—四九頁。
⑭ 如高陽著「慈禧外傳」、心岱著「紙鳶」，內容雖不無根據，但多爲鋪張附會之詞，及臆測的情節，應視爲歷史小說。
⑮ 見「什麼是傳記文學」七八頁以下。
⑯ 見「民國文人」一二八頁及八二頁。

但是這些刻畫人物印象的作品未具備完整的傳記結構，只能歸類於人物小品。

傳記文學不僅擁有文學、史學的價值，自另一個角度來看，它又是一種專注於人物塑造或呈現的報導文學。對於傳記人物人格的分析、其思想的探究和了解，皆具深遠價值，甚至可以進而透過傳記文學來掌握傳記人物所經歷的時代社會，凡此種種，皆可見傳記文學之價值。中國是一個史傳極爲發達的國家，漫長的歷史中又出現無數英雄人物，因此具備了發展傳記文學的良好條件，這一片有待開墾的處女地，仍待有心人努力耕耘。

第四章 結論

經過以上三章的討論，筆者所規劃出來的分類原理與實例舉證，已勾勒出現代散文各種類型的面貌。散文的主要類型和特殊結構類型之間存在著許多交疊的區域，筆者在各章節中也曾個別予以釐清，提出鑑別各個類型的準則，例如報導文學和日記、傳記文學、遊記、傳知散文之間的關係。在完成了此一兼顧貫時與並時的分類工程之後，可以做爲進一步掌握現代散文發展的基礎，而獲得日後研究的新方向。本書結論，可區分爲兩節討論。

第一節 分類的功能

(一) 提供研究與創作的基礎

在第二、三章的前言中，已論及主要類型和特殊結構類型兩大系統分類的準則有所不同，前者以內容爲準，後者則以形式、結構爲劃分的依據。但是通過本書的檢驗，可以發現形式與結構的框架往往可以容納各種主要類型的內容，因此，情趣小品、哲理小品和雜文的文體常常被吸收入日記、書信、序跋、遊記、傳知散文、報導文學、傳記文學之中，成爲構成篇章的原素之一，因此屬於特殊結構的散文體裁，往往會出現情趣小品、哲理小品或是雜文的片段，例如范長江「百靈廟戰役」❶是一篇典型的報導文學，但是其中就含有社會批評的段落。例如：

> 但是我們不要忘了這次戰爭主要的對象，是被利用的蒙古同胞，我們固然很為他們可惜，同時當責備我們過去民族政策之無方，自己家裏人跟著外人跑，當然主持家務者有不當的責任。所以我們要有方法召回我們的同胞，我們不要對一時被愚的同胞任意破壞。反而增加我們自家人間的誤會。百靈廟現已成荒坵！這是我們戰爭認識不足，所弄成的不合理現象。戰爭勝利的紀律，關係民族解放戰爭之前途甚大，望我忠勇之將士，放大眼光，在百尺竿頭更進一步也。

又其中也不乏哲理小品式的論述出現，如：

> 這次戰爭，證明了「戰爭心理」對於戰爭勝敗的關係，遠過物質的裝備。

因此，透過分類的剖析，論者可以更淸晰地條理出一篇散文作品的構造，使讀者認識典型作品必備的基本元素，進一步再組合各元素，它不但提供散文研究的基礎，對於進入散文創作的世界也有莫大的效用。例如在各類型的分析中，我們大致可以看出，情趣小品多以熱筆爲主，但是報導文學則需要冷筆，這是類型間語言風格的不同。再如遊記文學要求周延的敍事結構，寫景小品則只做片斷的切片，這是情節結構的不同。又如傳知散文、傳記文學中的「他傳」與日記、書信之間，前者極端脫離散文中的自我色彩，但日記、書信、心情小品等等，則必須有強烈的作者個人色彩才行；這是類型間因敍述觀點與作者本身涉入作品程度不同而產生的區別。又如無所不包的雜文，與內容講究單純簡淨的情趣小品、哲理小品之間，在題材的選擇上也有顯然的區別。諸如此類的歧異性，足供散文創作者參考，使他在創作典型作品時，能充分掌握其基本元素，俟基礎穩固後，能更進一步，組合諸種類型。是以散文的分類，必然對創作者有所助益。

(二) 掌握散文史發展的動向

現代散文分類工作的另一重要功能，在於探索出文學史的進展。因爲現代散文的涵蓋面甚廣，來源駁雜，它可以說是一種兼容並蓄的文類。因此，其歷史的發展可謂千頭萬緒，不像詩及小說，有較明顯的流派，有大致統一的趨向，可以做縱貫性、歷史性的考察。反而，散文中有許多類型，例如雜文、傳知散文、報導文學等，其類型的消長與時代關係極爲密切，因此，散文發展史無法單就現代散文的籠統概念而遽予追溯，只有通過分類研究，並就各個類型分別探源，考察出各類型之間交錯的影響和發展，才能在多元的觀察下綜理出百川滙海的現代散文全貌。

當然這種功能必須建立在周延的分類理論之上，有關本書分類之立論已於第一章第三節有所闡明。至於各類型的各別探源溯流，則將在未來的研究計劃中逐步進行。

第二節　整合的趨勢

(一) 類型整合的實證

本書把散文區分爲主要類型及特殊結構類型兩組副文類，這些副文類——也就是散文此一文類再予細分的各類型，在實證上又常常被作者靈活運用，予以整合。蓋散文在內容上要加以分類，原是爲了確立基本典型，以便初創作者參考，也便於討論時之用。而在實際上，一位創作者，是不應該受類型所拘限的，未來的散文更趨向於各種類型的整合，而且這種整合在現代散文的發展中已不斷呈現。即以散文主要類型——小品文爲例，多的是把數種類型交融起來，像情趣與物趣時常並呈，甚至情趣、哲理等兼而有之。例如梁遇春「春朝一刻値千金」❷便是情趣、哲理兼雜文的小品。它的副標題是「懶惰漢的懶惰想頭之一」充分表現那是屬於情趣的範疇，文內也敍寫許多遲起的情味；例如所有「聰明的想頭，靈活的意思，多半是早上懶洋洋地賴在床上想出來的。」遲起可以享受悠閒的快樂，即令回味遲起也是一大享受。而遲起的益處是：每天都有一個快樂的開頭，而且因爲遲起延誤了時間，因此剩下的時間必須充分利用，於是充滿忙碌——那也是進入快樂宮的金鑰。這裏碰觸到本篇的哲學基礎：「懶惰晏起既是無比舒適，而忙碌非常竟也能快樂」。這個矛盾之能歸結統一，是因爲有悠閒的遲起——充分的休息，才有精力去處理忙碌的工作，只不過作者未點明罷了。

其次是作者把晏起視爲藝術，一位藝術家對藝術是忠心耿耿的，所以，即令因遲起而受苦受難，他也矢志不渝，把對這麼一件稀鬆平常的事寫得這麼「爲伊消得人憔悴」的無悔，眞是飽含趣味。當作者躺在床上時，常想起勃浪甯的詩：「上帝在上，萬物各得其所」，因爲——「魚游水裏，鳥棲樹枝，我臥床上」，可看出作者的幽默，而且全文也充滿對自己輕微的嘲諷。既抒情，也表白自己頗爲消極的人生哲學。至於通篇的體式則是以雜文的形式寫來，夾敍夾議，半抒情半說理，結構嚴謹。

梁遇春「無情的多情和多情的無情」❸則是哲理散文兼雜文。它是直接的說理兼人生批評。他舉出人世的眞相：情人們總以爲他倆的戀愛乃空前絕後的壯舉，實則「通常情侶正同

---

❶見范長江「塞上行」，「現代中國報告文學選」五四六頁。

❷見「梁遇春散文集」九五頁。

❸見同上註一六五頁。

博士論文一樣地平淡無奇。爲著要得博士而寫的論文同爲著要結婚而發生的戀愛大概是一樣沒有內容罷。」作者不但一刀兩用，且鞭辟入裏。其次，他把人類的戀愛歸納爲兩種：無情的多情和多情的無情。前者是天天在戀愛中的人，但卻沒有弄清楚眞是愛那一個人，「他們外表上是多情，處處花草顚連，實在是無情，」作者極善於用翻筆，把無情的多情做深刻而絕決的判決。至於多情的無情，則是：

> 他們把整個人生擱在愛情裏，愛存則存，愛亡則亡，他們怎麼會拿愛情做人生的裝飾品呢？他們自己變為愛情的化身，絕不能再分身跳出圈外來玩味愛情。……他們注全力於精神，所以忽於形迹，所以好似無情……但是多情的無情有時漸漸化做無情的無情了。這種人起先因為全藉心中白熱的情緒，忽略外表，有時卻因為外面慣於冷淡，心裏也不知不覺地淡然了。

全篇都在反覆闡明這兩類人物不可救藥的人性弱點，飽含作者洞識人生的智慧，與批評的用心。

余光中「牛蛙記」❹則是情趣、理趣兼具的小品文。它先由物——牛蛙，寫到情——人的感受，再歸結到理——人的悟境，看似直陳，實則頗爲含蓄。

本篇開頭三段是個「楔子」，先說明作者從小就對「蛙鳴」有好感，也喜歡在沙田雨下聽蛙鳴，作者並非不能欣賞天籟之輩。至第四段文章一轉，蛙中之牛，所謂牛蛙者則令作者難以消受。牛蛙之聲「悶悶然，鬱鬱然，單調而遲滯」「像巨人病中的呻吟。」如「謎樣的魔樣的怪聲」只會「來枕邊祟人」，而且終宵鍥而不捨「在你的耳神經上像一把包了皮的鈍鋸子拉來拉去，眞是不留傷痕的暗刑。」不僅是「逆耳之聲」，且是腐心之刑，讓人終宵失眠，容忍至極限時，乃用「滴滴涕」噴灑，用滾水澆燙，結果是牛蛙「不朽」，其聲長存。

全文如果只記敍人與蛙的苦鬥，則只是敍事的抒情文。「故事」繼續進行至第三年夏天，「不究細節」的陳之藩客居沙田，牛蛙啐啐，他卻充耳不聞，經作者「指點」才微笑曰是「牛叫」，後經糾正爲牛蛙，才感到「世界上沒有比這更單調的聲音！」結果是：

> 第二天在樓下碰見之藩，他形容憔悴，大嚷道：
> 「你們不告訴我還好，一知道了，反而留心去聽！那聲音的單調無趣，真受不了！一夜都沒睡好！」

第四年夏天，作者隔壁搬來了新鄰居，作者夫婦去作睦鄰初訪時，忽然又聞牛蛙啐啐幾聲，那丈夫問是什麼聲音時：

---

❹ 見「記憶像鐵軌一樣長」一一頁。

「哦，那是牛——」我說到一半，忽然頓住，因為我存在看著我，眼中含著警告。她接口道：

「那是牛叫。山谷底下的村莊上，有好幾頭牛。」

「我就愛這種田園風味，」那太太說。

那一晚我們聽見的不是羣蛙，而是枕間彼此格格的笑聲。

全文至此戛然而止，餘味豐富。它的餘味建立在敍述的事件中所呈現的人生哲理：人類多半喜歡蛙鳴，因爲那「不但含有鄉土的親切感，還隱藏著自然的神秘感，」但是牛蛙這種「世界最大之蛙」卻既不是牛——給人鄉土的親切感，也不是蛙——給人自然的神秘感，因此它的叫聲只是逆耳之音。可笑的是人，把牛蛙當成牛時，可以漫不經心接受它單調的哞聲，甚至可以視它爲標準的田園風味而樂聽不疲。一旦發現它是冒牌貨——其實是人類的錯置——便無法忍受它「是蛙而牛鳴」的怪叫了。本篇對人性不無嘲諷之意，人類爲了表示自己有清高的田園情結，而愛蛙鳴，也竟能在羣蛙聒噪之中安然入眠，可是一向在人間不具備象徵田園風味的牛蛙出現時，其鳴聲便令人類頓生是可忍也孰不可忍也的囂怒之氣。若換一個角度，把它當成代表田園意義的牛鳴，則又備受歡迎。從大自然的角度來看，不論是青蛙、牛蛙，或者牛的叫聲，都是貨眞價實的天籟。人類卻非要給他們分個清濁雅俗。再從人的角度來看，不論是牛是蛙的叫聲，只要你以爲牠是什麼，牠就是什麼了，只要你感到牠代表什麼意義，那意義彷彿就存在於外物身上，而其實外物本身並不具備任何意義。而只是被人類習慣性的加上了某些意義後，就被定了型。也因此，人類倒果爲因，爲了「鄉土的親切感」而去親近青蛙，去傾聽牛哞，多少有點做作罷。

文中一而再的舉行消滅牛蛙的行動，但卻使牛蛙如「越共」般「不朽」。實際上，天籟，不論人類喜歡或厭惡，它的存在是無法否認也不能抹煞，只有接受，我們才是大自然的一份子。本篇牛蛙之禍始於苦惱而終於格格之笑，表現作者的頓悟，且僅用一句輕輕點逗，是故含蓄有餘味。這裏也表現出頓悟時那豁然的、一刹那的重要性。因爲文中作者已經努力向牛蛙妥協：「不過是幾隻小牛蛙在彼此唱和罷了，有什麼好大驚小怪？這麼一想，雖未全然心安，卻似乎已經理得了。」經此努力「只當沒聽見」的結果是「終於有一天晚上，容忍到了極限，」他跳不出自己理性的自覺，最後必須在別人的格格笑聲中才感悟出來。那豁然貫通的一刹那，作者點到卽止，是相當技巧的手法，是故本篇敍事、抒情都明白顯豁，唯有「哲理」寓含隱密，不落言詮，哲理小品如此發展是極有前途的。從以上諸例可以看出，在創作時，作者往往以綜合各類型的手法來完成他的企圖。

(二) 中間文類的誕生

散文作家不但在散文轄內各類型做整合的工作，甚且有些作者，嚐試把詩、小說、寓言甚至戲劇等，與散文同級的文類，拿來與散文結合，於是產生了中間文類——一種居於散文和其他文類間的文類。這種詩與散文結合、小說與散文結合、寓言與散文結合等等的現象及作品，與其說是無法歸類的文章，倒不如說是作者突破傳統文類的新嚐試，也因此產生了新的文類。

楊牧的「年輪」一書是詩與散文結合的中間文類典範之一。在該書內，作者企圖把情趣小品、哲理小品、雜文等各種散文的副文類和詩的語言、意象、結構結合起來。他極力求變的心路歷程，使「年輪」成爲具體的結晶❺；也在這種求變的心情下，楊牧以他一貫擅長的詩與散文，做爲變體的主要觸媒。

端木蕻良「綠色的雲」❻則是另一個成功的例子。他利用散文的形式而蘊藏了寓言的深層結構。通篇在表層上看，只是敍述作者在新居涼臺上觀賞天上一片淺藍色的雲彩，在蔚藍的雲間，突然飛來一片鴿羣，又很快的飛走，使他頓生失落感。後來又有一隻鴿子飛到涼臺的欄杆上，使他喜出望外，可惜不久便又飛走了。作者不能擁有一隻鴿子，只好託朋友爲他畫一幅鴿子圖，裱好掛在牆上。最後，作者望著正在建設的「祖國」，眼前又想起那「飛起鴿子聯成的雲朵」：「我愛這樣的雲，厭惡那種蘑菇雲……」。表面上，它只是一篇寫景兼抒情的小品文。而實際上它所描寫的景物，都有一對一的指涉意義。鴿子是和平的象徵，作者喜愛、盼望它，但它只挑逗性的乍來便走。他只能擁有一幅畫上的假鴿子。那暗示他所處的環境只是假和平而已。且最後，作者說他愛鴿羣聯成的雲朵，而厭惡「蘑菇雲」——那正是核戰爆發產生的雲，他對「祖國」只從事核戰建設已具諷刺意味。本篇具有寓言的影射效果及諷刺意義。因此顯得含蓄蘊藉，足堪再三玩味。

諸如此類作品，都是所謂的中間文類，他們以散文爲母體，吸收其他文類的特色，又可稱爲「變體散文」。這表示散文家已不滿足於既有的各種散文類型的組合，而向其他文類尋求營養，以突破類型界限，希望藉此別創一格，開拓一超越文類的新局面，可說是以創作的實踐來反省散文類型的侷限。變體散文是超越各種散文副文類的特殊結構體，在我們建立類型理論時，也應該注意到這種嶄新的發展，在筆者下一步的著作計劃中，它首先被列爲重

---

❺ 楊牧在「年輪」的後記中對自己尋求突破的心境有誠懇的表白：

……那是一九七〇年的春天，離我第一本散文集出版的時間已有四年。四年之內我極少想到散文，我的時間分配給古典的研究，詩的創作，和閒談聊天。我對散文曾經十分厭倦，尤其厭倦自己已經創造了的那種形式和風格。我想，除非我能變，我便不再寫散文了。變不是一件容易的事，然而不變卽是死亡。變是一種痛苦的經驗，但痛苦也是生命的眞實；而死亡何嘗是生命？雖然它是眞實。就在這種完全屬於自己的挑戰底情緒下，我停筆四年不寫散文；也就在這種相同的挑戰之下，我決心寫一本我的心影錄。下筆之初，我不知道最後它會是如何的一個面貌，我只知道我要寫一本完整的書，一篇長長的長長的散文，而不是許多篇短短的短短的散文。我把稿紙擺在左邊第三個抽屜裏，一厚疊的稿紙，寫到那裏算那裏，今天寫的最後一頁就是這一厚疊的壓卷，我甚至鮮少回頭再看昨天和前天寫的那十頁，二十頁，三十頁。我的血肉隨著時光變老，我的散文也隨著時光拉長，等到我卽將離開柏克萊的時候，在夏天的夕陽下，我發覺那一疊寫滿字迹的稿紙甚至也快發黃了。

❻ 見「香港文學」二十四期八八頁。

點，將做更仔細的分析。

(三) 科際整合的潛力

科際整合的趨勢，乃是二十世紀知識爆發引帶而來的必然現象。有許多學術本身並不能發展爲高度獨立的學科。以新聞學（Journalism）而言，它在二十世紀西方逐漸發達，但是它必然要與其他社會科學發生密切關係，必須依賴其他社會科學的支持，因爲它所報導的內容，主要是社會各種現象，而不是新聞學本身，所以，一位記者必須具備其他各種社會科學知識來幫助他進行深入報導以及評論分析。跟新聞學關係最密切的是政治學、經濟學、社會學及法律學等。至於在散文的範疇中，也有這種整合的趨向。新聞學與文學之間透過互相交流、整合，因而產生了前述第三章第六節的報導文學。一般而言，所謂報導，必然是理性、客觀、以眞實爲基礎的。而文學卻是可以主觀、抒情，擁有廣大的想像空間可以發揮。從表相上看，報導與文學顯然是兩個背道而馳的領域。但是，確實已有文學家把報導語言介入文學裏，而新聞從事者，也曾把文學化入其新聞寫作中。報導文學能夠整合新聞及文學兩種科際的文體，實在給創作者無比的啓發，也就是文類的創作，具有無比突破性的潛力。在特殊結構的散文類型中，傳記文學也是屬於史學範疇的史傳與散文的結合體。史傳強調說明，而文學強調表現，傳記文學便要在此二者之間折衷釀造出既合於史傳又具有文學素質的作品。這種兩難命題是科際整合面臨的最大挑戰。也因此，我們相信它具有無窮的潛力，等待著作家來挖掘、創造。這是新興的趨勢，我們也引頸企盼它將產生豐碩的成果。

現代散文的主要類型是小品文；小品文，若做爲一種創作的主要目標，作家常因習於其體製的纖巧、內容之瑣屑而易流於小家氣。是故小品文有被譏爲小擺設、小點心者。創作者實宜稍具戒心，創作的心態上，不要只以小我爲著眼點，所謂宇宙之大，蒼蠅之微，都是散文家所該關心的事。作者如果對人類有眞正的關懷，他的接觸也會由小我延伸到大我，他的眼界自然會透過蒼蠅看見宇宙，他的思考也會貫穿歷史，深入社會，小品文必然也能肩負詮釋時代意義的任務。此外，小品散文雖然篇幅不夠龐大，但是小品文家卻不能自囿於狹隘的空間，他可以連篇成章，集章成書。單篇看它，乃是玲瓏精緻的小品文，但集合十數篇，甚至數十篇來看——如果作者有意把各篇之間用心佈置好的話——乃是一貫的生命，一本或數本散文集，可以表達作者完整的人格、人生觀、思想等等。小品文家也應該有大企圖，發揮「偉大藝術所應有的『堅持的努力』。」❼我們相信小品散文具有這種能力。

現代散文中特殊結構的類型，仍深具發展開拓的潛力，例如日記、書信體散文，一直缺乏大力提倡，也就沒有大量成功的作品呈現。傳知散文的提倡也只是曇花一現，因此也缺少可觀的成績。而傳記文學、報導文學等具備科際整合傾向的類型，雖然有許多優秀的作者投入心力，但仍缺乏偉大的作品出現，不過換另一個角度來看，也正表示這些類型只要有作者

❼語見朱光潛「論小品文」，「中國現代散文理論」一二五頁。

肯潛心發明、致力創作，必然會有飛躍式的成長。在建立分類理論的同時，筆者也期待著衆多的典範作品將在中國現代文學的發展史中一一出現。

伴隨著各類型創作和理論不斷的成長與整合，中國現代散文也呈現出更繽紛繁茂的面目。現代散文擁有古典散文深厚的歷史背景，又兼容中西各種嶄新的觀念與技巧，它的光采不但不會因現代小說及新詩的蓬勃成長而被掩蓋，未來更可能因爲散文類型的整合與逐漸吸收小說、寓言及詩的藝術趣味、乃至科際整合的創作而更形發皇，這一整合的趨勢，正待識者共同關切與努力。

參考書目

A 文學史及相關史料

中國文學發展史　劉大杰　華正書局，一九七五年八月初版
挿圖本中國文學史　鄭振鐸　臺灣翻印本（未著出版社及出版年月）
中國文學史　游國恩　文復書局（未著出版年月）
中國文學的發展概述　王夢鷗等　中央文物供應社，一九八二年九月初版
中國新文學史稿　王瑤　新文藝出版社，一九五三年八月出版
現代中國文學史　錢基博　明倫出版社，一九七三年二月三版
中國現代文學史　李輝英　泰順書局（未著出版年月）翻印本
中國新文學史　周錦　長歌出版社，一九七六年四月初版
中國新文學史論　尹雪曼　中央文物供應社，一九八三年九月出版
中國新文學思潮　于蕾編　香港萬源圖書公司，一九七九年四月初版

中國抗戰文藝史　藍海　山東文藝出版社，一九八四年三月出版
現代中國文學史話　劉心皇　正中書局，一九七一年六月初版
新文學史話　司馬長風　南山書屋翻印本（未著出版年月）
中國文學的由舊到新　陳敬之　成文出版公司，一九八〇年六月初版
三十年代文藝論　李牧　黎明文化公司出版，一九七三年六月出版
三十年代文壇史話　趙聰　崇文書店，一九七四年四月臺灣翻印本
文壇五十年　曹聚仁　香港新文化出版社，一九六九年六月出版
中國散文史　陳柱　商務印書館，一九六九年一月臺二版
中國現代散文史稿　林非　新華書店，一九八一年四月第一版
中國現代散文的發展　周麗麗　成文出版公司，一九八〇年七月初版
現代中國作家評傳　李立明　香港波文書局，一九八〇年一月初版
現代中國作家剪影　黃俊東　香港友聯出版社，一九七三年六月再版
早期新散文的重要作家　陳敬之　成文出版公司，一九八〇年七月初版
現代文學早期的女作家　陳敬之　成文出版公司，一九八〇年六月初版
「新月」及其重要作家　陳敬之　成文出版公司，一九八〇年七月初版
中國二三十年代作家　蘇雪林　純文學出版社，一九八三年十月二版
中國新文學研究參考資料　李‧何林編著　香港中文大學近代史料出版組編印，一九七二年十月，泰順書局翻印本

三十年代文學史料　王哲甫　泰順書局，一九七二年三月翻印本

六十年文藝大事記　中國現代文學研究中心，一九七九年十月初版

中國現代散文集編目　周麗麗編　成文出版公司，一九八〇年六月初版

中華民國作家作品目錄　行政院文化建設會編印，一九八四年六月出版

西洋文學術語叢刊　顏元叔主編　黎明文化公司，一九七三年六月出版

B文學論評

(一)專　著

文學概論　涂公遂（臺版多易名爲劉萍）　華正書局，一九七五年九月二版

文學概論　亨德　傅東華譯　商務印書館，一九七一年六月臺一版

文體論　薛鳳昌　商務印書館，一九七七年六月臺二版

文體指南　顧藎丞　啓明書局，一九五九年八月再版

文學分類的基本知識　吳調公　長江文藝出版社，一九五九年四月初版

中國文學論　劉麟生　清流出版社，一九七一年十一月初版

中國文學通論　兒島獻吉郎，孫俍工譯　商務印書館，一九六五年八月臺一版

古文通論　馮書耕、金仞千　中華叢書編審委員會，一九六六年六月出版

文心雕龍　劉勰　開明書店，一九六七年五月臺五版

古文辭類纂（評註） 姚鼐 中華書局，一九七〇年十一月臺三版
焚書 李贄 河洛圖書公司，一九七五年五月初版
李溫陵集 李贄 文史哲出版社，一九七一年八月出版
袁中郎全集（理論部分） 袁宏道 學人雜誌社，一九七一年一月初版
瑯嬛文集（理論部分） 張岱 淡江書局，一九五六年五月初版
畏廬論文、文集續合編本 林紓 文津出版社，一九七八年七月出版
文章例話 周振甫 蒲公英出版社翻印（未著出版年月）
文章作法 夏丏尊 綠洲書店，一九六六年出版
文章講話 夏丏尊 華夏出版社，一九七八年五月初版
作文講話 章衣萍 大明王氏出版公司，一九七七年八月出版
中國散文論 方孝岳 清流出版社，一九七一年十一月初版
中國散文之面貌 張高評等 中央文物供應社，一九八四年五月出版
明代文學 錢基博 商務印書館，一九七三年十一月臺一版
晚明小品論析 陳少棠 香港波文書局，一九八一年二月初版
晚明性靈文學思想研究 陳萬益 臺灣大學中文研究所博士論文，一九七七年六月
公安派的文學批評及其發展 周質平 商務印書館，一九八六年五月初版
中國新文藝大系（文學論戰二集） 大漢出版社，一九七七年五月翻版
中國現代散文理論 俞元桂主編 廣西人民出版社，一九八四年五月初版

現代散文縱橫論　鄭明娳　長安出版社，一九八六年十月初版

散文結構　方祖燊、邱燮友　蘭臺書局，一九七五年十月三版

散文研究　季薇　益智書局，一九六六年五月出版

散文點線面　季薇　立志書局，一九六九年四月初版

散文的藝術　季薇　學生書局，一九七五年三月再版

散文小說的寫作研究　丁平編著　黎明文化公司，一九八四年八月出版

散文的創作鑑賞與批評　方祖燊　中央文物供應社，一九八三年六月出版

現代散文欣賞　鄭明娳　東大圖書公司，一九七八年五月初版

現代六十家散文札記　林非　百花文藝出版社，一九八〇年三月初版

青年文藝創作論叢（第三集）（散文創作與欣賞專輯）　梁實秋等　中華文化復興運動推行委員會，一九八六年五月出版

西洋文學研究　胡品清　商務印書館，一九七六年十一月四版

文學欣賞與批評　Wilfred L. Guerin 等編著　徐進夫譯　幼獅文化公司，一九七五年四月出版

出了象牙之塔　厨川白村、金溟若譯　志文出版社，一九六八年九月

二十世紀文學理論　佛克馬、蟻布恩，袁鶴翔等譯　香港中文大學出版，臺灣翻印版（未著出版年月）

西洋散文的面貌　董崇選　中央文物供應社，一九八三年四月出版

小品文研究　李素伯　新中國書局，一九三二年一月出版
小品文和漫畫　陳望道編　生活書店，一九三五年三月出版
英國小品文的演進與藝術　張沅長等　學生書局，一九七一年十月初版
現實的探索——報導文學討論集　陳銘磻編　東大圖書公司，一九八〇年四月初版
傳記學　王元　牧童出版社，一九七七年二月初版
什麼是傳記文學　劉紹唐等，傳記文學出版社，一九八五年十二月再版
騁思樓隨筆　邱言曦　時報出版公司，一九七八年十二月再版
中國文學鑑賞舉隅　黃慶萱　東大圖書公司，一九七九年四月出版
文學知識　楊牧　洪範書店，一九七九年九月初版
文學的源流　楊牧　洪範書店，一九八四年一月初版
當代文學論集　蔡源煌　書林出版公司，一九八六年八月出版
書林新語　曹聚仁　香港遠東圖書公司，一九五四年十月初版
談文學　朱光潛　開明書店，一九七二年三月臺九版
清通與多姿　黃維樑　時報文化公司，一九八四年十月初版
逍遙遊　余光中　大林書店，一九六九年七月初版
耕耘的雲　林錫嘉編　金文圖書公司，一九八一年十月初版
愛情、社會、小說　夏濟安　純文學出版社，一九七六年七月五版
夏濟安選集　夏濟安　志文出版社，一九七四年十一月二版

文學閒談　朱湘　洪範書店，一九七八年九月初版

胡適文存（二集）　遠東圖書公司，一九七九年十一月出版

周作人全集（理論部分）　周作人　藍燈文化公司，一九八二年十一月初版

傅孟眞先生集（第一册）　傅孟眞先生遺著編輯委員會編　臺灣大學發行，一九五二年十二月出版

（二）散　篇

洸洋恣肆以適己——略談散文的特質　邢光祖　中外文學六一期一七一頁，一九七七年六月

感到、趕到、敢到——散談我們的散文　許達然，同上一八五頁

無神的神話序——論散文之散　高陽　聯副三十年文學大系散文卷第五册序三十三頁，一九八一年十月初版

淺談散文寫作　蕭白　中外文學六一期一九二頁，一九七七年六月

談散文的分類及雜文　曾昭旭　文訊月刊十四期六〇頁，一九八四年十月

散文出位　林央敏　同上，五五頁。

三十年代文學叢刊「散文選集」導言　李棪　聯合書院學報七期一頁，一九六九年

談散文　彼德森著、沉櫻譯　「散文欣賞」第二集一頁，純文學出版社，一九七四年三月四版

結構與風格——對散文寫作的分析　王曉寒譯　中華日報「欣賞與創作」版，一九八六年十月一日至八七年一月十四日連載

英國散文的演變　思果　中外文學六一期一八一頁，一九七七年六月

公安派的創作論　李健章　古代文學理論研究叢刊第二輯二七二頁　上海古籍出版社一九八〇年一版
金聖嘆的極微論　徐懋庸　人間世一期十三頁，一九三四年四月五日
人間世小品文半月刊發刊詞　人間世一期二頁，一九三四年四月五日
小品文作法論　林疑今譯　人間世二期三十七頁，一九三四年四月二十日
關於小品文　風子　人間世三期五頁，一九三四年五月五日
說小品文半月刊　語堂　人間世四期七頁，一九三四年五月二十日
論小品文筆調　語堂　人間世六期十頁，一九三四年六月二十日
大學與小品文筆調　語堂　人間世十一期五頁，一九三四年九月五日
怎樣洗練白話入文　語堂　人間世十三期十頁，一九三四年十月五日
論個人筆調的小品文　陳鍊青　人間世二十期二十一頁，一九三五年一月二十日
小品文之遺緒　語堂　人間世二十二期四二頁，一九三五年二月二十日
還是講小品文之遺緒　語堂　人間世二十四期三十五頁，一九三五年三月二十日
娓語體小品文釋例　陳叔華　人間世二十八、九期一五、七頁，一九三五年五月二十及六月五日
論小品文　羅青　中外文學六一期二三三頁，一九七七年六月
談日記文學的形式發展與功用　汪伯琴　民主評論十六卷十八期、十七卷一期，一九六五年十二月、一九六六年一月

夏濟安日記及其他　何懷碩　聯合報一九七六年九月四、五日
讀夏濟安日記　也行　中國時報一九七四年十一月二十日
談遊記文學　徐澂　聯副三十年文學大系評論卷第六册六九頁，一九八一年十二月初版
杖底煙霞——山水遊記的藝術　余光中　一九八二年十一月三、四日，中華日報
釆筆干氣象——初論余光中的山水遊記　黃維樑　中外文學一六二期一三〇頁，一九八五年十一月
從愛出發——近十年來臺灣的報導文學　李瑞騰　文藝復興月刊一五八期，一九八四年十二月
報告文學的創始及其早期的發展　皇甫河旺　東方雜誌復刊第十九卷第十期，一九八六年四月一日
臺灣報導文學的發展與危機　林燿德　文訊月刊二十九期，一九八七年四月
「提燈者」序——不老的繆思　余光中　聯副三十年文學大系散文卷第三册序三十三頁，一九八一年十月初版
評介亮軒散文集「在時間裏」　羅青　書評書目六〇期一〇四頁，一九七八年四月
評詩的範疇與功能　張漢良　創世紀詩刊六四期，九六—九七頁，一九八四年六月出版

C 創作部分

(一)選集

中國新文藝大系(散文) 臺灣大漢出版社翻印,一九七七年五月四版
中國現代散文選 香港上海書局(出版年月不詳)
中國現代散文選析 李豐楙等編 長安出版社,一九八五年三月初版
中國近代散文選 楊牧編 洪範書店,一九八五年三月五版
散文欣賞 海浪編 普天出版社,一九七一年一月初版
範文賞析 方玄琛編著 偉文圖書公司,一九六八年九月初版
人間世選集(抒情、雜感、論述、山水、人物等小品) 金蘭文化出版社,一九八四年五月出版
現代十六家小品 阿英編 一九三五年三月初版
民國文人 陳映襄編 長河出版社,一九七八年一月再版
葡萄美酒香醇時 陸達誠編 耕莘寫作會印,一九八二年九月再版
文學的北平 梁實秋等 洪範書店,一九八〇年五月初版
紫色小札 采薇編 黎明文化公司,一九八二年十月出版
感人的信 應鳳凰編 希代書版公司,一九八四年十二月出版
現代中國報告文學選 曹聚仁編 臺灣翻印本(未著出版年月)
戰鬥的素繪 陽明書局翻印一九四三年本,一九八二年四月出版
現實的邊緣 高上秦編 時報文化公司,一九七五年十二月初版

（二）別　集（依書名筆劃排次）

十月小陽春　鍾梅音　傳記文學出版社，一九七〇年十二月初版
三色堇　張秀亞　爾雅出版社，一九八二年十二月五版
巴金文集　巴金　上海春明書店，一九四八年一月初版
文心　夏丏尊　開明書店，一九六七年五月臺二版
水是故鄉甜　琦君　九歌出版社，一九八四年七月三版
半農文選　劉半農　正文出版社，一九六八年五月初版
田園之秋　陳冠學　前衞出版社，一九八五年五月三版（初秋篇），一九八四年十月初版（仲秋篇），一九八五年四月再版（晚秋篇）
且介亭雜文二集　魯迅　臺灣翻印一九三五年版
冬青樹　林海音　重光文藝出版社，一九六一年八月三版
冰心選集　臺灣翻印一九三六年版
老舍選集　老舍　臺灣翻印本（未著出版年月）
在樹林裏放風箏　馬森　爾雅出版社，一九八六年九月初版
再生的火鳥　楚戈　爾雅出版社，一九八五年六月三版
西瀅閒話　陳西瀅　大林出版社，一九七七年十二月再版
朱自清集　朱自清　河洛圖書公司，一九七七年四月初版
朱自清全集　朱自清　大東書局，一九六四年七月出版

年輪　楊牧　四季出版社，一九七六年元月二十八日三版
言曦散文全集　言曦　中華書局，一九七五年四月初版
李宗仁回憶錄　唐德剛撰寫　臺灣翻印本，一九八五年
走過傷心地　楊憲宏　圓神出版社，一九八六年八月出版
我與文學　朱光潛　五洲出版社，一九七四年七月出版
我在　張曉風　爾雅出版社，一九八五年十二月三十九版
我在臺北及其他　徐鍾珮　純文學出版社，一九八六年九月出版
東方寓言　東方白　爾雅出版社，一九七九年九月初版
刼中得書記　鄭振鐸　上海古典文學出版社，一九五七年五月再版
周作人全集　藍燈文化公司，一九八二年十一月初版
記憶像鐵軌一樣長　余光中　洪範書店，一九八七年一月出版
郁達夫散文集　秦賢次編　輔新書局，一九八三年一月出版
閑書　郁達夫　良友圖書公司，一九四一年四月再版
春的聲音　沉櫻　純文學出版社，一九八六年九月初版
胡適文存　遠東圖書公司，一九七九年十一月出版
紅紗燈　琦君　三民書局，一九七二年十月出版
流言　張愛玲　皇冠雜誌社（未著出版年月）
旅美小簡　陳之藩　大林書店，一九六九年七月初版

袁昌英文選　蘇雪林編　洪範書店，一九八六年初版
夏濟安日記　時報文化公司，一九七九年十月七版
夏丏尊選集　黎明文化公司，一九七七年三月初版
徐志摩全集　大東書局，一九六四年七月出版
徐志摩全集　傳記文學出版社，一九六九年一月初版
徐訏全集　正中書局，一九八〇年再版
徐霞客遊記　徐宏祖　文光圖書公司，一九六九年三月再版
許地山散文選　洪範書店，一九八五年一月初版
章與句　蔣伯潛　世界書局，一九六六年再版
陸蠡散文集　秦賢次編　洪範書店，一九七九年九月初版
野地百合　孟東籬　洪範書店，一九八五年五月初版
單身日記　林彧　希代書版公司，一九八六年三月初版
從文自傳　香港新藝出版社，一九七八年四月出版
船過水無痕　王璇　洪範書店，一九八五年一月初版
雅舍小品　梁實秋　遠東圖書公司，一九八三年三月出版
尋找老臺灣　馬以工　時報文化公司，一九七九年元月初版
無情不似多情苦　喻麗清　爾雅出版社，一九八三年九月初版
鄉思井　司馬中原　中華文藝月刊社，一九七五年九月初版

愛土地的人——黃春明前傳　劉春城　作者自印，一九八六年一月初版
瘂弦詩集　瘂弦　洪範書店，一九八四年六月三版
遙遠　林文月　洪範書店，一九八一年四月初版
楊喚全集　楊喚　洪範書店，一九八五年五月初版
楊逵畫像　林梵　筆架山出版社，一九七八年九月初版
臺灣社會檔案　古蒙仁　九歌出版社，一九八六年六月四版
談文學　朱光潛　開明書店，一九七二年三月九版
談美　朱光潛　開明書店，一九六七年十一月九版
談修養　朱光潛　大漢出版社，一九七六年九月出版
寫在人生邊上　錢鍾書　臺灣翻印本（未著出版年月）
熱風　魯迅　臺灣翻印本（未著出版年月）
鼎堂文集　臺灣翻印春明書店版（未著出版年月）
綠的北國　范泉　成文出版公司，一九八〇年七月初版
魯迅散文選　魯迅　香港新藝出版社，一九六八年六月出版
魯彥代表作　陳信元編　蘭亭書店，一九八三年七月初版
歐遊雜記　朱自清　黎明文化公司（未著出版年月）
歐非麗亞的日記　胡品清　水芙蓉出版社，一九七八年十二月六版
歐陽子自選集　黎明文化公司，一九八二年十一月出版

龍蟲並雕齋瑣語　王了一　新文豐出版公司，一九八二年八月初版
緣緣堂隨筆　豐子愷　文教出版社（未著出版年）
隨想錄(一)　巴金　原香港三聯書店印，臺灣翻印本（未著出版年月）
講理　王鼎鈞　自由青年社，一九六四年十月初版
濱海茅屋札記　孟東籬　洪範書店，一九八五年一月初版
薔薇學派的誕生　楊澤　洪範書店，一九七七年十二月初版
豐子愷文選　楊牧編　洪範書店，一九八四年三月三版
羅門詩選　羅門　洪範書店，一九八四年七月初版
攤開胸膛的疆域　汪啓疆　心影出版社，一九七九年七月初版

(三) 單篇散文

北京人　張辛欣、桑曄　聯合文學二十八期，一九八七年二月
多與四首後記　彭邦楨　聯副三十年文學大系詩之卷二，六一五頁，一九八二年六月
我　張起鈞　中央日報，一九八五年四月二十三日
秋——聽說你已來到　曾虛白，古今文選新一七三期，一九六八年九月十四日
閒話散文的藝術　葉維廉　中外文學一五二期一九八五年一月
給青年詩人的信之二　楊牧　聯合文學四期，一九八五年二月
綠色的雲　端木蕻良　香港文學二十四期，一九八六年十二月五日

D 非文學性論著

史學通論　大陸雜誌社，一九六〇年十一月初版

中國通史　林瑞翰　三民書局，一九七三年十二月初版

中華民國大事記要　高越天　一九七一年八月著者自印

中國海軍之締造與發展　海軍總部，一九六五年七月

西洋現代史學流派　弘文館編印，一九八六年四月初版

武裝部隊心理學　G.E. BORING　路君約譯　黎明文化公司，一九七三年十二月出版